Alexander Kronenheim

Rom im Untergang

Band 7: Aetius – Die Zerstörung Aquileias

Bibliografische Information der Deutschen Nationalbibliothek:
Die Deutsche Nationalbibliothek verzeichnet diese Publikation in der Deutschen Nationalbibliografie; detaillierte bibliografische Daten sind im Internet über http://dnb.dnb.de abrufbar.

© 2015 **Alexander Kronenheim** ; *1. Auflage*

Herstellung und Verlag: BoD – Books on Demand, Norderstedt

ISBN: 9783738635904

Inhaltsangabe

1. Kapitel ……………………………………………………………….. Seite 4

2. Kapitel ………………………………………………………………. Seite 21

3. Kapitel ……………………………………………………………… Seite 38

4. Kapitel ……………………………………………………………… Seite 51

5. Kapitel ……………………………………………………………… Seite 67

6. Kapitel ……………………………………………………………….. Seite 95

7. Kapitel ……………………………………………………………… Seite 133

8. Kapitel ………………………………………………………………. Seite 155

9. Kapitel ………………………………………………………………. Seite 182

Erstes Kapitel

Die Kunde Ihrer Taten war den heimkehrenden Siegern vorausgeeilt. Unter kriegerischem Freudenschall sah Avitacum den Gebieter und seine hohen Gäste nahen; aber gebeugt traten die Feldherren den Ihren entgegen, freudlos und stumm, denn es bedurfte keiner Worte, um zu verkünden, wen das Los der Schlachten dahingerafft hatte.

Da füllten sich die Augen Livias mit Tränen, da schluchzten Hildegund und Papianilla bitterlich; doch die Erstere bezwang sich am raschesten und sprach zu dem Gatten: „Zürne nicht den Tränen, die ein Mutterauge um den Erstgeborenen vergießt! Sie sind das Opfer, das ich Carpilion schuldig bin, ihm, den ich wiederzusehen kaum noch hoffen durfte. Nur eines lass mich wissen: ist er gefallen wie ein Held, oder traf ihn hinterlistig die Rache des Steppenfürsten?"

Statt der Antwort gebot Aetius seinem künftigen Schwiegersohn, der Mutter von den Schrecken der Hunnenschlacht zu berichten. Aufmerksam lauschten alle, die zurückgeblieben waren; und als der junge Recke beendet hatte, zwang sich die edle Frau zu einem Lächeln und wandte sich froheren Angesichtes zu ihrem Gatten: „Löse deine Seele von der Trauer, mein Gemahl! Carpilion wurde frei und als ein Freier erwarb er sich unsterblichen Nachruhm! Männlicher und stärker kehrt uns Gaudentius aus dem Ringen der Völker zurück; heldenhaft sehe ich Lucilius wieder, Lucilius und dich, den Führer zum Sieg! Und ich sollte noch klagen wollen? Nein, tausendfachen Dank schulde ich dem Höchsten, der mir so viel erhalten hat, und dankbar will ich mein Herz der Freude öffnen; denn Roma siegte durch dich, vor dem Zorn der Weltbeherrscherin sanken die Barbaren in den Staub und weit musste der Sohn des Mundzuch fliehen!"

Und sie wandte sich zu Hildegund mit den Worten: „Lass die Tränen deine Wangen nicht noch blasser färben, meine Tochter! Dein Erwählter hat gehalten, was er versprach; als ein Sieger kehrte er wieder und ihm gebührt der Lohn, der ihm in Aussicht gestellt wurde. In Rom wird Euer Bund für das Leben geschlossen; Freude beherrscht das Volk, Freude soll auch Euer Teil sein, denn niemand verdient sie mehr, als Ihr!"

Es war, als würden die Worte der edlen Frau den Bann der Trauer, der auf allen lag, anheben; tief blickte Aetius ihr ins Auge, das seelenvoll auf ihm ruhte, und die Liebenden genossen das Recht, das ihnen ihre Liebe gab, über das Glück der Gegenwart und der Wiedervereinigung nach langer Trennung, die Sorge und den Schmerz um Vergangenes zu vergessen.

Voll inniger Teilnahme sah es Aetius und er sprach mit einem wehmütigen Lächeln: „Meine Kinder bringen meinem alternden Haupt den Lenz; sie wollen mich vergessen lassen, dass mein Herbst nahe ist. So seid mir tausendfach gesegnet, ihr Frühlingsboten, lasst eure Liebe uns die Kränze winden, mit denen das herbe Schicksal sonst kargt. Nach den Stürmen der Schlacht, aus den Gräbern der Gefallenen, blühen neue Rosen; mögen sie ein Symbol unserer Zukunft sein!"

So linderte der Geist der Liebe die Trauer nicht nur der Liebenden, er schuf Avitacum zu einer Heimstätte stillen Glückes um, dessen Erinnerung unauslöschlich in den Herzen fortlebte. Aber der Aufenthalt dort selbst dauerte nur kurze Zeit; den Feldherrn zog es nach Rom, wo er seine Legionen ergänzen und sich zu neuer Abwehr gegen den Hunnenkhan rüsten wollte. Dankerfüllt schied Aetius von dem Arverner, der ihm bewiesen hatte, dass die epicureische Lebensweise nicht im Stande gewesen war, seine kriegerische Tüchtigkeit zu lähmen; nicht minder dankbar verließen Livia und ihre Tochter die gastliche Stätte, die ihnen mit allem Bangen und Sorgen, welche sie dort empfunden hatten, unvergesslich blieb.

Im Triumphzug eilte der Mösier durch Gallien und über die Alpen, überall mit Freuden als der Bezwinger des furchtbarsten Widersachers begrüßt. Jubelnd öffnete ihm Ravenna die Tore und es hatte den Anschein, als sollte, durch das Beispiel des einen Mannes wachgerüttelt, der alte römische Geist wieder aufleben und den Riesentorso mit neuer Kraft erfüllen.

Selbst Valentinian konnte sich beim Anblick des rückkehrenden Siegers eines bewundernden Gefühls nicht erwehren, mochte sich demselben auch niedriger Neid auf den Helden mischen, der sich in Wahrheit als Hort und Schützer des Reiches erwies. Klug schwieg Heraklius, bitter grollte Honoria, doch die Stunde war ihrem Hass und ihren Hoffnungen nicht günstig; und erst als Aetius nach Rom aufbrach, um dort die Hochzeitsfeier Hildegunds mit Lucilius zu veranstalten, wagten seine Gegner am Hof des Kaisers sich wieder kühner zu regen.

Während der mösische Held gegen die Hunnen im Feld lag und mit dem ganzen Aufgebot seiner geistigen und physischen Kraft das Reich vor dem Ansturm dieser bewahrte, hatte der ehrgeizige Eunuch es verstanden, den schwachen Augustus immer listiger zu umgarnen. Durch Heraklius erhielt er alle Nachrichten über den Gang der Ereignisse; durch Valentinian gebot der Eunuch, so lange der wahre Beherrscher fern war. Heraklius hatte es mit Bitten und Drohungen dahin gebracht, dass Valentinian ihm die oberste Hofwürde des Oberkammerherrn verlieh. Als solcher wusste er sich einen Anhang zu schaffen, der den Parteigängern des Mösiers und diesem selbst früher oder später feindselig gegenübertreten musste.

Aus Valentinian war, als seinen sinnlichen Ausschweifungen die Erschlaffung folgte, ein spitzfindiger Grübler geworden, der bald, gleich seiner Mutter, in frommen Anwandlungen ein Correctiv gegen seine eigene Versunkenheit zu finden suchte, bald, gleich seiner Schwester, mit schneidendem Hohn auf seine Umgebung und sich selbst blickte.

Es war eine solche Stunde bitterer Selbstverachtung, in welcher der Grieche den Augustus antraf und von ihm mit den Worten empfangen wurde: „Es ist ein Unglück, was ich sah unter der Sonne zu sehen bekam, nämlich Unverstand, der unter den Gewaltigen besteht, dass ein Narr in großen Würden sitzt, Knechte auf Rossen prahlen und Fürsten zu Fuß gehen wie die Knechte. Aber wer eine Grube gräbt, der wird selbst hineinfallen, und wer den Zaun zerreißt, den wird eine Schlange beißen! — Ist es nicht so, Freund Heraklius?"

Der Eunuch sah betroffen in das Antlitz Valentinians; halblaut hatte dieser die Worte vor sich hingemurmelt und erst die unmittelbare Anrede Heraklius belehrt, dass der Sinn jenes Zitates auch ihn anging.

Doch bevor er die passende Antwort fand, fuhr der Augustus fort: „Der Thor und Narr bin ich, ein Narr, der mit dem Stirnreif geboren ist und dulden muss, dass Aetius, der Knecht, sich hoch über mich und uns alle erhebt! Im Unverstand wuchs ich auf, der Unverstand gesellte mir die falschen Ratgeber und im Unverstand bereitete ich dem Mösier die Grube, die mir selbst zur Falle wurde, zerriss ich den Zaun, hinter welchem die Schlange Honoria lag, die durch ihr Zischen den Drachen Attila herbeirief. Nicht ich habe ihn vertrieben, sondern jener Knecht, der zum Herrn geworden ist, jener Knecht, den ich bewundern muss, wie ich ihn hasse und beneide!"

Von seinem Sitz sprang der Augustus auf; es war Heraklius klar, dass dieser tief empfand, was er eben ausgesprochen hatte. Aber ebenso klar war es dem Eunuchen, dass er es nicht zulassen durfte, dass die trübe Stimmung Valentinians Laune lenkt.

Deshalb entgegnete er mit frommem Augenaufschlag: „Es steht nicht minder geschrieben: Aus sechs Trübsalen wird der Herr dich erretten und in der siebenten wird dich kein Übel rühren. Er wird dich vom Tod erlösen und im Krieg von der Hand des Schwertes. Er wird dich verbergen vor der Geißel der Zunge, dass du dich nicht fürchtest vor dem Verderben, wenn es kommt!"

Aber bitter unterbrach ihn der Augustus: „Willst du meiner spotten, Ritter Impotens, glaubst du, dass ein leeres Echo meiner eigenen Worte meinen Sinn ändern könnte? Die Geißel der Zunge ist los und eine andere Geißel habe ich mit deiner Hilfe mir selbst gebunden. Verderben möchte ich sie und muss ihr doch den Sieg wünschen, um den mir bangt, bevor er erkämpft ist, den ich fürchte, wenn die Kunde von ihm an meine Ohren schlägt. Wahrlich, um den blutigen Lorbeer des Mösiers gäbe ich den welken Kranz, der unverdient auf meinem Haupt ruht und mich vor Scham erglühen lässt, vor Scham, dass meine Diener reicher an Ehren sein sollen, als ich, der Augustus! Aber die Ehren sind rar geworden unter den Nachkommen des großen Theodosius; schmachvoll und verderblich war der Wandel meiner Mutter, schmachvoll der meines Onkels, schmachvoll mein eigener. Lehre mich ein Schwert führen, dass ich mit einem kraftvollen Stoß die Brust durchbohre, welche nur nach Taten geizte, die den Namen Tat nicht verdienen!"

So eiferte in knäbischer Verzweiflung Valentinian gegen sich selbst zum Entsetzen des Eunuchen, den er sonst nicht zum Zeugen ähnlicher Stimmungen zu machen pflegte.

Doch Heraklius wusste sich bald zu raten und hämischen Sinnes begann er: „Kann der zweifelhafte Ruhm des Mösiers meinem erhabenen Gebieter so beneidenswert erscheinen? Als Besieger Attilas trägt dieser das Haupt allzu hoch, gestattet er huldreich den Quiriten, ihn als den Retter des Vaterlandes zu preisen. Armseliges Genügen, schamlose Täuschung! Könntet ihr die Herzoge der Westgoten vernehmen, sie würden sagen: ‚Nicht Aetius noch Avitus, nicht Gondicar und Meroveus überwanden den Herrn der Steppe, sondern unser König Theoderich und wir!' Könntet ihr Attila selbst vor euren Thron bescheiden, er würde voll ungebrochenen Trotzes ausrufen: ‚Wer wagt, mich einen Besiegten zu nennen? Mit Karren voll Beute habe ich meinen Palast am Donaustrand wieder aufgesucht. Nicht der Heldenmut Eures vielgerühmten Mösiers, nicht das Ungestüm der Westgoten trieb mich von dannen; Krankheit und Mangel wüteten in meinem Heer und lähmten seine Kraft!' Oder er würde vielleicht mit grimmigem Hohn sprechen ‚Ihr Toren, die ihr wähnt, dass das Feldherrngeschick des Verräters mir Halt gebieten könnte! Wisst ihr nicht, dass es Hunnen waren, welche den Mösier zweimal den Weg zur Rückkehr nach Rom mit Waffengewalt ebneten; habt ihr vergessen, dass Attila für jeden Dienst dreifachen Lohn fordert? Nicht umsonst lieh Rugila dem jugendlichen Aetius seinen Beistand, nicht umsonst half Attila dem zum Mann Gereiften! Vor den Intrigen des Mösiers zog König Thorismund von dannen, denn er erkannte, dass auf den catalaunischen Feldern keine Ehren mehr zu erringen sind. Da fand der Hunnenkhan die Gelegenheit günstig, mit seinen Horden und all seiner Beute zu entschlüpfen, und Aetius verhinderte es nicht. Denn so lange er lebt, wird Aetius der Gewaltige sein, auf den die blöde Menge hoffend blickt, dessen schrankenlose Herrschsucht der Kaiser dulden muss, um nicht von dem Verräter erdrückt zu werden!"

Der Eunuch hatte seine Worte nur allzu gut gewählt; verkleinern wollte er Aetius, ihn aufs Neue in den Augen des Kaisers zum Verräter stempeln und es war ihm trefflich geglückt. Die ungeheure Bedeutung des Siegers auf den catalaunischen Feldern wurde absichtlich verkannt, die Verdienste des Helden achtete man für Nichts, die Tatsache, dass er den furchtbaren Gegner nach dem Abzug der Westgoten ohne eine neue Schlacht ziehen lassen musste, wurde ihm als Verrat angerechnet. Wie Heraklius dachten und sprachen alle Neider des großen Mannes; gleich den Hunnen, die nicht einräumen wollten, dass sie geschlagen wurden, bestritten es die Schmeichler und Schmarotzer Valentinians, sobald Heraklius für gut befand, diesen Ton anzugeben. Aetius hatte die abendländische Welt vor dem Untergang gerettet; aber die Erbärmlichkeit seiner Feinde verschloss dieser Erkenntnis die Augen, und nur Attila selbst beurteilte den großen Gegner gerecht, als er auf der Lagerstatt bei Fanum Minervae bekannte, dass der Tod des Mösiers eine Niederlage wohl ausgewogen hätte.

Vor den giftgetränkten Worten seines Vertrauten schwand in Valentinian die bessere Regung, die ihn auf Augenblicke beherrscht hatte; in je trüberem Licht das Tun des Mösiers erschien, in desto hellerem sah der Augustus sich selbst und mit Begier sog sein Ohr die Schmähungen ein, mit denen der Eunuch nicht geizte. Wenn nur ein Teil dieser Anklagen auf Wahrheit beruhte, so enthob er Valentinian aller Dankespflicht und minderte seine Bewunderung vor Taten, deren Größe ihn danieder drückte.

Das war es, wonach Valentinian, vielleicht unbewusst gelechzt hatte; aus dem Geifer, womit Heraklius den Mösier zu besudeln trachtete, zog der Augustus die Kraft, dem besseren Mann zähen Trotz entgegen zu setzen. In den Zügen Valentinians, die mit dem Ausdruck höchster Spannung an den Lippen des Eunuchen gehangen hatten, zeigte sich plötzlich ein widerliches Lächeln und er entgegnete diesem: „Wahrlich, du hast das rechte Wort gesprochen! In selbstquälerischem Grübeln war ich nahe daran zu vergessen, dass nur ein glücklicher Zufall Aetius zu seinem Erfolg verhalf, dass ein glücklicher Zufall uns von Attila und Jenem befreien kann. Aber," fuhr er, in seine alte Bitterkeit versinkend, fort, „gefesselt bin ich und verraten, so lange der Eine und der Andere lebt, und ich kann dich erst ganz loben, wenn du mir ein Mittel nennst, welches das Joch, das diese mir aufbürden, erträglicher macht!"

„Darauf gibt es nur eine Antwort." entgegnete Heraklius; „Attila muss sterben und der Mösier ihm im Tod rasch nachfolgen. Die Nachkommen beider werden mit leichterer Mühe zu überwältigen sein!"

Der Eunuch hatte mit diesem Ausspruch die Fülle seiner Weisheit erschöpft: allein Valentinian war davon wenig befriedigt und seufzend sprach er: „Soll ich darauf warten, dass die Parze diesen den Lebensfaden durchschneidet? Ist keiner unter meinen Präfekten und Duces, der fähig und entschlossen wäre, den Mösier zu ersetzen? Du kennst sie alle, den Consular Gennadius Avienus, und das Haupt des Senats, Trigetius, den Präfekten Boethius, den tapferen Majorian und den trotzigen Petronius Maximus; ist ihr Glaube an das Glück des Aetius so unerschütterlich, dass sie nur im Bund mit ihm zu glänzen hoffen?"

Heraklius überlegte einen Augenblick; dann erwiderte er langsam: „Ich hörte schon Klagen, dass Aetius den Goten in seiner Umgebung zu große Macht einräumt und sein Vertrauen zwischen Lucilius, Optila und Traustila teilt, seit Sempronius und Hadubrand im Kampf rühmlich gefallen sind. Doch weder der stolze Boethius noch der weise Majorian, weder Avienus noch Trigetius werden dem Mösier abtrünnig werden und viel wäre schon erreicht, wenn Petronius Maximus —"

Er kam nicht weiter, denn ein unerwarteter Gast begehrte plötzlich Gehör bei dem Oberkammerherrn, den er ohne Scheu in den Gemächern des Kaisers suchte. Valentinian gebot den Fremden einzutreten und erstarrte nicht wenig, als er im Gewand eines Pilgers den von Leo in die Wüste verbannten Sylvester erkannte.

Lang und wirr hing diesem das Haar bis in den Nacken herab, ein schwarzer Bart umrahmte sein sonnengebräuntes Gesicht und auf die verwunderte Frage des Kaisers und seines Vertrauten entgegnete er: „Ihr wisst, dass mich Leo zu herber Selbstkasteiung unter der Obhut des finsteren Bruders Salvianus in die Wüste sandte; erbarmungslos geißelte sich und mich der Mönch und knirschenden Mundes ertrug ich die Zuchtrute, im Stillen unter Gebeten und Bußübungen die Stunde heiß ersehnend, die mich meiner unerträglichen Leiden entheben werde. Sie kam früher, als ich zu hoffen wagte. Ein hitziges Fieber ergriff Salvianus und mich; glücklich widerstand meine kräftigere Natur der tückischen Krankheit, welcher mein Hüter erliegen musste. Der Tag seines Verscheidens brachte mir die Freiheit; ich verscharrte seinen Leichnam und mied eine Stätte, die mir Nichts als Trübsal und Pein gebracht hatte. Nach langer Fußwanderung bin ich glücklich bis hierher gelangt; nicht zu Leo gedenke ich zurückzukehren, denn verhasst ist mir das geistliche Kleid und alles, was mich an die Vergangenheit erinnert. In den

Dienst der Welt will ich treten und das Leben genießen, an dessen Pforten ich bisher allzu schüchtern und unentschlossen gestanden habe; dem Kaiser biete ich meine Dienste, dem Kaiser allein!"

Stumm hatte Valentinian zugehört; jetzt entrang sich seinen Lippen ein halb boshaftes, halb mitleidiges Lächeln, und er sprach achselzuckend: „Würde Leo erfahren, welcher Art die Erkenntnis ist, die dir in der Wüste aufgegangen ist, er würde sich besinnen, die Einöde mit neuen Büßern deinesgleichen zu bevölkern. Heuschrecken und Honig scheinen dir wenig behagt zu haben und der feurige Settner bei dir in besserem Andenken zu stehen, als die Ermahnungen des Pontifex. Doch, Freund Sylvester, wenn ich nun so streng dächte, wie der heilige Vater, und deiner Dienste nicht begehrte, es sei denn, dass du an Weisheit und Tugend um ein Beträchtliches zugenommen hättest? — Die Zeiten sind vorüber, die uns gemeinsam der Lust frönen sahen! Sieh nur Heraklius an! Sein Haar ist grau und sein Rücken runder geworden; sieh auf mich! Die Fülle meines Leibes beginnt zu schwinden! Wir alle tragen unser Kreuz, sichtbar und unsichtbar, und auch du Sylvester, wirst dein Teil erhalten, wenn du unter uns nach Ehren und Würden streben willst. Darum besser, du würdest wieder in die Wüste gehen und dort fromme Büßerinnen unterweisen das Fleisch zu töten und die wahre Seligkeit zu empfangen.

Befremdet sah Sylvester auf den Augustus. Nicht der Zynismus in dessen Worten erschreckte ihn, sondern der Ton der eine Entsagung predigte, an welche Sylvester nicht glauben konnte. Unschlüssig blickte er zu Heraklius hinüber; doch Dieser zuckte stumm die Achseln, als wollte er sagen: „Warte das Weitere ab und wundere dich über nichts, was immer dir in Ravenna begegnen wird!"

Aber nach einer Pause, die in lautlosem Schweigen verrann, hob Valentinian wieder an: „Du staunst trotz desjenigen, was du hörtest! Wohlan, leg deine Pilgerkleider ab und lass dir die Toga der Clarissimi anziehen! Kein Pontifex soll strafend die Hand nach dir ausstrecken, so lange du in meinen Diensten stehst; dafür erwarte ich Treue und Eifer, denn es gilt den Kampf gegen zwei Feinde, die uns gleich gefährlich sind zu führen! Nicht zu träger Rast bist du zurückgekehrt, sondern zu emsigem Lauschen und Schaffen; das bedenke wohl, bevor du dich entschließt!"

Noch immer war Sylvester geneigt, an eine plötzliche Laune des Augustus zu glauben. Doch welche Wandlung sich auch im Charakter Valentinians vollzogen haben mochte, — Sylvester fürchtete sie nicht. Der Aufenthalt in der Wüste und die Prüfungen, die ihm dort in reichem Maße beschieden waren, hatten ihn mit einem gewissen Trotz erfüllt, der im Kampf einen Genuss fand, wenn ihm andere Genüsse nicht erreichbar waren.

Er antwortete deshalb: „In qualvoller Einsamkeit habe ich tiefer, denn je, die Sehnsucht nach Taten empfunden. Von meinem erhabenen Gebieter und Heraklius, dem Klugen, beraten, hoffe ich das Vertrauen, dessen ihr mich würdigen wollt, nicht zu enttäuschen!"

„Du wirst den Beweis bald erbringen können," entgegnete Valentinian; „jetzt tue nach meinen Worten und zeige dich wieder, wenn aus dem Zögling des Anachoreten ein glänzender Würdenträger meines Hofes geworden ist!"

Sylvester entfernte sich voll aufrichtigen Dankes und Valentinian wandte sich an Heraklius mit der Bemerkung: „Es scheint mir ein gutes Zeichen, dass in der Stunde, in welcher ich neue Taten plane, ein unverhofftes Werkzeug sich meiner Hand darbietet. Sylvester soll den Versuch unternehmen, erst Attila und dann Aetius aus dem Weg zu räumen!"

Ruhig, ohne Aufregung, hatte Valentinian den Ausspruch getan; dennoch erschrak Heraklius, als er sah, wie schnell sein Gebieter auf einen Vorschlag einging, dessen Ausführbarkeit nahezu in das Reich des Unmöglichen gehörte. Aber es hätte dem Ratgeber schlecht angestanden, jetzt Bedenken zu äußern; und so kam es ihm ganz besonders gelegen, dass er selbst von einem

Untergebenen abgerufen wurde, um eine wichtige Mitteilung in Empfang zu nehmen.

Dieselbe war in der Tat von höchster Bedeutung. Denn als der Oberkammerherr zu seinem ungeduldigen Gebieter zurückkehrte, konnte er ihm die Ankunft einer Gesandtschaft Attilas melden, die ohne Verzug mit dem Augustus selbst zu unterhandeln verlangte.

Eine Gesandtschaft Attilas! — Seit Mondenfrist konnte der Hunnenkhan erst in seine Ansiedelung zurückgekehrt sein; was veranlasste ihn schon wieder, den Beherrscher des abendländischen Reiches mit seiner Botschaft zu belästigen? — Valentinian war wenig geneigt, diesem Gehör zu leihen; dennoch ließ er sich dazu von Heraklius überreden.

Mit dem feierlichen Zeremoniell, das im schreienden Gegensatz zu der wahren Bedeutung des Augustus stand, wurden die Gesandten vor das Angesicht Valentinians geführt. Zu seinem Missbehagen erkannte er den finsteren Berich wieder, während Oneges durch Orestes und den von seiner Wunde genesenen Eudoxius ersetzt war, und eine Anzahl anderer hunnischer Edlen die Gesandtschaft vervollständigte.

Doch wie, waren das die Vertreter eines geschlagenen Barbaren, die mit Versöhnungs- und Friedensvorschlägen dem Haupt ihrer Gegner nahten? — Heraklius ließ seine Blicke prüfend über die Ankömmlinge gleiten; die meisten derselben waren ihm von früher her bekannt, nur Eudoxius hatte er nicht von Angesicht gesehen, so wenig wie dieser jemals zuvor italischen Boden mit seinem Fuß betreten hatte.

Dem Oberkammerherrn war keine Mitteilung über den Inhalt der Hunnenbotschaft gemacht worden; umso gespannter lauschte er, als Orestes dem Kaiser nun ein Schreiben Attilas überreichte und dazu sprach: „Der Sohn des Mundzuch sendet dem Erben Placidias seinen Gruß und lässt dir sagen, dass du von Irrtum befangen bist, wenn du den Worten des Mösiers Glauben schenkst und Attila, den Unbesieglichen, geschlagen glaubst! In seiner Umsicht befand es der Beherrscher der Steppe für gut, einen Kampf abzubrechen, dessen Beute wir längst die unsere nannten. Aber seine beste Frucht reifte nicht auf den catalaunischen Feldern, sondern auf hesperischer Erde. Noch schuldet Rom ihm die Braut Honoria und das Erbteil der Augusta; zum zweiten Mal lässt Attila beides gütlich fordern und erwartet von dir, Valentinian, dass du ihm in deiner Weisheit nicht vorenthalten wirst, was gegen ihn zu behaupten die Macht des West und Ostreiches nicht stark genug wäre. Die ausführlichen Gründe magst du aus diesem Papyrus ersehen; mir bleibt nur übrig, deiner Antwort in Ehrfurcht zu harren und sie meinem Gebieter zu überbringen!"

Die wenigen Worte enthielten den vollständigen Beweis, wie wenig geschwächt sich Attila fühlte, wie trotzig er vielmehr auch jetzt noch auf seinem Willen bestand. Der ganze brutale Stolz des Barbaren barg sich hinter den Worten seines Boten und weckte unter den Hörern Gefühle voll Unmut und Bangen.

Heraklius selbst hatte allen Grund zu triumphieren; denn hier wurde aus dem Mund des Feindes das geringschätzige Urteil über Aetius bestätigt. Ein Gegner, der so rasch nach dem entscheidenden Schlag mit einer Wiederholung seiner kecken Forderung aufzutreten wagte, war nicht vernichtet; und wenn es den Eunuchen gelüstete, aus dem hochmütigen Nahen der Gesandten auf eine geheime Verbindung Attilas mit dem Mösier zu schließen, so stand einzig der Tod Carpilions dieser Vermutung gegenüber.

Ähnlich, wie Heraklius, empfanden die von ihm Beeinflussten heimliche Genugtuung über die Einbuße an Ehren, welche der Mösier hier plötzlich erlitt, aber getrübt durch eine neu aufkommende Furcht vor einem abermaligen Ansturm des Hunnenkhans, der vielleicht anstatt der gallischen Provinzen Italien selbst zum Ziel nahm. Und die Augen aller hingen an den

Lippen Valentinians, dem es zukam, den Gesandten Attilas gebührende Antwort zu erteilen!

In dem Augustus aber regte sich unverhohlen und ungebändigt der tiefe Zorn, den er gegen alle empfand, die es wagten sich ihm zu widersetzen. Der Mösier war seiner Hand unerreichbar, Attila selbst nicht weniger; aber den Gesandten des Letzteren gegenüber konnte er aller Bitterkeit, die ihn erfüllte, ungescheut Ausdruck geben. Und sich von seinem Sitz erhebend, begann er mit zornbebender Stimme: „Unerwartet und unwillkommen, wie vor Zeiten, sendet mir der trotzigste der Barbaren seine Boten; frech und voll Übermuts lässt er seine sinnlose Forderung bei uns wiederholen, der erbarmungslose Verwüster Galliens, den zuerst in Aurelianum und dann bei Durocatalaunum das Strafgericht erreichte. Mag er in Ost und West verkünden lassen, dass er unbezwungen den Rückzug aus Gallien antrat, — wir wissen besser, dass die Horden der Barbaren dem Erz unserer Legionen nicht Stand halten konnten. Darum soll er nicht glauben, dass seine Unersättlichkeit uns schrecken kann; er hat kein Recht auf Honoria und keins auf einen Fußbreit römischer Erde. Unter sicherer Obhut befindet sich meine Schwester und zahllose Arme schützen die Grenzen des Reiches. Das ist der Bescheid, den ich euch, seinen Boten, für euren Gebieter mitgeben möchte."

Trotz der entschiedenen Rede staunten die Römer nicht minder wie die Gesandten Attilas. Verwundert sahen die Ersteren sich an; welch ein neuer, heldenhafter Geist war plötzlich in den Augustus gefahren! Wollte er die Bahnen seiner Vergangenheit verlassen und in kraftvollem Aufschwung den Beweis liefern, dass er mit der Reife der Mannesjahre zum Mann geworden war, der gleich seinem Vater Konstantius das Schwert siegreich zu führen vermochte?

Die Höflinge und Würdenträger standen einem Rätsel gegenüber; auf die barbarischen Gesandten aber hatten die leidenschaftlichen Äußerungen Valentinians nicht ganz den erhofften Eindruck gemacht. Weder Orestes, noch Berich, Eudoxius und die Übrigen glaubten an den unbeugsamen Ernst eines Widerstandes, der dem Willen Valentinians entsprang; sie alle wussten, wie geschwächt an Zahl auch die Legionen des Mösiers aus den Kämpfen in Gallien heimgekehrt waren. Während ihrem eigenen Gebieter auf seinen Ruf schon wieder neue Horden zuströmten, schien es gänzlich unmöglich, dass Aetius in gleicher Weise seine Streitkräfte mehren und zur erfolgreichen Verteidigung des abendländischen Reiches aufbieten könnte.

Betroffen überlegte Orestes, was er auf die schnöde Abfertigung von Seiten Valentinians entgegnen sollte, ohne sich der Möglichkeit friedlicher Verhandlungen für die Zukunft gänzlich zu berauben. Doch Berich, für den es solche Bedenken nicht gab, fühlte sich in seinem Barbarenstolz empfindlicher verletzt und rief, ohne Furcht vor der glänzenden Umgebung Valentinians, laut und drohend: „Dass wir dem Augustus des Westreiches unwillkommene Gäste sind, wussten wir, bevor wir unsere Rosse in den Marmorbrunnen Ravennas tränkten. Attila, die Gottesgeißel, winkt mit den Brauen, — und Himmel und Erde zittern vor seinem Willen; er lässt seine Stimme erschallen, — und Ost- und Westreich erfasst ein Schrecken! Darum handelt Valentinian unrecht und unklug, indem er den Dienern des Herrn der Steppe und damit gleichzeitig Attila schmäht. Scharf sind die Augen des Hunnen, durchdringenden Blickes erkennt er hinter falschem Glanz und Schimmer Ohnmacht und Verwirrung. Wir haben auf unserem Weg hierher gesehen, dass all eure Macht und Stärke gegen die Gewalt Attilas nicht besser ist, als ein stumpfes Schwert und ein geborstener Schild; in dieser Stunde haben wir erkannt, dass all Euer Prahlen nur dazu dienen soll, eure eigene Schwäche zu verdecken. Darum bezwingt euren Stolz und ändert eure Worte; denn Attila wird binnen Kurzem kommen und sich mit Gewalt holen, was ihr ihm in Güte zu überliefern verweigert. Wehe dann jedem, der sich dem Zürnenden in den Weg stellt, wehe vor allem dir, Valentinian, der du dich heute so stolz überhebst, um dann nur noch tiefer zu fallen!"

Ein Murren der Entrüstung durchlief die Reihen der Römer, drohende Rufe wurden laut, — doch es blieb bei unzusammenhängenden Worten; so groß war die Furcht vor dem bloßen Namen der Hunnen, dass keiner von allen Anwesenden den Mut gefunden hätte, den ungeschlachten Berich zur Rechenschaft zu ziehen. Selbst Valentinian schwieg, als hätte die Drohung des finsteren Alten ihm die sonst so scharfe Zunge gelähmt. Die von Heraklius ausgestreute Saat trug schon ihre Frucht. Den Hunnen gegenüber hatte der Augustus mit den Siegen des Mösiers geprahlt, obgleich ihm der Maßstab für die Bedeutung jener Siege durch den Eunuchen aus der Hand gewunden war. Und nun rächte sich die Geringschätzung des Helden, nun kam der Zweifel, ob Aetius im Stande sein werde, den Barbarenhorden eilt zweites Mal siegreich entgegen zu treten.

Die erneute Forderung Attilas, die unverhüllte Drohung Berichs waren nicht dazu angetan, das Strohfeuer Valentinianischen Mutes zu dauernder Glut anzufachen; dem stolzen Aufflackern folgte allzu schnell das Erlöschen. Nur um dieses nicht zu auffallend erscheinen zu lassen, nahm Heraklius jetzt das Wort und sprach vermittelnd: „Nicht mit trotzigen Worten wird eine Einigung unter den Königen erzielt, nicht um zu schmähen und zu drohen sandte Attila seine Boten. Wer ungestüm fordert, beklage sich nicht, wenn ihm eine ungestüme Ablehnung zu Teil wird; wer dem Gegner dessen Schwäche anzeigt, fürchte die Stunde, in welcher die Schwäche sich in Stärke verkehrt. Was Attila von unserem erhabenen Gebieter begehrt, das ist so groß und bedeutsam, dass wir langer, gemeinsamer Beratung darüber bedürfen. Ihr wart schon öfter unsere Gäste; so seid es auch jetzt auf eine Spanne Zeit, bis wir alles erwogen haben und euch mit endgültigem Bescheid in eure Heimat entlassen können!"

Der Blick des Oberkammerherrn suchte bei diesen Worten in den Zügen des Pannoniers und des Bagaudenführers zu lesen; von Orestes erwartete er am ehesten die Geneigtheit, auf seinen Vorschlag einzugehen. Aber dem Pannonier kam Berich zuvor, der zornig antwortete: „Der Wortaufwand der

Römer soll nur dazu dienen, die einfache Frage zu verwirren und mit tausend Einwänden zu beweisen, dass ihr allein die Herren der Welt seid und Attila nur beanspruchen darf, was eure Gnade für ihn übrig lässt. Dazu taugt Heraklius, der Verräter, der am Hofe meines Gebieters vor Zeiten in Weinestrunkenheit seinem Römerhochmut die Zügel schießen ließ und nachher feige und ehrlos entfloh. Ich aber sage Euch: Nicht um mit dem Eunuchen zu verhandeln sind wir gekommen, sondern einzig und allein, um auf eine bestimmte Forderung eine bestimmte Antwort zu holen. Valentinian soll sie geben, er hat sich dem mächtigen Willen Attilas zu beugen oder verschließt sich der besseren Erkenntnis; in beiden Fällen wissen wir, was unsere Pflicht erfordert!"

Bei den herausfordernden Worten des Hunnen erhitzte sich auch das Blut des Oberkammerherrn und scharf entgegnete er dem Alten: „Deine Pflicht, Berich, ist es, den Auftrag deines Gebieters würdig zu bestellen und nicht dem blinden Hass, von dem du selbst erfüllt bist, Worte zu leihen. Gehör sollst du demjenigen schenken, an den deine Botschaft gerichtet ist, und die Antwort, welche Valentinian dir durch meinen Mund kundtun ließ, vorurteilsfrei prüfen. So werden Orestes und Eudoxius, Deinem feindseligen Sträuben zum Trotz, mit uns die Gründe erwägen, welche den Augustus nötigen, andere Entschlüsse zu fassen, als diejenigen, welche dem Haupt deines Königs entspringen!"

„Mögen Orestes und Eudoxius tun, was sie verantworten können; mein Amt am Hofe Valentinians ist erfüllt und niemand wird mich zwingen, länger zu weilen, als mir notwendig erscheint!"

Mit dieser trotzigen Entgegnung machte Berich Anstalten, den Saal zu verlassen. Umsonst versuchte Orestes ihn zurückzuhalten; barsch forderte der finstere Alte ihn, sowie die Übrigen auf, mit ihm zu gehen.

Allein Orestes, den Attila zum Haupt der Gesandtschaft ernannt hatte, lehnte ab; nach längerem Schwanken schlug sich auch Eudoxius auf die Seite des Pannoniers und nur ein kleiner Teil des Gefolges schloss sich Berich an.

Eine wilde Verwünschung auf den Lippen, entfernte sich der Hunne, fest entschlossen, seinem Gebieter alles zu berichten und seinem Misstrauen gegen die fremden Werkzeuge Attilas Ausdruck zu geben.

Heraklius aber, dem die Entfernung des ungefügen Widersachers sehr gelegen kam, lud mit Genehmigung Valentinians den Pannonier und Eudoxius zu einer vertraulichen Besprechung auf den Abend ein. Beide sagten zu; dann verließen auch sie den Empfangssaal, von den Kreaturen des Oberkammerherrn umringt, welche den Gästen als Führer und Ehrengeleit zu dienen berufen wurden.

Zweites Kapitel

Die Gesandten Attilas hatten das Antlitz Valentinians kaum gemieden, als dieser von Heraklius mit einem Vorschlag bestürmt wurde, der während der kurzen Verhandlungen in der Seele des Eunuchen Wurzel geschlagen hatte. Es galt die Ausführung jenes kühnen Gedankens, den Heraklius schon zuvor als das Ziel aller Wünsche bezeichnet hatte.

Gierig lauschte der Augustus den Plänen seines Oberkammerherrn, mehr als einmal Beifall nickend; und als Sylvester sich nun seinem kaiserlichen Gebieter als ein weltlich Umgewandelter vorstellte, war es die nächste Aufgabe des Eunuchen, auch ihn mit dem tückischen Vorhaben vertraut zu machen.

Wohl erschrak der ehemalige Zögling Leos, als er erfuhr, dass ihm eine Rolle in dem blutigen Ränkespiel zugedacht war; doch der Lohn, den ihm Valentinian verhieß, winkte so glänzend und verlockend, dass sein brennender Ehrgeiz Sylvester nicht gestattete, lange mit der Einwilligung zu zögern. Schneller, als er hatte vermuten können, umgarnte ihn die Circe höfischen Treibens, riss ihn sein Verlangen in den Strudel der Charybdis; so wollte er wenigstens zeigen, dass es ihm mit seinen Beteuerungen ernst war, dass die Größe der Aufgabe die Lust zur Lösung derselben nicht verringern konnte.

Mit dem einbrechenden Abend fanden sich Orestes und Eudoxius bei Heraklius ein. Dem Letzteren berichteten seine Untergebenen, mit welchem Entzücken Eudoxius seine Augen an der bisher nie gesehenen Pracht der römischen Straßen und Paläste geweidet hat. Der Oberkammerherr fand darin eine willkommene Bestätigung seiner eigenen Beobachtungen und glaubte umso zuversichtlicher, an dem ehemaligen Führer der Bagauden ein Werkzeug für seine Pläne gewinnen zu können. Denn der kühne Gegner des Mösiers genoss den Ruf eines verschlagenen Kopfes; aus seinem Schweigen während der Verhandlungen am Nachmittag hatte Heraklius auf eine Klugheit geschlossen, die sich im Rückhalt hielt, um später desto unbehinderter ihre Entscheidungen treffen zu können. Dass dieser nicht unbedingt schroff und ablehnend auf hunnischer Seite stand, bewies seine Selbstständigkeit den Drohungen des unbeugsamen Berich gegenüber; und wenn Eudoxius sich auch zunächst fest an Orestes anschließen zu wollen schien, so hielt Heraklius es doch nicht für unmöglich, den Bagaudenführer durch die Verheißung großer Ehren auf seine Seite zu ziehen.

Mit prunkvollem Zeremoniell empfing auch der Oberkammerherr seine beiden Gäste samt ihrem Gefolge. Ein lukullisches Mahl war ihnen bereitet, musikalische und mimische Darstellungen sorgten für reiche, stetig wechselnde Ohr- und Augenweide, und in lebhafter Unterhaltung bemühten sich die Höflinge Valentinians, die Fremden den eigentlichen Zweck ihres Kommens vergessen zu lassen.

Voll derber Lebensfreude gab sich die Schar der Barbaren den sinnlich reizvollen Genüssen hin; es war ja kein Berich anwesend, dessen unversöhnlicher Hass und immer reges Misstrauen die Gäste in den engen Schranken dauernder Entfremdung hätte halten können.

Ungemischt wurde der feurige Wein aus den Vorräten des Hofes den Hunnen kredenzt; ein nie empfundenes wohliges Behagen durchströmte Eudoxius, die Reize der Hyperzivilisation wirkten berauschend auf ihn ein und ließen in seinem ehrgeizigen Herzen den Wunsch entflammen, sich häufiger, sich immer in solchen Genüssen wiegen zu können.

Ja, selbst Orestes, dessen Seele ein höherer Ehrgeiz erfüllte, beschwichtigte das Misstrauen, das er gegen Heraklius mit Recht hegen durfte. Aus Feindschaft gegen Aetius lieh er sein Ohr dem Eunuchen und gab sich ohne Bedenken den Einflüssen hin, die, wenn sie ihm auch nicht unbekannt waren, doch für ihn den Reiz des Langentbehrten hatten. Wohl dachte der Pannonier auch jetzt noch an seinen Auftrag; aber so bereitwillig Heraklius scheinbar auf jede Erörterung der streitigen Fragen einging, so oft unterbrachen neue Genüsse für Geist und Sinne ein ernstes Erwägen.

Sylvester aber hatte sich zu Eudoxius gesellt. Von Heraklius trefflich geschult, war dem Apostaten die Aufgabe zuteil geworden, den neuen Boten Attilas mit Vorsicht auszuhorchen und demselben diejenigen Anträge zu machen, welche Heraklius zur Ausführung seines frevelhaften und verwegenen Planes für nötig erachtete. Offen gab Eudoxius seinem Entzücken über alles, das er sah und genoss, Ausdruck; und als der Wein ihm die Zunge gelöst hatte, pries er die Römer glücklich, denen es vergönnt sei, inmitten solcher Herrlichkeiten und Schätze ein wahrhaft beneidenswertes Leben zu führen.

Aufmerksam lauschte Sylvester; auch ihn hatte ja der heiße Drang nach Lebensbetätigung und Genuss zur Flucht aus der Wüste und zum Bruch mit seiner Vergangenheit, dem idealen Streben und Hoffen seiner Jugend, getrieben. Wenn er daher die bewundernden Äußerungen des Fremden besser, als mancher andere, begriff, so war er selbst ein beredter Apostel des glänzenden Scheines und es klang ebenso verlockend, wie überzeugend, als er zu Eudoxius sprach: „Was hält euch ab, der gleichen Genüsse teilhaft zu werden? Auch ihr könntet, gleich uns, in goldschimmernden Palästen wohnen und dieses Leben in Freuden und Festlichkeiten ohne Ende führen; auch ihr könntet am Hof unseres Augustus zu hohen Ehren emporsteigen und wenig brauchten euch die Gebote Attilas zu kümmern, wenn ihr sein wildes Land verlassen und eure Dienste dem Sohn Placidias weihen würdet. Fürwahr, nicht zu fassen vermag ich es, dass ein Mann, wie ihr, Genüge darin findet, der Diener Attilas zu sein, des Barbaren, dem Nichts heilig gilt, was seinen Ursprung von Rom ableitet! Wäre ich Eudoxius, ich wüsste was ich zu tun hätte!"

So lockte Sylvester und Eudoxius verschloss dem Versucher sein Gehör nicht ganz. Dennoch wollte er sich nicht anmerken lassen, wie mächtig die

Gegenwart ihn ergriffen hatte, und er entgegnete ausweichend: „Was ihr mir sagt, kling überzeugend; doch ihr vergesst, dass Attila mir niemals seine Einwilligung geben würde, dass es mir niemals gelingen würde, ohne diese die Grenzen seines Machtgebietes zu überschreiten. Auch sollt ihr wissen, dass das Leben am Hof des Steppenfürsten nicht so arm und freudlos ist, wie ihr denkt. Rauh ist sein Gebot, rauh sind die Sitten der Barbaren; aber dem Rauhen fällt reiche Beute zu und zitternd huldigen die Völker seinem Namen!"

„Sein Name hat den Nimbus der Unüberwindlichkeit eingebüßt," erwiderte Sylvester; — „Valentinian darf sich rühmen, unter seiner glorreichen Regierung vollendet zu haben, was keinem zuvor gelang: Gedemütigt hat er Attila und nicht zum zweiten Mal wird der Unersättliche seinen Arm gegen das abendländische Reich erheben!"

„Nicht zum zweiten Mal?" — Kopfschüttelnd wendete Eudoxius ein und fuhr fort: „Glaubt ihr etwa, dass wir den weiten Weg nur um leerer Worte willen zurückgelegt haben?"

Doch unentwegt antwortete ihm Sylvester: „Leere Worte sollen uns schrecken; wenn euch das gelänge, so wären eure Worte so gut wie schneidige Schwerter und blitzende Speere. Aber der Augustus, der seit dem Tod Placidias den Thron des Abendlandes einnimmt, ist ein anderer als derjenige, der zu Lebzeiten seiner Mutter sich in knäbischem Trotz gegen den Willen der Kaiserin verzehrte. Ihr habt seinen stolzen Bescheid vernommen; glaubt nicht, dass er ihn ändern oder zurücknehmen wird!"

Die Worte waren nicht viel überzeugender, als die vorher vernommenen; aber in der Brust des Bagaudenführers regte sich stark und lockend die Neigung, sich überzeugen zu lassen, und er entgegnete: „Wenn ich Attila verlassen und in den Dienst Valentinians treten würde, — würde der Augustus mich schützen können gegen den Grimm Attilas und den Zorn des

Mösiers? — Bitter grollt mir Aetius; was würde ich gewinnen, wenn ich die Freundschaft des Steppenfürsten verlieren würde und mit der Gunst Valentinians der Rache seines Heermeisters ausgesetzt wäre?"

Mit lauerndem Blick hatte es Eudoxius gesprochen; er harrte gespannt der Antwort. Sylvester aber sah sich forschend um; und erst nachdem er sich vergewissert hatte, dass die Aufmerksamkeit aller übrigen sich den anmutigen Bewegungen einiger Tänzerinnen zuwandte, antwortete er gedämpften Tones: „Nicht lange mehr wird Aetius zu fürchten sein; sein Tod ist und sterben wird er, sobald sein stärkster Widersacher aus dem Weg geräumt ist!"

Die Augen Sylvesters schienen die Wirkung seiner Worte voll Spannung beobachten zu wollen; doch Eudoxius mochte die verhüllte Andeutung nicht verstanden haben, denn unbefangen fragte er: „Sein stärkster Widersacher? — Wer ist unter den Großen des abendländischen Reiches, der sich an Stärke mit dem Mösier messen könnte?"

Einen Augenblick besann sich Sylvester, ob er auch wohl daran tat, deutlicher zu werden; doch die Stunde erschein ihm günstig und so gab er noch vorsichtiger, als zuvor, zur Antwort: „Nicht unter den römischen Großen! Den Widersacher des Mösiers müsst ihr im Lager der Barbaren suchen; nur einer ist dort, auf den die Bezeichnung sich mit Recht anwenden lässt. Könnt ihr noch bezweifeln, wen ich meine?"

Das Erstaunen des Bagaudenführers wuchs; aber mit dem Staunen bemächtigte sich seiner der Schrecken und mit dem Schrecken trat eine Ernüchterung ein, die ihn den Worten Sylvesters in ganz anderer Stimmung, als bisher, lauschen ließ. Attila soll aus dem Weg geräumt werden und nach Attila der Mösier! Der Gedanke war vom römischen Standpunkt aus ebenso begreiflich, wie er jedem Anhänger des Steppenfürsten ungeheuerlich erscheinen musste. Wie aber konnte der Hof zu Ravenna hoffen, dem frevelhaften Wunsch die Ausführung zu sichern? Blitzschnell durchflogen solche Folgerungen das Haupt des Eudoxius, während seine Lippen nur den Namen Attila leise flüsterten und Sylvester durch ein Neigen des Kopfes bestätigte, dass er recht verstanden hatte.

Neue Unterhaltungen und Genüsse nahmen Eudoxius und Sylvester auf eine Zeitlang in Anspruch; auch hielt der Erstere es für notwendig, zur Vermeidung alles Aufsehens das Gespräch mit Sylvester zu unterbrechen und sich in die Nähe des Pannoniers zu begeben. Doch von der überraschenden Mitteilung, die ihm gemacht worden war, schwieg Eudoxius; er wollte erst mehr von Sylvester erfahren und wenn er tiefer in die Pläne des kaiserlichen Hofes eingeweiht war, für sich selbst erwägen, auf wessen Seite ihn der größere Vorteil ziehen sollte. Und so bewirkte er schließlich, dass der Beauftragte des Eunuchen wieder Gelegenheit fand, in seinen Enthüllungen fortzufahren.

„Attila muss sterben," hob Sylvester aufs Neue an; „der Mann aber, der den tödlichen Stoß führen soll, muss ein solcher sein, der freien Zutritt zu dem Steppenfürsten hat und auf den kein Verdacht der Täterschaft fallen kann. Unermessliche Schätze werden den Kühnen belohnen, Ehren im Übermaß ihn erfreuen! Glücklich derjenige, den sein Mut das Wagnis bestehen lässt!"

Wieder ruhte der Blick Sylvesters forschend auf den Zügen des Gastes. In diesem aber war die ganze List des Bagaudenführers erwacht; er fühlte gut genug, dass alle Worte Sylvesters nur auf ihn gemünzt waren, doch stellte er sich weniger scharfsinnig und sagte nur: „Hat der Augustus jenen Mann schon gefunden? Sein Kopf steht auf dem Spiel, wenn der Stoß fehlgeht oder ein Hilferuf Attilas die Leibwächter herbeiführt. Es wird großer Verheißungen bedürfen, um einen Hunnen zu solcher Tat zu überreden!"

„Einen Hunnen?" — Langsam wiederholte es Sylvester und sprach dann: „Müsste es gerade ein Hunne sein? Am Hof Attilas, unter seinen Vertrauten gibt es kluge und entschlossene Männer genug. Wäre ich selbst an eurer statt —"

Er vollendete nicht, sondern schien den Schluss seinem Zuhörer überlassen zu wollen. Und dieser ging denn auch insofern auf den Gedankengang Sylvesters ein, als er ihm entgegnete: „Ihr wollt meine Hand mit dem Dolch bewaffnen?"

„Eure Hand!" bestätigte Sylvester. „Und wenn sie geleistet hat, was Valentinian von ihr hofft, werdet ihr, gleich einem Triumphator, als der Retter des abendländischen Reiches in Ravenna empfangen werden!"

Ein dämonisches Lächeln flog auf einen Moment über das Antlitz des Eudoxius. In seinem Eifer hatte Sylvester mehr gesagt, als er verantworten konnte, dem Gesandten Attilas die ganze Schwäche des Reiches enthüllt. Schlecht stimmte das Werben eines Meuchelmörders zu dem Pochen auf die Allmacht des Kaisers; und Eudoxius war bei aller Bewunderung des glänzenden Scheines viel zu scharfsichtig, um die Fäulnis, welche sich nur dürftig verhüllt zeigte, zu übersehen. Allerdings würde, wenn Attila nicht mehr als Gegner im Feld stand, die sinkende Größe Roms noch für gewisse Zeit die Welt beherrschen; es galt deshalb scharf abzuwägen, ob ein Treuebruch mit allen Gefahren, die dieser beinhaltete, genug Vorteile mit sich brachte, um diese gering zu achten.

Doch dazu schien dem Bagaudenführer die Persönlichkeit Sylvesters nicht bedeutend genug; Dieser war ja nur das Werkzeug eines Größeren, der für seine Ideen selbst eintreten und bekräftigen sollte, was er ihm durch den Mund seines Untergebenen hatte mitteilen lassen. Deshalb gab Eudoxius Sylvester zu verstehen, dass er weitere Verhandlungen nur mit Heraklius pflegen könnte.

Dem ehemaligen Kleriker genügte dieser Bescheid; er glaubte sich seiner Mission glänzend entledigt zu haben und versprach seinem Gast schleuniges Gehör bei dem Oberkammerherrn, indem er hinzufügte: „Ich will Heraklius berichten, dass ihr willens seid, euch voll Eifer seinem Auftrag hinzugeben und dass es nur von ihm und Valentinian abhängt, die Stunde zu bestimmen, in welcher ihr schlimmster Feind die Augen auf immer schließt!"

Doch so hatte es Eudoxius nicht gemeint; wenn er sich zu der verwegenen Tat entschloss, so konnte es nur gegen unverbrüchliche Zusagen von höchster Bedeutung geschehen, und er entgegnete deshalb: „Sagt dem Oberkammerherrn, dass ich geneigt bin, mit ihm in bestimmte Unterhandlungen zu treten; er mag versuchen, sich aus der Gesellschaft des Pannoniers freizumachen und euch oder einen anderen damit zu beglücken. Doch bewahrt dem Geheimschreiber Attilas gegenüber tiefstes Schweigen; denn sobald zwei im gleichen Lager um eine Sache wissen, ist sie schon kein Geheimnis mehr!"

„Ihr fordert von mir dasselbe, um das ich euch bitten wollte!" entgegnete Sylvester. Dann begab er sich zu dem Eunuchen und Orestes, um sich dem Letzteren als gefälliger Gesellschafter zu nähern und dem Oberkammerherrn Gelegenheit zur Verhandlung mit Eudoxius zu geben.

Mit weniger Umständen, als Sylvester, steuerte Heraklius direkt auf sein Ziel los, indem er zu Eudoxius sprach: „Sylvester hat mir mitgeteilt, dass ihr gesonnen seid, dem Reich einen wichtigen Dienst zu leisten. Ehe ich Bestimmtes mit euch vereinbare, gelobt mir, keinem Menschen zu verraten, was hier zwischen uns besprochen wird!"

Eudoxius besann sich nicht, eine Zusage zu geben, deren Bruch ihm ebenso wenig Bedenken gekostet hätte. Ohne Umschweife erklärte darauf auch Heraklius, dass es sich darum handelt, erst Attila und dann Aetius zu töten. Der Mord des Ersteren solle das Werk des Bagaudenführers sein, die Beseitigung des Letzteren dagegen von einer anderen Hand vollzogen werden. „Gelingt es euch," sagte Heraklius, „den Steppenfürsten mit Gift oder Dolch aus dem Weg zu räumen, so dürft ihr auf die unbegrenzte Dankbarkeit

Valentinians rechnen. Ja, ihr werdet mit größeren Ehren überhäuft werden, als ihr euch denken könnt!"

Wieder erhob Eudoxius dieselben Einwände, doch tat er es nur, um den Lohn für seine Tat zu steigern. Unter Betonung aller Schwierigkeiten, deren Überwindung ihm bevorsteht, forderte er von Heraklius kein geringeres Amt, als dasjenige eines Präfekten von Rom, und daneben eine genau bestimmte Summe Gold. Eine andere Summe, welche dazu dienen sollte, die Tat vorzubereiten, wurde gleichfalls vereinbart; um jedoch ganz sicher zu gehen, bestand Eudoxius darauf, dass Heraklius ihm alles mit seiner Unterschrift, sowie derjenigen Valentinians, beglaubigen muss.

Zwar sträubte sich der Eunuch anfänglich dagegen, da die von Eudoxius geforderte Summe so gewaltig war, dass Heraklius nicht ohne geheimen Neid seinem kaiserlichen Gebieter die Bewilligung derselben empfehlen mochte. Doch in dem Ränkevollen regte sich gleichzeitig der Gedanke, dass nach vollbrachter Tat noch gefeilscht werden konnte. Auch glaubte er, dass nur ein Mann, der ernstlich gesonnen ist, den Mord auszuführen, seine Bedingungen so ängstlich verbriefen lässt; und um an einer Formfrage nicht zu scheitern, sagte Heraklius endlich auch dies zu und erklärte sich bereit, die zur Vorbereitung nötige Summe von fünfzig Pfund Gold dem Bagaudenführer vor dessen Abreise einzuhändigen.

Doch Eudoxius ging darauf nicht ein, sondern entgegnete dem Oberkammerherrn: „Ich selbst kann und darf mich mit so vielem Gold nicht belasten.

Sobald wir zurückgekehrt sind, wird uns Attila entsprechend seiner Gewohnheit befragen, was jeder von uns an Geld oder anderen Geschenken erhalten hat; fünfzig Pfund Gold aber sind eine zu große Summe, als dass ich sie leicht vor den Blicken meiner Gefährten verbergen könnte. Der Steppenfürst würde auf mich Verdacht werfen; darum ist es besser, dass einer der euren, etwa Sylvester, mich als Überbringer der kaiserlichen Antwort in das Hunnenreich begleitet. Dort werden wir uns besprechen; und wenn der zum Handeln günstige Augenblick gekommen ist, soll Jener euch das Mittel angeben, mir die bestimmte Summe zukommen zu lassen."

Heraklius konnte nicht umhin, dem Vorschlag des Bagaudenführers zuzustimmen; jede Möglichkeit, sich vor geschehener Tat einen monetären Vorteil zu schaffen, war damit für Eudoxius ausgeschlossen, und die Zuverlässigkeit des Letzteren erschien in dem günstigsten Licht. Freude über den befriedigenden Abschluss der Unterhandlungen erfüllte den Eunuchen; er brannte vor Ungeduld, seinem kaiserlichen Herrn die mit Spannung erwartete Mitteilung zu machen und wollte doch niemand, selbst nicht Sylvester, mit der Botschaft betrauen.

Gern hätte er jetzt den Festlichkeiten ein schnelles Ende bereitet; aber noch schien Orestes nicht gewillt, mit seinen zechenden Genossen aufzubrechen. Eudoxius musste sich daher einstweilen mit der mündlichen Zusicherung begnügen; zugleich erhielt er die Weisung, sich am nächsten Tag zur Dämmerstunde heimlich bei Heraklius wieder einzufinden.

Neue Lustbarkeiten zu Ehren der Gäste folgten und allmählich erreichte die Stimmung ihren Höhepunkt; schon begann manche Barbarenzunge zu lallen, schon drohte das Behagen bei Einzelnen in sein Gegenteil umzuschlagen, da nahte ein unerwarteter Störer dem Fest. Es war Berich, aber er kam nicht allein, sondern von Honoria begleitet.

Nicht er hatte die Verlobte seines Gebieters aufgesucht; Honoria, von der Ankunft der hunnischen Gesandtschaft unterrichtet, hatte zu dem finsteren Alten die Schritte gelenkt, um sich die Nachricht zu holen, welche ihrer Vermutung nach den Würdenträgern des Steppenfürsten für dessen Braut aufgetragen sein musste.

Mit kaum verhohlener Geringschätzung hatte Berich ihr bedeutet, dass ihm selbst weder Botschaft noch Gruß für die Augusta anbefohlen sei, dass sie sich mit derartigen Anliegen vielmehr an Orestes, dem Haupt der Gesandtschaft, wenden sollte. Doch der barsche Bescheid hatte die Schwester Valentinians nicht abschrecken können; da Berichs Mund verschlossen blieb, fragte sie den Trotzigen nach dem Aufenthalt des Pannoniers und erhielt die bittere Antwort: „Sucht den Geheimschreiber Attilas an der Seite des Bagaudenführers, in den Gemächern des Augustus, in der Gesellschaft von Eunuchen, Dirnen und Sklaven! Wahrlich, wüsste Attila, wie schmählich Orestes hier seines Amtes waltet, er ließe dem Eitlen den Kopf vor die Füße legen und sähe sich für die Zukunft besser vor!"

Die anklagenden Worte hatten auf Honoria gewirkt wie ätzendes Gift. Mit flammender Rede war Berich von ihr aufgefordert worden, nicht in tatenlosem Groll das Ungehörige geschehen zu lassen, sondern die Pflichtvergessenen streng zur Wahrung ihrer Würde anzuhalten. Zwar hatte sich der Alte dessen anfangs geweigert; doch als Honoria ihm antwortete, dass sie selbst tun werde, was er zu tun hätte, da erklärte er sich endlich bereit, ihrem Gebot nachzugeben. Mit unvermindertem Widerwillen vernahm er zwar, dass Honoria sich ihm anschließen werde; doch ließ er es aus unbestimmter Scheu vor dem leidenschaftlichen Geist der Prinzessin geschehen.

Das plötzliche Nahen des starren Alten und seiner Begleiterin führte zu einem Umschlag in der ausgelassenen Stimmung der Gäste und ihrer Gastgeber. Ärger und Unwille sprach sich deutlich in den Zügen des Oberkammerherrn aus, während das Antlitz des Bagaudenführers den Schreck widerspiegelte, von dem sich dieser jäh erfasst fühlte. Auf die übrigen Hunnen und Römer wirkte die Erscheinung Berichs und Honorias teils ernüchternd, teils beklemmend; nur Orestes begnügte sich mit einem leichten Stirnrunzeln und blickte gespannt, gleich allen anderen, auf die beiden, die erste Äußerung ihrerseits mit größerer Gelassenheit, als jene, erwartend.

Doch Heraklius kam den Eindringlingen zuvor. Zwar wusste er nicht, wie weit der gleiche Gedanke die Schwester Valentinians und den Gesandten Attilas einte; aber er erriet den Zusammenhang unschwer und wandte sich mit den verbindlichen Worten gegen Berich: „Große Ehre, fürwahr, erweist uns der tapfere Berich, der sich noch in später Stunde aufgemacht hat, um an den bescheidenen Freuden unseres Festes teilzunehmen." Den Dienern winkend fuhr Heraklius fort: „Heda, Mopsus und Basilius, Athalarich und Brocop! Schiebt einen Sessel herbei und umwindet ihn mit Rosen, bringt einen goldenen Becher und füllt ihn mit ungemischtem Wein für den tapfersten Mann im Heer Attilas! Dir aber," sprach er, zu Honoria gekehrt, „weiß ich Dank, dass du mit freundlichen Worten den greisen Helden vermocht hast, eine Stunde friedlichen Beisammenseins mit uns zu feiern, bevor der Klang der Tuben Hunnen und Römer wiederum gegen einander ins Feld ruft!"

Den Sturm, dessen Nahen er in den düsteren Mienen des Alten und den von Leidenschaft Bewegten Honorias erkannte, hoffte der Eunuch mit glatter Zunge zu bannen; aber es sollte ihm nicht gelingen. Während der Blick Berichs mit dem Ausdruck des Zorns auf den vom Wein Glühenden weilte, öffnete Honoria die Lippen und sprach herb und schneidend: „Der Oberkammerherr befindet sich im Irrtum; nicht um mit euch sybaritischen Gelüsten zu frönen, habe ich den Boten meines Rächers hierhergeführt. Nachricht von Attila suche ich; meine Seele ist voll Begier, die Worte zu vernehmen, die er mir durch seinen Diener sendet. Aber er, den das höchste Vertrauen des Gewaltigen ehrt, sitzt an einer Tafel mit den Feinden seines Herrn; gleich dem Pflichtvergessenen lassen sich seine Begleiter von den Netzen römischer Lüste umgarnen und vergebens harrt Honoria der Botschaft des Steppenfürsten. Darum nahe ich mit Berich, dem Unbestechlichen! Er soll dir, Orestes, ins Gedächtnis rufen, was dein Amt ist; euch andere aber soll er beschämen, er, von allen Hunnen der einzige, den der eitle Glanz des Kaiserhofes zu Ravenna nicht blenden kann!"

Erbittert vernahm es der Eunuch, empört der Pannonier; aber während der Grieche an ähnliche Ausfälle seines Weibes längst gewöhnt war, befand sich Orestes in einer ihm zweifach peinlichen Lage. Eine stolze Antwort schwebte ihm auf der Zunge, aber Honoria war ja die Braut seines Gebieters; und wenn Orestes auch bezweifelte, ob sie jemals die Gemahlin Attilas werden wird, so durfte er sich die Leidenschaftliche doch nicht verfeinden. Überdies hatte er ihr einen von ihm selbst niedergeschriebenen Brief des Steppenfürsten zu überreichen und musste sich einer gewissen Versäumnis anklagen, dass er diesen Teil seines Auftrages noch nicht erfüllt hatte. Seine Neugier, die tolle Schwester Valentinians von Angesicht zu sehen, war nun früher, als er geglaubt hatte, befriedigt; aber er bedurfte einer gewandten Ausrede, um den Tadel Honorias abzuwehren und sich zu rechtfertigen.

So begann er denn scheinbar unbefangen, dass die Augusta sich im Irrtum befindet, wenn sie ihn an seine Pflicht erinnern müsste. Sein Auftrag an sie werde erst dann vollständig ausführbar, wenn ihm aus dem Mund Valentinians ein endgültiger Bescheid auf die Forderungen Attilas erteilt wird. Auch blendet ihn kein falscher Schimmer, sondern er folgt nur den Sitten des Landes, welchem seine künftige Gebieterin selbst entsprossen ist!

Ein kurzes, spöttisches Lachen war die einzige Antwort Honorias. Statt ihrer erschallte die rauhe Stimme Berichs, der feindseligen Blickes sprach: „Hochfahrende Drohungen stieß Valentinian gegen uns aus, mit hochfahrenden Worten hat Heraklius uns abgespeist. Mich gelüstet es nicht nach weiteren Verkehr mit der Ohnmacht, die von der Stärke nur das furchterregende Kleid borgt, und ich brach die Verhandlungen ab. Orestes aber und Eudoxius scheinen der Meinung zu sein, dass ihre Weisheit an den Tafeln des Oberkammerherrn neue Nahrung empfängt! Die Toren! Lockend umgarnen die bösen Geister im Wein das Haupt; Klugheit, Ernst und Treue weichen und heimlich schleicht der Verrat sich ein. Ich lese auf ihrer Stirn, was sie im Verborgenen planen; aber Attila soll es erfahren, Attila soll auf der Hut sein vor jedem, der mit den treulosen Römern Salz und Brod teilt!"

Betroffen schlug Eudoxius die Blicke zu Boden; doch Orestes richtete sich in seiner ganzen Größe auf und stolz-gebieterisch lautete seine Antwort mit einem Anflug von Spott: „Gespenster sieht Berich, wo nichts als harmlose Fröhlichkeit uns bereitet ist; der alte Löwe fürchtet die unsichtbaren Geister, die ihm früher selbst gefährlich waren, und wähnt, dass unser Verstand so schwach sei, um einigen Bechern Weins zu erliegen. Nicht er sorgt für unsere Mission! Könnte der kriegerische Mut allein Verträge schließen und Fürsten vereinen, so hätte Attila es nicht nötig gehabt, uns dem finsteren Alten zu gesellen. Doch unser erhabener Gebieter weiß, dass die Zunge hin und wieder eine bessere Waffe ist, als das Schwert; deshalb machte er mich zum Haupt seiner Gesandtschaft und ich werde mich zu verantworten wissen, wie laut und polternd der tapfere Berich seine Klagen auch gegen uns erheben mag!"

Aber die stolze Antwort entwaffnete den Alten nicht, sondern mehrte nur seinen Zorn und drohend fuhr er fort: „Als seine beste Waffe lobt Orestes die Zunge; er mag sie gegen mein Schwert erproben, sobald wir hunnischen Boden unter den Füßen haben. Hier aber weiß er die Zunge nur zu benützen, um zu kosten, was Heraklius ihm kredenzen lässt. Seht her, hier steht eure künftige Gebieterin; mit mir erhebt sie die Stimme und gebietet dir, Orestes, den Auftrag Attilas an sie zu bestellen. Euch aber befiehlt sie, eure Rosse zu satteln und ohne Säumen Ravenna zu verlassen. Der Mond leuchtet unserem Ausritt; bevor die Sonne aufgegangen ist, müssen wir den Staub Ravennas abgeschüttelt und die Fluten des Padus durchschwommen haben!"

Ungewiss, was sie beginnen sollte, blickte die Mehrzahl der hunnischen Gäste mal auf Berich, dann auf Orestes. Heraklius war außer sich bei dem Gedanken, dass die unerwünschte Dazwischenkunft des Alten seinen fein eingefädelten Plan zunichtemachen konnte. Heimlich ließ Sylvester seine Augen auf Eudoxius ruhen; mit finsterer Miene sah Honoria auf den Pannonier, voll Ungeduld harrend, ob er tun werde, was Berich von ihm forderte, während der Letztere strengen Blickes die Erfüllung seines Gebotes erwartete.

Aber bevor es dazu kam, ließ Orestes seine Stimme wieder vernehmen und sprach erregt: „Keiner von euch verlässt diesen Raum, bevor ich es erlaube. Nicht Berich, so sehr er sich überhebt, hat euch hier Befehle zu erteilen, nicht Honoria, noch sonst jemand. Mir allein kommt es zu, Tag und Stunde zu bestimmen, und ich werde es tun, sobald ich vollendet habe, was Attila von mir erwartet. Nicht hier ist der Ort, der Augusta mitzuteilen, was ich ihr im Namen Attilas bestellen soll; schlecht diente Berich unserem Gebieter, da er in blindem Eifer verriet, was geheim bleiben musste. Er soll das Weite suchen und bestrebt sein, den Grimm Attilas rechtzeitig zu versöhnen, ehe ich dem Herrn der Steppe verkündige, mit welcher plumpen Hand sein ältester Würdenträger meine Kreise zerstörte."

Wilder nur wollte Berich aufbrausen; doch Honoria schnitt ihm das Wort ab, indem sie raschen Schrittes auf Orestes zutrat und ihm entgegnete: „Du bezeichnest den Alten der Überhebung, frecher Knecht, und überhebst dich selbst deines Amtes. Werkzeug Attilas, der dich zerbrechen kann, wann es ihm beliebt, gib her, was mein Rächer dir für mich überliefert hat, — oder zittere vor meinem Zorn!"

Statt einer Antwort kehrte Orestes der Rasenden den Rücken; sie aber stachelte mit flammenden Worten Berich auf, bis der Alte sein Schwert herausfordernd gegen den Geheimschreiber zog. Doch hatte er damit mehr gewagt, als er durchzuführen im Stande war! Denn gewandt parierte Orestes selbst den wütenden Angriff des Barbaren, dem Ersteren eilten andere zu Hilfe und nach kurzem Ringen sah Berich sich überwältigt und entwaffnet. Knirschenden Mundes rief er alle diejenigen, die es treu mit Attila meinten, zum Kampf gegen den Pannonier, doch umsonst; sein Fanatismus hatte ihm ein Los bereitet, gegen das er sich mit allen Kräften vergebens bäumte!

Den Alten ließ Orestes durch eine Schar seiner hunnischen Genossen in jenen Teil der Kaiserburg bringen, welcher der Gesandtschaft zum Aufenthalt angewiesen war. Die schmähende Honoria sandte ihr Gemahl durch seine

Untergebenen ebenfalls wohlbewacht von hinnen und nur die ursprünglichen Teilnehmer des Mahles waren noch zugegen. Doch die weinfrohe Stimmung war verschwunden; die Worte, die auf beiden Seiten gefallen waren, hatten ein gegenseitiges Misstrauen wachgerufen, und vor allem erinnerte sich Orestes an die strengen Weisungen des Hunnenkhans. Der wiederholten Aufforderung des Oberkammerherrn ungeachtet, ermahnte er die Seinen, sich langsam zurückzuziehen; er selbst blieb mit Eudoxius, bis kein anderer Hunne mehr zugegen war.

Dann sprach der Pannonier zu Heraklius und Sylvester: „Ihr wart Zeugen des Zwistes, der Berich und mir das Schwert in die Hand drückte. Überwunden ist der starre Hunne; aber hier, wo sein Ohr uns nicht hören kann, lasst mich bekennen, dass er viel Wahres sprach. In üppigem Sinnentaumel vergaßen wir, was uns zusammenführte. Lasst euch denn noch einmal sagen, dass Attila keine Beschränkung seiner Forderungen jemals anerkennen wird. Wollt ihr den Frieden, so gebt ihrem Verlobten Honoria, die nur unter eiserner Zucht lernen wird, sich dem Gebot des Stärkeren zu fügen. Teilt das Reich nach seiner Größe und gebt dem Herrn der Steppe die Provinzen, die an seine Weideplätze grenzen, gebt sie ihm in Güte, bevor er sie mit dem Schwert erobert. Denn nicht zum zweiten Mal würde er seinen siegreichen Scharen Einhalt gebieten, wenn er mit Heeresmacht angezogen käme, um sein Erbteil in Besitz zu nehmen. Einmal war das Glück dem Mösier günstig, es wird sich nicht aufs Neue an eure Adler fesseln lassen. Darum ratet Valentinian dringend, keinen Hirngespinsten Raum zu geben, sondern durch kluge Nachgiebigkeit die Freundschaft Attilas zu erwerben, die ihn mächtiger schützen wird, als der Eifer aufrührerischer Feldherren, welche vor allem ihren eigenen Ruhm und Gewinn vor Augen haben!"

Von der Wendung, welche die Dinge plötzlich genommen hatten, war Heraklius wenig erbaut. Er fühlte, dass die Verhandlungen durch das Nahen Berichs und Honorias überraschend schnell gescheitert waren; aber wie sehr er jene beiden auch verwünschte, musste er sich doch eingestehen, dass er mit Orestes selbst, sobald sie tiefer in den Kern der Streitfrage eindrangen, nicht viel besser gefahren wäre. So blieb nur die Hoffnung auf Eudoxius; an sie klammerte sich Heraklius umso fester, als auch sie seinen Händen zu entschlüpfen drohte. Mit einigen ausweichenden Wendungen suchte er wohl den ernsten Bemerkungen des Pannoniers die Spitze zu rauben; im Stillen aber überlegte er nur, wie er es anfangen könnte, um durch Eudoxius ans Ziel zu gelangen.

In verbindlicher Form schieden die Würdenträger voneinander; Sylvester geleitete die Fremden, und raunte dem Bagaudenführer noch im letzten Augenblick zu, dass derselbe sich innerhalb der bevorstehenden vierundzwanzig Stunden verabredetermaßen bei Heraklius einfinden soll.

Drittes Kapitel

Besser, als der Eunuch gehofft hatte, gelang ihm sein Vorhaben. Der argwöhnische Berich war von Orestes selbst unschädlich gemacht worden; und während der Letztere bei Honoria weilte und sich seines Auftrages an sie mit Widerwillen entledigte, fand Eudoxius eine günstige Stunde, um das Angesicht des Oberkammerherrn aufzusuchen.

Mit Lobeserhebungen empfing Heraklius seinen Gast und bald erschien auch Valentinian. Die erbetene schriftliche Versicherung wurde dem Bagaudenführer eingehändigt und Sylvester endgültig als derjenige bezeichnet, der eine briefliche Antwort Valentinians an Attila überbringen sollte, um unter einem unverfänglichen Vorwand im Geleit der Gesellschaft reisen und in der Nähe des Eudoxius bleiben zu können. Zugleich sollte Sylvester jene fünfzig Pfund Gold mit sich führen, deren Übernahme der Bagaudenführer aus Klugheitsgründen vorläufig abgelehnt hatte.

Als Orestes später den Kaiser aufsuchte, um sich die mit Ungeduld erwartete Antwort zu holen, gefiel es Valentinian, sich dem Feind gegenüber, den er bald nicht mehr zu fürchten brauchte, stolz und römisch zu zeigen. Die Erwiderung auf den Brief Attilas lautete, dass der Hunnenkhan sich jedes Anspruchs auf Honoria und jedes Einfalls in das Gebiet des abendländischen Reiches zu enthalten habe; würde er das nicht tun, so sei Valentinian gerüstet, die Macht des Steppenfürsten für alle Zeit zu brechen.

Der Pannonier glaubte seinen Sinnen nicht trauen zu dürfen; noch einmal erhob er abmahnend seine Stimme, doch wurde ihm kein Gehör geschenkt. Mit Gewandtheit wusste dagegen Heraklius mitzuteilen, dass die Sendung Sylvesters als ein letzter Versuch zur Wahrung des Friedens zu verstehen ist und dessen Gefolgschaft von Orestes deshalb nicht abgelehnt werden dürfe.

So zogen denn die Würdenträger Attilas wieder nordwärts, der finstere Berich, der in verbissenem Groll abseits von den Genossen ritt, Orestes und

Eudoxius. Mit hämischem Lachen hatte Valentinian sie von dannen reiten sehen, gleich Heraklius des festen Glaubens, dass Sylvester bald die Nachricht von dem Gelingen des Mordanschlags an den Kaiserhof bringen wird. Voll ungestillten Hasses, doch an Hoffnungen nicht ärmer, als jene, sah Honoria den Boten ihres Verlobten nach; der Inhalt des Briefes von Attila atmete ja Siegeszuversicht und heiße Rachelust! Und darum beklagte auch Orestes den Misserfolg seiner Sendung nicht ernstlich, wusste er doch, dass Attila nur den Eintritt des nächsten Frühjahres abwartete, um mit seinen Horden verwüstend über Italien herzufallen! —

Mancher Tag war vergangen und trotz der herbstlich rauhen Jahreszeit mehr als die Hälfte des Heimwegs zurückgelegt. Aller Feindschaft der Herrscher ungeachtet, schien ein vertrauliches Band ihre Diener zu umschlingen und Sylvesters Zuversicht wuchs von Stunde zu Stunde. Der Ritt in das Hunnenreich erschien ihm kaum noch wie ein Wagnis, im Gegensatz zu seinen Kasteiungen in der Wüste vielmehr wie ein Unternehmen voll fesselnden Reizes.

Als der Grenzfluss glücklich überschritten war, änderte sich daran wenig. Dem Auge des jungen Römers entrollten sich hier neue Bilder, die er bisher nur aus den Schilderungen anderer kannte. Drohend sprengten oft hunnische Tribus den Nahenden entgegen; doch Sylvester fühlte sich im Geleit der hochgestellten Diener Attilas vor jeder Gefahr geschützt und so sicher, wie im Palast Valentinians.

Nur eins befremdete den Vertrauten des Eunuchen; je näher die Reisenden ihrem Ziel kamen, umso einsilbiger wurde Eudoxius, umso mehr vermied der Letztere mit Sylvester ein häufigeres Zusammensein ohne Zeugen.

Vergebens zerbrach sich der Apostat den Kopf, welche Ursachen hier im Spiel sein konnten. Fürchtete der Bagaudenführer den Argwohn des Geheimschreibers? War dem zum Verräter Gedungenen die gesprächsweise

Erzählung eines Vorhabens, das schwere Gefahren in sich schloss, peinlich, — sank ihm der Mut, je wahrnehmbarer ihn auf hunnischem Boden der Hauch des Steppenfürsten umwitterte? Oder, — zum ersten Mal regte sich das Misstrauen in der Brust Sylvesters, — hatte Eudoxius, listiger und tückischer als Heraklius und Valentinian, sich diesen nur zum Schein willens gezeigt, um sie in ihrer ganzen Verworfenheit zu entlarven und der Verachtung aller Völker und Völkerfürsten preiszugeben?

Der Gedanke erfasste Sylvester plötzlich und erfüllte ihn mit Besorgnis, denn sein eigenes Leben erschien ihm mit Recht auf das Äußerste gefährdet, wenn Eudoxius anderen Gedankens war, als man in Ravenna vermutete. Doch was immer ihn im Geheimen bewegte, — Sylvester musste es für sich behalten und durfte sich weder durch Worte, noch durch auffälliges Benehmen anmerken lassen, dass er in die Zuverlässigkeit des Bagaudenführers Zweifel zu setzen begann.

Näher kam er dem Sitz Attilas, zahlreicher wurden die Ansiedelungen der Barbaren; in friedlicher Gemeinschaft mit den hunnischen weideten die Tribus der Ostgoten, Gepiden und all jener Völkerstämme, welche mit dem Steppenfürsten gegen Gallien gezogen waren. Ihre Menge erschreckte Sylvester und er begann zu empfinden, dass die Drohung keine Leere gewesen war. Und die Völkermassen mehrten sich, immer bewegter wurde das kriegerische Bild, bis auch den Augen Sylvesters der Palast Attilas auf Hügelhöhen sichtbar wurde.

Mit lautem Jubel begrüßten die Hunnen diesen Anblick, Berich aber spornte nun sein Ross zu schnellstem Lauf und sprengte den anderen voraus dem Ziel entgegen. Einen Augenblick schien es, als ob Orestes ihm nachjagen wollte; doch schnell besann er sich eines anderen und trabte an der Seite des Bagaudenführers gelassen seines Weges weiter.

Im Gespräch mit dem Letzteren hatte Orestes die Erlebnisse ihres Aufenthaltes in Ravenna oft genug einer Beurteilung unterzogen und sich der vollkommenen Übereinstimmung mit dem Genossen gefreut. So brauchte er die Anklagen des finsteren Alten nicht zu fürchten und leicht mochte er jeden Vorwurf zurückweisen.

Doch Eudoxius dachte anders. Wenn er jemals geneigt war, seinen Arm den tückischen Absichten des Eunuchen zu leihen, so hatte er dieses Vorhaben längst aufgegeben, als er sich dem Wohnsitz des Hunnenkhans wieder näherte. Immer klarer wurde ihm hier, auf wessen Seite die Kraft und mit ihr die Zukunft lag, immer blasser wurde der goldene Schimmer, der ihn in Ravenna so betörend umfangen hatte. In seinem Schuldbewusstsein fürchtete Eudoxius die strengen Folgerungen des unbeugsamen Berich und immer ungewisser schien es ihm, ob er ohne Verwirrung die forschenden Blicke Attilas werde aushalten können.

Sein Plan war daher lange schon gefasst und als er mit sich selbst im Reinen war, erfüllte es ihn mit dämonischer Genugtuung, die Beweise für die Schuld Valentinians, des Oberkammerherrn und Sylvesters vollgültig in Händen zu haben. Sie sollten nun dazu dienen, ihren Besitzer im Vertrauen Attilas höher zu heben, indem sie seine diplomatische Gewandtheit in das günstigste Licht setzten. So scharfsichtig war selbst Orestes nicht gewesen, solcher Entdeckung konnte sich, all seinem Argwohn zum Trotz, Berich nicht rühmen. Überraschend für Freund und Feind sollte das Vorhaben des Kaiserhofes enthüllt werden; mochte Attila dann bestimmen, in welcher Weise er seine Rache an dem Urheber und dem Werkzeug des verwerflichen Anschlages ausüben wollte!

Unter dem Zusammenlauf der Menge durchzogen die Heimkehrenden endlich die Straßen der Ansiedelung. Die Botschaft, die sie brachten, war so wichtig, dass Orestes weder sich selbst, noch seinen Begleitern, kurze Rast gönnte; aber auch wenn er dazu geneigt gewesen wäre, hätte ihn daran

Oneges verhindert, der dem Pannonier entgegen geritten kam und ihn aufforderte, ohne Zeitverzug vor dem Großkhan zu erscheinen. Orestes verstand den Befehl; die Beschwerden Berichs schienen nicht spurlos vor den Ohren Attilas verhallt zu sein. Doch ohne Furcht nahte der Geheimschreiber, von Eudoxius, Sylvester und den Hervorragendsten seines Gefolges begleitet, dem Palast des Gebieters.

Mit strengen Blicken maß Attila die Ankömmlinge, ohne Sylvester besonderer Beachtung zu würdigen. In erklärlicher Befangenheit wusste Dieser nicht, was beginnen, und umsonst richtete er seine Blicke auf den Bagaudenführer, bei ihm Rat suchend. Eudoxius lauschte so gespannt, wie Orestes und die übrigen, den Worten des Steppenfürsten, der jetzt anhob: „Mit gemessener Botschaft sandte ich euch nach Ravenna; meine gebieterischen Forderungen, meine wohlbegründeten Rechte solltet ihr vor Valentinian, dem Feigherzigen, vertreten. Statt dessen muss ich aus dem Mund Berichs hören, dass die Männer, denen ich Vertrauen schenkte, die ich mit Gütern und Ehren überhäufte, an der Tafel des Eunuchen ihrer Würde vergaßen und mit den verächtlichen Gegnern zechten, anstatt sie mit unerbittlichem Ernst in Schrecken zu setzen. Aus ihren Frauengemächern musste Honoria, meine Verlobte, die Schritte lenken, und mit Berich die Stimme erheben, um euch zur Besinnung und Erkenntnis eurer Schuld zu führen. Schlecht dienten mir die Meinen und mit dem Leben sollten sie ihr Vergehen büßen; doch Attila verdammt keinen Missetäter ungehört. Lasst mich denn vernehmen, was ihr zu eurer Rechtfertigung vorzubringen habt."

Die erste Antwort kam Orestes zu; gern überließ ihm Eudoxius das Wort und die Aufgabe, den Zorn des Steppenfürsten zu beschwichtigen. Der Pannonier selbst hatte nach den Drohungen Berichs nichts anderes erwartet und entgegnete bescheiden, aber ohne Furcht: „Wenn unsere Kraft nicht ausreiche, dem Willen Attilas in Ravenna Geltung zu verschaffen, wenn der Herr der Steppe glaubt, dass andere seiner Diener dazu tauglicher seien, so sende er diese; uns aber zürne er nicht, denn was uns zugemessen werden durfte, haben wir vollbracht. Nicht um uns an römischen Genüssen zu berauschen, sondern um fortzusetzen, was wir vor dem Angesicht Valentinians begannen, folgten wir der Einladung des Oberkammerherrn; nicht der Dazwischenkunft der Augusta Honoria noch der Schmähreden Berichs bedurfte es, um uns ins Gedächtnis zu rufen, was wir nie vergessen hatten. Mag Berich verkünden, welche Antwort Valentinian auf deine Forderungen erteilte; mag Berich uns belehren, welcher andere Weg übrig blieb, als den der List, nachdem die Drohung sich als unwirksam erwiesen hatte. Doch er soll nicht versuchen, uns und Attila glauben zu machen, dass das unüberlegte Preisgeben jedes geheimen Auftrages das Wirken deiner Gesandten erleichtert; er soll nicht behaupten, dass zur Schau getragene Uneinigkeit die Feinde zaghaft macht. Ich beklage, dass ich mein Schwert gegen den Greis ziehen und ihn den Römern zum Gespött von hinnen führen lassen musste; doch ich beklage nicht, dass Valentinian die Forderungen meines Gebieters ablehnte. Denn mit dem Erz muss Attila erobern, was er unter sein Joch beugen will; als Gottesgeißel soll er dem abendländischen Reich nahen. Es wird sich unter seinen Schlägen im Staub winden und, von Schmerzen gebeugt, ihm williger gehorchen, als wenn es ihm durch einen Vertrag zufiele, welchen nur die höchste Not gewähren könnte!"

Attila erwiderte nichts; doch seine Mienen hatten sich während der Rede des Pannoniers aufgehellt, und dieser sowohl wie die hunnischen Großen erkannten daraus zur Genüge, dass die Anschuldigungen Berichs mit Glück abgewiesen waren. Ehrerbietig fragte darauf Orestes an, ob es dem Boten Valentinians gestattet sei, die schriftliche Antwort desselben in die Hände des Fürsten zu legen.

Stumm nickte Attila; aber als Sylvester nun den Mund zu einer Rede auftun wollte, bedeutete ihm der Hunne zu schweigen und legte den Brief ungeöffnet neben sich auf seinen Sitz. Auch Berich, der willens schien, sich gegen Orestes zu wenden, musste auf die Erwiderung verzichten; denn der Steppenfürst richtete sein Auge jetzt auf Eudoxius, als wenn er auch von diesem ein Wort erwarte, das entweder die Äußerungen des Pannoniers bestätigen, oder zu Gunsten Berichs lauten sollte.

Das war der Moment, auf welchen Eudoxius geharrt hatte und den es geschickt zu benutzen galt, um sich nicht in eigener Schlinge zu fangen. Mit einem Zagen, das nur allmählich größerer Zuversicht Raum machte, begann der Verschlagene: „Was ich befürchtet hatte, ist eingetroffen; verkannt wurde unsere Treue, weil wir andere Pfade einschlugen als diejenigen, welche dem tapferen Berich die Rechten erschienen. Weh uns, wenn Attila nur auf die Stimme des kampferprobten Kriegers hören wollte und in seinem Dienst der Klugheit keinen Platz gönnen würde! Nicht umsonst hat Orestes auf den Weg der List hingewiesen, wenn die Drohung ohne Erfolg bleibt. Mit List mussten auch wir den Listigen begegnen und durch kluge Überredung zu erreichen versuchen, was uns auf geradem Weg versagt blieb!"

Gespannt lauschte alles rings den Worten, am gespanntesten Sylvester. Von dem Anblick und Wesen Attilas eingeschüchtert, kam er sich bei der Einleitung, welche Eudoxius seiner Rede gab, vor wie in ein Labyrinth verschlagen, aus dessen Irrgängen ihm kein Ausweg winkte. Er hörte von einer List, durch welche man die Römer den Forderungen Attilas geneigter hatte machen wollen, und war doch selbst tätiger Beförderer einer Gegenlist, die ihr Ziel viel energischer verfolgte. Aber ihm begann vor seinem eigenen Tun zu grauen und der Wunsch, weit weg zu sein, regte sich in ihm immer mahnender.

Da unterbrach Attila, von der gewundenen Redeweise des Bagaudenführers wenig erbaut, ihn mit den Worten: „Zum anderen Mal höre ich die List rühmen, doch einen Erfolg habt ihr durch sie nicht errungen. Trotz Eures Diensteifers will mir erscheinen, dass Berich mit seinem ungestümen Drohen mehr erreicht haben würde, als ihr mit all eurer Geschmeidigkeit und Klugheit. Darum tatet ihr Unrecht, den Rat der Alten zu verschmähen; und wenn ich euch verzeihe, kann ich euch doch kein Lob erteilen, auf das ihr stolz sein dürftet!"

Mit einer Handbewegung bedeutete der Steppenfürst seine Gesandten, dass sie sich zu entfernen hätten. Errötend sah es Orestes und biss sich voll Unmut die Lippen wund, denn dieses Mal schien das Wort Berichs gesiegt zu haben und das Vertrauen Attilas für lange Zeit verloren. Langsam wandte sich der Pannonier, das Gleiche von Eudoxius und Sylvester erwartend; doch der Erstere fand den Mut, der stummen Weisung des Hunnenkhans entgegen zu verweilen und den Mund zu einer Erwiderung aufzutun.

Einen Augenblick schien es, als ob Attila den Kühnen mit seinen Blicken versengen wollte, — doch nur einen Augenblick; denn was er jetzt vernahm, war wohl geeignet, seine Leidenschaft auf das Höchste zu entflammen. Staunen malte sich in seinen Zügen und in denen der übrigen; aus dem Antlitz Sylvesters wich alle Farbe, schreckensbleich stand er da.

Eine Beute des Entsetzens, dem kein Rettungspfad offen steht.

Eudoxius aber sprach: „Unser erhabener Gebieter vermisst den Erfolg, den er erwartete; und dennoch errang meine List einen Einblick in Dinge, deren Kunde mir wichtiger scheint, als alle Trotzworte Berichs. Mit hochfahrendem Bescheid empfing uns Valentinian, der Thor, und Recht hatte Berich, als er behauptete, dass das Prunken mit der angeblichen Stärke nur dazu dienen solle, die römische Schwäche zu bemänteln. Denn während er uns zu Ehren ein üppiges Festmahl veranstaltete, ließ Heraklius die Blicke arglistig umherschweifen, um unter uns denjenigen zu finden, der treulos genug wäre, zum Mord die Hand zu bieten. Berich und Honoria wähnten uns alle im Bann der Sinnenlust; ich aber sah mit geschlossenen Augen, ich hörte, was nur verstohlen geflüstert wurde. Und als Heraklius nun den Versucher sandte, als ich mich willig stellte, um das schamlose Treiben Valentinians zu durchschauen, da ging der Eunuch in die Falle, die er uns bereiten wollte, da enthüllte mir der Hinterlistige unter großen Verheißungen den Plan, durch welchen er das abend- und morgenländische Reich seines furchtbarsten Bedrängers zu entledigen hoffte, deiner, König Attila!"

Laute, zornige Rufe unterbrachen den Sprechenden; Rache forderten die Hunnen, furchtbare Rache ohne Säumen, und drohend erhoben sie ihre Messer gegen den einzigen Römer, der anwesend war, Sylvester. Sein fahles Angesicht, die Angst seines Blickes, das Zittern seines Leibes, bestätigten die Anklage des Bagaudenführers nur allzu sehr, und der Letztere bedurfte seiner ganzen Beredsamkeit, um sein Opfer vor dem tobenden Zorn der Versammelten zu schützen. Nur Berich und Orestes schienen beide gleich überrascht und betroffen über eine Enthüllung, für welche sie selbst blind geblieben waren.

Mit einem unartikulierten Wutschrei war Attila von seinem Sitz aufgesprungen; doch bald gewann er seine äußere Ruhe wieder und entgegnete Eudoxius: „Du klagst Valentinian und Heraklius schwerer Dinge an; wehe ihnen, wenn du Wahrheit gesprochen hast, wehe dir selbst, wenn ich das Gegenteil entdecke! Wie willst du es beweisen, da ein Gesandter des Augustus dich begleitet hat, ein Römer, dessen Leben verwirkt ist, wenn deine Aussage Grund hat!?"

Eudoxius war auf diesen Einwand gefasst, er hatte ja das Mittel in Händen, ihn zu entkräften. Aus seiner Tasche zog er jene Verschreibung Valentinians, die Verheißung außerordentlicher Ämter und Güter, wenn dem Bagaudenführer die Beseitigung Attilas gelingen würde. Ehrerbietig, aber mit triumphierenden Blicken, reichte er das Dokument dem Steppenfürsten; und dieser durchflog es, während die Hand, welche das Schriftstück hielt, vor Aufregung bebte und sein Auge unheimlich unter den buschigen Brauen lohte.

Tiefe Stille herrschte plötzlich ringsum, man hörte die schweren Atemzüge des Hunnenkhans, die Tod und Verderben brütenden Worte, die er zwischen den Zähnen murmelte. Nach einer dumpfen Pause wandte er sich wieder an Eudoxius und sprach drohenden Tones: „Furchtbar schwer wiegt in meiner Hand dieses Zeugnis gegen Valentinian und Heraklius. Du aber berichte mir jetzt alles, das jene heimlich mit dir verhandelt haben; und wenn dir dein Leben lieb ist, verschweige mir nichts!"

Wohl hatte Eudoxius einen anderen Dank erwartet; doch begriff er die zwiespältige Stimmung, die sich des Steppenfürsten bemächtigen musste, und beeilte sich, ausführlich zu erzählen, in welcher Weise er von Valentinian und Heraklius zum ausführenden Werkzeug ihres Planes gedungen worden war. Schonungslos offenbarte er, zu welchem Zweck Sylvester sich ihm angeschlossen hat, und überlieferte damit den Wehrlosen dem Zorn Attilas, der diesen anfuhr: „Unreines Tier, wie kannst du wagen, deine Schritte bis hierher zu lenken! Am Marterkreuz sollst du büßen und dein Leib den Geiern zum Fraß dienen!" Und zu den Leibwächtern gewendet, fuhr Attila fort: „Ergreift ihn und macht das mit ihm, wie mit dem Sohn Attacams. Sein Kopf allein soll Valentinian verkünden, wie wir den Wölfen dienen, die sich im Schafspelz bei uns einschleichen!"

Mit einem Angstschrei vernahm es Sylvester und in Todesfurcht warf er sich vor dem Steppenfürsten nieder, um Verzeihung und Schonung seines Lebens flehend. Den Ausdruck unsäglicher Verachtung im Angesicht, weidete Attila seine Augen an dem Römer im prunkenden Gewand, der die Knie des Barbaren verzweifelnd umfasste und sich darauf berief, dass er nur das willenlose Werkzeug eines Mächtigeren sei, dessen Befehle er habe vollziehen müssen.

Lange schien der Sohn des Mundzuch den Bitten Sylvesters taub zu bleiben, den Seinen lange das unerwartete Schauspiel zu gönnen, bis er diesen endlich mit den höhnischen Worten unterbrach: „Hör' auf zu flennen! Du bist kein

Mann, sondern ein Weib in Mannskleidern, dem Tränen um das Nichts eines erbärmlichen Lebens. Wahrlich, Valentinian hätte mir keinen besseren Vertreter seiner eigenen Würdelosigkeit senden können, als Dich!"

Dann richtete der Khan seine Worte an die Umstehenden: „Seht her, ein Bild der Gegenwart und Zukunft! Der prahlerische Römer, vor Furcht erbebend, im Staub vor mir, der Gottesgeißel, die bald genug strafend auf Valentinian und sein Reich nieder schwirren wird. Zu gering ist dieser für die Rächerhand Attilas; so mag er denn leben bleiben, seines Glanzes entkleidet, seiner Habe beraubt, ein Spott für Weiber und Kinder. Von barbarischen Wächtern begleitet, soll er nach Ravenna zurückkehren und die Antwort Attilas auf die bübischen Anschläge des Augustus und seines Eunuchen überbringen!"

Auf ein weiteres Gebot Attilas wurden Sylvester in Gegenwart aller Würdenträger seine Waffen, Harnisch und Kleidungsstücke abgenommen und er statt dessen notdürftig in hunnische Felle gehüllt. Sein Gepäck ließ der Steppenfürst ebenfalls herbeischaffen und durchwühlen; bald fand sich auch der Beutel, welcher die zur Verwendung für Eudoxius bestimmten fünfzig Pfund Gold enthielt. Attila befahl, dieselben seinem Schatz zuzufügen, und ließ dann den leeren Beutel um den Hals Sylvesters befestigen; mit beißendem Spott sprach er dabei:

„Zur Heimreise bist du jetzt gerüstet; Berich soll dich mit einer auserlesenen Schar bis vor Valentinian begleiten. Und wenn du das Antlitz des Verächtlichen wieder erblickst, dann sage ihm in meinem Namen, dass ich seine ganze Niedrigkeit durchschaut habe, sag ihm, Attila wisse zur Genüge, dass so viel Unternehmungskraft nicht seinem Haupt, sondern dem kahlen Schädel des Eunuchen Heraklius entsprungen ist. Sag ihm ferner, dass ich nach diesem Schädel voller Lug und Trug schon längst Verlangen trage, dass er mir darum in demselben Beutel, welcher den Mördersold enthielt, das Haupt des Eunuchen schicken möge, wenn ich nicht bei meinem Nahen das marklose Hirn Valentinians dafür fordern soll!"

Als sei es mit der gesprochenen Drohung nicht genug, ließ Attila einen Brief des gleichen Inhalts von Orestes niederschreiben und in den Beutel schließen. Dann überantwortete er Sylvester der Obhut Berichs und entließ denselben mit der Weisung, sich nach kurzer Rast zur neuen Reise nach Ravenna anzuschicken.

Wankenden Schrittes, mit niedergeschlagenen Lidern, hatte der Bote Valentinians sich entfernt, von zwei Hunnen mehr getragen als geführt. Attila aber wandte sich nun an Eudoxius mit der ernsten Mahnung: „Rechtzeitig hast du mir die Tücken der Feinde enthüllt und ich danke dir dafür! Doch hättest du weiser gehandelt, dein Geheimnis nicht für dich allein zu hegen. Frage nicht weshalb! Aber lass dir sagen, dass ich nicht liebe, wenn einer meiner Vertrauten in Gesellschaft anderer eigene Wege wandelt. Gefährlich ist es immer, den Sumpf zu betreten; nicht jeder überschreitet ihn sicheren Fußes und du magst dich glücklich schätzen, dass seine trügerisch schimmernde Oberfläche dich nicht in schlammige Tiefen hinabgezogen hat!"

Eudoxius, wohl fühlend, auf was der Steppenfürst zielte, enthielt sich jeder Antwort und Tat daran wohl; für Attila war die Angelegenheit damit abgetan und er sprach nur noch zu Orestes: „Fern sei es von mir, dich und Berich tadeln zu wollen, weil eure Augen nicht bis in diese Tiefe zu dringen vermochten. Die Zeit der Verhandlungen mit Rom ist nun vorbei, die Zeit der Rüstungen beginnt. Wenn die ersten Frühlingsstürme brausen, brechen wir auf; lasst mich euch dann so treu und voll Eifers finden, wie in vergangenen Zeiten!"

Viertes Kapitel

Glänzende Feste hatte Rom dem einziehenden Hunnenüberwinder gefeiert. Aetius erkannte zu seiner Genugtuung, dass dem Volk und den Patriziern Roms noch nicht alle Fähigkeit, sich großer Taten zu freuen, verloren gegangen war. Wenn er daraus den Schluss zog, dass in Zukunft auch die Ausführung großer Taten wieder die Freude Roms bilden würde, so folgte er nur dem heißen Drang seines Herzens, das vor allem sein Vaterland groß und mächtig wieder hergestellt sehen wollte. Die überschwänglichen Äußerungen des Siegesjubels nahm er für mehr als ein vorübergehendes Aufflackern und aus dem kriegerischen Gebaren der Römer leitete er die Hoffnung auf kriegerische Taten ab, wenn die Zukunft solche fordern sollte. Er wusste, dass eine neue kampfreiche Zeit anbrechen werden wird und sein unablässiges Trachten war, ihr so schlagfertig, wie möglich, entgegensehen zu können.

In Rom hatte auch die eheliche Verbindung seiner geliebten Kinder stattgefunden. Nach schweren Prüfungen war die Vereinigung Hildegunds und Lucilius' die Krönung einer Treue, die rein und fleckenlos unwandelbar gedauert hatte. Tiefbewegt aus vollem Herzen gab Aetius dem Bund seinen Segen; dasselbe tat Livia, in aller Trauer um das Ende ihres heldenhaften Sohnes Carpilion doch die Hoffnung hegend, dass ihr und den Ihren nun eine Spanne ungestörten Friedens vergönnt sein möge.

Kein Feind und Neider kreuzte in Rom ihren Weg; gleich einem unumstößlichen Gebot galt das Wort des mösischen Helden, in dessen Glorienschein alle die Seinen mitwandelten. Der einzige, der still, aber mit scharfem Blick, das Tun des Patricius beobachtete, war der Pontifex. Doch Leo hütete sich, gleich Aetius, um kleiner Dinge willen einen verderblichen Zwist heraufzubeschwören; und im Großen hatte er allen Grund, dem Mösier dankbar zu sein, der das abendländische Reich und seine Kirche vor der Vernichtung durch Attila bewahrt hatte.

Dennoch wollte in die Seele des Heermeisters die alte Freudigkeit nicht dauernd zurückkehren; ihn erfüllte mit unstillbarem Schmerz der Verlust Carpilions und kein Glück der Gegenwart, kein rüstiges Wirken für die Zukunft, vermochte die Trauer um den Gefallenen ganz aus der Brust des Vaters zu bannen. Aber den Seinen gegenüber versuchte er seinen geheimen Gram zu verstecken und nur Livia blickte tief genug, um den Gatten vollkommen zu verstehen.

Allzu früh sollte in diese Friedensstille der gellende Ton der Kriegstuba schallen. Ein ungewöhnlich milder Winter war kaum vorübergerauscht, als die Kunde von dem kriegerischen Nahen der Hunnen nach Rom drang. Aetius war nicht überrascht; nichtsdestoweniger befremdete es ihn, dass dem neuen Ansturm keine Gesandtschaft der Hunnen mit Forderungen ihres Gebieters vorausgegangen war. Denn auf den Rat seines Oberkammerherrn hatte der Augustus, der mit törichter Sicherheit auf das unbedingte Gelingen seines frevelhaften Anschlags rechnete, diesen selbst, sowie die Ankündigung neuer Fehde, dem Heermeister verschwiegen. Sobald die Nachricht vom Tod Attilas in Ravenna eintraf, sollte ja den Mösier gleich seinem Gegner der tödliche Streich unerwartet und desto sicherer treffen! —

Aetius nächster Gedanke war, sich mit Valentinian in Verbindung zu setzen; in Ravenna war der Patricius dem Feind näher, Ravenna konnte als Hauptziel Attilas betrachtet werden, so lange der Augustus dort weilte. Überdies war in Rom selbst eine Erhöhung der kriegerischen Rüstungen nicht möglich; hier war alles geschehen, das binnen weniger Monate hatte geschehen können. Kampflustig und ungebeugten Mutes harrten die Legionen nur der Stunde, in welcher der mösische Held sie gegen die Barbarenhorden führen werde; doch umso weniger war Aetius überzeugt, dass dort, wo er selbst nicht weilte, in gleicher Weise für die Wehrhaftigkeit des Landes gesorgt war.

Aber das Aufgebot aller Kräfte war erforderlich, um dem Nahen des Hunnenkhans Trotz zu bieten. Dem Patricius war klar, dass ihm dieses Mal die beträchtliche Streitmacht der Westgoten und der übrigen Verbündeten nicht zur Verfügung stand. Römische Kraft, gestärkt durch die im Sold Roms stehenden Auxiliären, musste den Kampf auf Leben und Tod mit Attila und seinen racheschnaubenden Scharen aufnehmen. Hoffend lenkte Aetius seinen Blick nur nach Byzanz; von Marcian, dem tapferen und kriegserfahrenen, erwartete er die beste, die einzige wirksame Hilfe in dem bevorstehenden Ringen.

Während der Feldherr noch über die Einleitung dahin zielender Verhandlungen nachsann, traf eine Botschaft aus Ravenna bei ihm ein; derselbe Valentinian, der den Gesandten Attilas gegenüber so hochfahrend auf seine Stärke gepocht hatte, ließ seinen Heermeister nun auf das Dringendste beschwören, ihn vor dem Gegner zu schützen oder, wenn er das nicht vermöge, Mittel und Wege zur Flucht vorzubereiten.

Das Erstere zu tun war Aetius ohnehin willens; die letztere Zumutung empörte ihn und ließ erkennen, dass höchste Eile geboten sei, wenn die Bestürzung am Kaiserhof nicht das ganze Reich verwirren sollte. Als der schlimmste aller Feinde erschien ihm die Furcht; und wenn er auch nicht hoffen durfte, dem armseligen Valentinian den Mut eines Helden einzuhauchen, so sollte wenigstens das Reich nicht das klägliche Schauspiel eines vor dem heranrückenden Gegner fliehenden Kaisers erleben.

So begab Aetius sich denn, nachdem er Weib und Tochter dem Schutz des Senates empfohlen hatte, mit einer Anzahl seiner Legionen und Getreuen, unter welchen sich Traustila nebst Petronius Maximus befanden, nach Ravenna; Lucilius aber musste mit Gaudentius, Boethius und Majorian die Fahrt über das Meer nach Byzanz antreten. So schwer dem Ersteren auch der Abschied von seinem jungen Weib wurde, so freudig gehorchte er, gleich Gaudentius, dem ehrenvollen Ruf des Feldherrn und Vaters. In die Arme Livias legte Lucilius die mit ihren Tränen kämpfende Hildegund; mit heißen Segenswünschen sahen die Zurückbleibenden den Scheidenden nach, Grüße voll Hoffnung und Zuversicht klangen zurück, bis das wogende Meer die kühnen Männer aufnahm und ihr Fahrzeug im fernen Horizont verschwand.

Die Willkommensrufe Ravennas und seiner Bevölkerung begrüßten den einziehenden Feldherrn; aber nicht so freudig, wie bei seiner Rückkehr aus der Hunnenschlacht, klangen diesmal die Stimmen. Es war, als dämpfte die Scheu vor den Opfern, welche die neue Gefahr von den Bürgern des Reiches fordern könnte, die Freude derselben.

Frostiger noch war der Empfang am Hof Valentinians! Wohl bemühte sich der Letztere, dem Mösier sein Vertrauen zu betonen; aber im Stillen drückte ihn das Bewusstsein der verbrecherischen Absicht, die er gegen Aetius hegte, die Erkenntnis, dass sein eigener toller Übermut den Zorn Attilas auf das Furchtbarste gesteigert hatte.

Denn im Geleit Berichs war Sylvester nach Ravenna zurückgekehrt; am Hals den Beutel mit dem trotzigen Brief des Hunnenkhans, hatte ihn Berich vor das Antlitz des Kaisers geführt. Umsonst war Valentinian bemüht gewesen, dem greisen Hunnen gegenüber die Verantwortung für den Mordanschlag von sich abzuwälzen. Berich blieb ungläubig; und da Valentinian den Kopf seines Eunuchen verweigerte, war der Alte mit der furchtbaren Drohung, dass Attila binnen Kurzem selbst nahen und Größeres fordern werde, von dannen gezogen.

Die natürliche Folge jenes Zwitterzustandes, in welchem Valentinian sich befand, blieb denn auch nicht aus. Aetius hatte durch Flüchtige erfahren, dass der Hunnenkhan, quer von Osten nach Westen durch Pannonien ziehend, auf der alten Heerstraße der Legionen über die julischen Alpen, vermutlich durch den Engpass von Pirus, in das Gebiet Venetiens einbrechen werde. Dort bildete das feste Aquileia den Schlüssel, dessen Attila sich erst bemächtigen musste, bevor er wagen konnte, auf feindlichem Gebiet weiter vorzudringen. Kühnen Mutes war Aetius entschlossen, sich mit seiner ganzen verfügbaren

Streitmacht bei Aquileia in dem alten Römerlager an dem ‚kalten Fluss' aufzustellen; durch die Festung gedeckt, wollte er den Steppenfürsten bei dessen Niedersteigen vom Gebirge im offenen Feld so lange beschäftigen, bis Lucilius und Gaudentius mit den von Kaiser Marcian erbetenen Hilfstruppen nahten. Von zwei Seiten gefasst, sollte Attila dann eine schlimmere Niederlage, als auf den catalaunischen Feldern, erleben!

Aber was der Heermeister mit weitschauendem Blick ersonnen hatte, fand nicht den Beifall des Kaisers. Wenn das Vorhaben misslang, wenn Marcian sich nicht hilfsbereit erwies, oder Lucilius zu spät kam, wenn Attila, nach Überwindung aller Hindernisse, verwüstend gegen Ravenna vordrang, wer sollte dann den Augustus vor der Wut des Barbaren schützen?

Umsonst betonte Aetius die Vorteile seines Planes, umsonst versuchte er Valentinian mit Zuversicht zu erfüllen; Zweifel, denen der Letztere offen Worte lieh, und schlimmere Zweifel, die ihn im Stillen quälten, ließen ihn den Vorschlägen des Mösiers hartnäckig Widerstand entgegensetzen. Heimlich hatte der Eunuch das Ohr des Gebieters, heimlich nährte er den alten Argwohn, während er dem Auge des Helden nicht zu begegnen wagte; ohne inneren Halt, wurde der Augustus die Beute des Hinterlistigen, der Hemmschuh, welcher die Tatkraft des Heermeisters empfindlich lähmen musste.

Bei der Beschränktheit der Streitkräfte erachtete Aetius es für seine höchste Pflicht, die Uneinigkeit fern, die Leitung des Ganzen in starken Händen zu halten. Er war sich der Tücken seiner Neider voll bewusst; konnte er Rom nicht, von jenen ungefährdet, an der Grenze Venetiens verteidigen, so wollte er ihnen zum mindesten die Lust zu unheilvollem Tun vertreiben.

Und wie er dachte, so sprach er auch ohne Hehl zu Valentinian. Was dieser verschwiegen hatte, war dem Mösier bei seinem Nahen durch andere zugetragen worden: die hunnische Gesandtschaft, ihre prahlerische Abfertigung und der misslungene Anschlag auf das Leben Attilas.

Brennender Unmut erfüllte den Patricius; so bitter er Attila hasste, so wenig konnte er sich mit einer derartigen Bekämpfung des Furchtbaren einverstanden erklären, und mit berechtigtem Vorwurf sprach er zu Valentinian: „Du hast vernommen, was ich am Sterbelager deiner Mutter zu dir sprach, du hast es nicht gehalten! In knäbischem Rasen entsandtest du den Pfeil, der sich verderbenbringend auf das Haupt des Schützen zurückwendet. Doppelt schwer musst du nun selbst, dein Volk und dein Land büßen, was Heraklius verschuldete!"

Valentinian nagte sich die Lippen; was Aetius ihm sagte, das hatte er sich selbst oft genug vorgehalten, und es zu leugnen fehlte ihm der Mut. Ausweichend entgegnete er darum: „Dennoch willst du das Wohl des Reiches und mein eigenes den Zufällen einer Feldschlacht aussetzen, anstatt die Feinde hinter den geheiligten Mauern Roms zu erwarten!"

„Die Fluren von Aquileia bis Rom würden ein Trümmer und Leichenfeld." wandte Aetius ein. „Das aber sollen sie, so lange ich lebe, nicht! In Ravenna, dessen Mauern und Sümpfe dich so gut schirmen, wie die Mauern Roms, sollst du den Ansturm Attilas erwarten!"

Schweigend vernahm es Valentinian; der Mösier aber fuhr fort: „Längs den Ufern des Padus will ich meine Legionen aufstellen. Fordere nicht, dass ich weiter zurückweiche; die Feinde würden glauben, dass das abendländische Reich nur noch Weiber beherbergt. Doch Attila soll Männern begegnen!"

Die Züge des Mösiers ließen erkennen, dass es ihm mit seinen Worten sehr ernst war. Einer so bestimmten Sprache gegenüber hielt Valentinian es für das Beste, zum Schein nachzugeben, im Stillen entschlossen, bei drohendem Anzug der Gegner die Flucht nach Rom einzuschlagen. Nach Rom deutete unablässig Heraklius, in Rom wähnte Valentinian sich der Macht beider Widersacher entzogen.

Aetius aber ergriff ohne Säumen die notwendigen Maßregeln. Der Stadt Aquileia sandte er eine Legion unter dem Befehl Optilas zu Hilfe; er rechnete mit Sicherheit darauf, dass die Festung bei genügender Verteidigung im Stande sein werde, den Hunnenkhan wochenlang aufzuhalten. Und diese Frist schien Aetius im Hinblick auf das sehnlich erwünschte Nahen byzantinischer Heeresmassen, die Wehrbarmachung der Pogegend und den Eintritt der sommerlichen Jahreszeit von großer Bedeutung. Er selbst betrachtete Ravenna als Stützpunkt seiner Operationen, im Stillen entschlossen, dem Feind bei dem ersten Zeichen seines Nahens entgegen zu gehen.

Eifrig begab sich der Feldherr mit seinen Untergebenen an das mühevolle Werk. Es galt, längs den Ufern des Stromes eine Reihe befestigter Lager herzustellen, welche den Hunnen zu ebenso vielen Hindernissen werden sollten. Aber bald musste Aetius einsehen, dass ohne die kräftige Unterstützung der gesamten Bevölkerung nichts Genügendes zu schaffen ist. Auf die Letztere hatte er von vornherein gerechnet; umso herber war seine Enttäuschung, als jede Hilfeleistung abgelehnt oder nur mit Widerwillen vollzogen wurde. Die Furcht, die am Kaiserhof herrschte, war nur ein Spiegelbild der unmännlichen Entnervung, an welcher das ganze Reich krankte; sie überlieferte Italien den Feinden, bevor der Hufschlag eines Hunnenrosses von seinem Boden widerhallte.

Dennoch gab Aetius nicht alle Hoffnung verloren. Wenn Aquileia sich lange genug hielt, wenn die Mission nach Byzanz Erfolg hatte, so erstanden den Barbaren zwei neue Gegner, welche den Römern längst vertraut waren. Den Waffen Marcians ging der Ruf des Sieges voraus, dem Gluthauch des italischen Sommers waren schon die Heere anderer Feinde erlegen. An der letzten Schranke musste auch der wildeste Barbarentrotz sich brechen, wenn jede andere Waffe sich als zu schwach erwies! Darauf und der eigenen

Ausdauer vertrauend, hielt Aetius an den Ufern des Po scharfe Wacht, einem Adler vergleichbar, der mit ausgespannten Schwingen und stoßbereiten Fängen über seinem Horst schwebt. — Aber so scharf der Mösier auch spähte, mit den Blicken allein vermochte er die hunnischen Geschwadern nicht abzuwehren, die sich in unendlichem Strom durch die Pässe der julischen Alpen gegen Venetien hinabwälzten. Doch Optila war rechtzeitig mit seinen tapferen Scharen vor Aquileia eingetroffen. Vor seinen Augen breitete sich in ihrer ganzen Lieblichkeit die venetianische Ebene, von den Ufern des Sontius bis an die Mauern Aquileias offenes, mit Bäumen und Weinstöcken bepflanztes Feld, das sich bei dem ersten milden Frühlingshauch mit Laub und Blumen kränzte. Alles lud zum Verweilen ein; aber die kriegerische Bestimmung der Nahenden wollte es anders. Den gotischen Heerführer wies der Befehl des Patricius und die eigene Erkenntnis darauf an, nur hinter geschlossenen Toren den Kampf mit Attila aufzunehmen.

Schon zeigte sich den Blicken der Römer in geringer Entfernung die handels- und gewerbereiche Stadt, an Größe so hervorragend, dass sie nicht mit Unrecht das zweite Rom genannt wurde. Eine hohe, Granitmauer, mit Türmen flankiert, umschloss ihr Häusermeer; auf der östlichen Seite von den Wellen der Natissa bespült, schirmten breite Gräben, welchen der Fluss sein Wasser zuführte, die übrigen Seiten, ein schimmernder Gürtel, der jedem Gegner Gefahr drohte.

Unfern der Stadt brandeten die Wogen des adriatischen Meeres, das die stolzen Flotten ost- und weströmischer Kaiser oft genug auf seinem Rücken getragen hatte. Ein wohlbefestigter Hafen sicherte die Verbindung mit der offenen See, und Not und Hunger waren im Fall einer Belagerung kaum zu befürchten. So hatten Natur und Kunst sich in die Hände gearbeitet, um Aquileia unüberwindlich zu machen, wenn es sich mit Mut und Geschick verteidigen wollte.

Dazu aber war die treffliche Stadt entschlossen, noch bevor Optila mit einem Brief des Mösiers an ihren Präfekten eintraf. Und als nun die stattliche Legion, nahezu siebentausend Köpfe stark, unter dröhnenden Hörnerschall in blinkender Wehr herangezogen kam, da taten sich die Tore weit auf und mit Jubelrufen wurden sie begrüßt, die gekommen waren, um gemeinsam mit den Bürgern und der Besatzung dem Steppenfürsten Halt zu gebieten.

Wohlgefällig besichtigte Optila die Verteidigungsmittel der Stadt; er hoffte mit Sicherheit, die Erwartungen des Mösiers nicht zu täuschen. Im Zusammenschluss mit dem Präfekten Caecina sorgte er für die Verproviantierung Aquileias. Jeder waffenfähige Bürger wurde in der Verteidigung der Mauern geübt und freudig folgten alle dem Ruf des tapferen Goten, der ihnen erklärt hatte, mit ihnen kämpfen und bis zum letzten Atemzug aushalten zu wollen. Der Tag, an welchem Optila den Ernst seines Gelübdes beweisen sollte, kam bald. Mit den Stürmen des März brauste auch der hunnische Sturm von den Höhen der julischen Alpen talab. Der Schrecken ging ihm voraus, Flüchtlinge aus Pannonien pochten hilfeflehend an die Tore Aquileias. Ihnen allen wurde aufgetan und begierig lauschte man ihren Berichten, denen die Bestätigung schnell folgte.

Eines Morgens, als die Sonne ihre ersten Strahlen über die blühende Ebene sandte, erblickten die Wächter auf den Türmen und Mauern die Horden der Barbaren, wie sie sich in regellosen Geschwadern heranwälzten und in gemessener Entfernung rings um die Stadt ausbreiteten. Aber die Tore Aquileias waren dreifach verschlossen und verrammelt, die Gräben bis an den Rand mit Wasser gefüllt, die Brücken alle abgebrochen; mochte Attila nur anpochen, er sollte erfahren, dass sein Weitermarsch auf römischem Gebiet von dieser Stunde an nicht mehr ausschließlich in seinem Belieben stand.

Mit zürnendem Staunen erkannte der Steppenfürst die Absicht der Bewohner Aquileias; So viel Kühnheit hatte er nicht vermutet und zweifelte noch angesichts der waffenstarrenden Wälle an dem Ernst der Verteidiger.

Zuversichtlich erwartete er, dass es seinem Drohwort gelingen werde, hier Wandel zu schaffen. Noch glühten ja in der Ferne die Brandstätten der menschlichen Wohnungen an seinem Weg, noch stiegen schwere Wolken dunklen Rauches zum Himmel empor. Hügel und Ebene bebten unter den Hufen seiner Rosse, getrübt schien das Licht der Sonne — und die eine Stadt sollte dem Hunnenkhan abwehren wollen?

Der Gedanke war dem Gefürchteten unfasslich; wenn erst seine ganze Macht vor Aquileia eingetroffen sein würde, wenn sich den Blicken der Verteidiger, soweit dieselben auch reichten, nichts als Reiter und Rosse, Zelte und Karren zeigten, dann, meinte Attila, würde niemand mehr seiner Aufforderung zur Übergabe zu trotzen wagen.

Der Tag verstrich unter dem Anmarsch des gesamten Hunnenheeres und als es dunkelte, loderten unabsehbar die Lagerfeuer der Barbaren durch die Nacht. Aber als die Sonne in strahlender Pracht aufging, näherte sich eine kleine Schar hunnischer Reiter dem Haupttor der Stadt; an der Spitze dieser trabte kein Geringerer, als Oneges. Seine Begleiter schwangen in der Rechten grüne Zweige zum Zeichen friedlichen Nahens; und als auf ihre Frage nach dem Höchstgebietenden Optila mit Caecina auf der Mauer erschien, hob der Grieche an: „Also spricht zu dem Befehlshaber Aquileias Attila, der nicht nur der Steppe, sondern dem abend- und morgenländischen Reich seine Gesetze schreibt: Öffnet mir gütlich eure Tore, legt mir Euer Gold, eure Waffen und Kostbarkeiten zu Füßen und erkennt mich, den Sohn des Mundzuch, den künftigen Gemahl der Augusta Honoria, als euren Herrn und Gebieter an! Als Bürgen eurer Treue sendet mir die Häupter der edelsten Geschlechter eurer Stadt und die Befehlshaber eurer Krieger. Tut ihr das, so soll meine Gnade euch schützen und kein Unheil euch bedrohen! Doch hält euch der Hochmut befangen und wärt verblendet genug, mir, dem Herrn der Welt, trotzen zu können, so wisst, dass ich blutige Rache nehmen werde. Eure Türme will ich niederstürzen, eure Mauern zerbrechen und in ganz Aquileia soll kein Stein auf dem anderen bleiben, keiner eurer Bürger sich rühmen, dass er mir Trotz geboten hat. Mit Feuer und Schwert will ich Tod und Verderben in eure Häuser tragen. Eure Greise erwürgen, eure Frauen und Kinder zu Sklaven machen. Denkt an das Schicksal der Städte in Pannonien und am Rhein und öffnet mir gütlich eure Pforten!"

Ein wilder Wutschrei der neben Optila und Caecina Versammelten schallte zu den hunnischen Unterhändlern nieder und mit Mühe wehrten die Befehlshaber den Ihren, die mit Speeren und Pfeilen trotzige Antwort geben wollten. Aber Optila selbst trat bis nahe an den jähen Absturz der Mauer und stolz lautete seine Erwiderung: „Ich höre den Mordschrei des Wolfes aus den scythischen Wäldern. Wohlan, ihr Verwüster Galliens, vernehmt unsere Antwort und bringt sie dem beutegierigen Sohn des Mundzuch: Wir kennen keinen Gebieter des Westreiches außer Aetius, der für den schwachen Valentinian Schwert und Zepter führt; wir kennen keinen künftigen Gatten des tollen Weibes, das dem Hunnenkhan mit losen Reden Haupt und Sinne verwirrte. Wir begehren nicht nach seiner Gnade, denn sie ist ein Trugbild; wir fürchten seinen Zorn nicht, denn bei Aurelianum brach ihn Aetius. Eure leeren Truhen möchtet ihr mit dem Gold Roms füllen, eure Blöße mit dem Glanz Roms decken! Kehrt in die Wildnis zurück, von der ihr ausgezogen seid; wollt ihr aber kämpfen, so kommt! Wir spotten eurer Drohungen; Gräben und Mauern beschirmen uns und hinter ihnen die Arme, welche euch bei Fanum Minervae zu Paaren trieben. Darum kündet eurem Gebieter: Keine Geisel schickt ihm Aquileia, kein Gold und keine Schätze; keinen Eid der Treue leisten wir jemals dem Treulosen, Unersättlichen!"

Oneges hatte genug vernommen; schweigend wandte er sein Ross, während seine Begleiter wuterfüllt ihre Pfeile gegen die auf der Mauer Stehenden abschossen. Pfeile flogen den Entreitenden nach, doch unversehrt kehrten sie zu Attila zurück.

Dem Ungeduldigen wiederholte Oneges die Antwort Optilas; knirschenden Mundes vernahm sie der Hunne und mit zornblitzenden Augen gab er Befehl, die Feindseligkeiten gegen die allzu kühne Stadt sofort zu eröffnen.

Während berittene Horden die Fluren Venetiens spähend und plündernd durchstreifen mussten, lagerte sich Attila selbst mit dem Kern seiner ungeheuren Streitmacht vor Aquileia, es mit einem Menschenwall umschließend, welcher keinen Durchbruch nach irgendeiner Seite offen ließ. Nur über das Meer hatte der Mächtige keine Gewalt, da ihm keine Schiffe zur Verfügung standen, die stark und zahlreich genug gewesen wären, der tapferen Stadt von der Seeseite ernstlich zu schaden. Das heiße Begehren des Hunnen war sie mit stürmender Hand zu nehmen; aber die Schwierigkeit der Annäherung verbot den Sturm, und so musste sich Attila verdrossenen Sinnes zu einer regelrechten Belagerung entschließen.

Tiefe Gräben wurden in die Erde gewühlt; die Barbaren, die sich sonst nur auf den Rücken von Rossen freudig in den Kampf stürzten, mussten mühsame Pflichtarbeiten verrichten und, ihrem Ziel nahe, oft genug dem ungestümen Ausfall der Verteidiger weichen. Unter dem Schutz beweglicher Sturmdächer nahten andere; doch auch sie vermochten nicht bis auf die Höhe der Mauern zu klimmen. Wem es gelang, die Leiter anzulegen, den traf von oben sicher Speer oder Stein, der sank blutend und zu Tode getroffen in die Wellen, die seinen Leichnam dem Meer zuführten.

Während in Aquileia der Mut und die Hoffnung wuchsen, erkannte Attila bald, dass auf solche Weise nichts zu erzielen ist. Aber die Ausdauer des Steppenfürsten war damit nicht erschöpft. Dem Geist des Oneges war es vorbehalten, auf wirksamere Mittel zu sinnen, und Oneges zeigte sich dieser Aufgabe gewachsen. Nach seinen Anordnungen wuchsen aus der Erde mächtige Gerüste empor, auf denen sich drohende Wurfmaschinen erhoben. Nicht immer gelang es den Kohorten Optilas, die Arbeiten der Barbaren zu zerstören, denn berittene Geschwader schützten die hunnischen Bauleute und verhinderten die Annäherung feindlicher Scharen.

So kam der Tag, an welchem die Ballisten des Griechen ihr verderbliches Spiel begannen und scharfzackige Felsblöcke gegen die Mauern Aquileias schleuderten. Caecina hatte die Absichten der Gegner erkannt und die Brustwehren zum Schutz mit gefüllten Säcken, Tierfellen und Flechtwerk versehen lasten. Dennoch konnte es nicht ausbleiben, dass im Laufe der Tage und Wochen Türme und Zinnen Not litten und mancher tapfere Verteidiger seinen Mut mit dem Leben büßen musste.

Aber Attila fühlte sich von dem Erfolg nicht befriedigt. Schon war fast ein Monat verronnen und noch wenig zur Förderung seines Vorhabens getan; widerwillig musste er sich aufs Neue bekennen, dass die kriegerischen Anlagen seines Volkes sich nicht zum zähen Kampf gegen Mauern aus Granit eigneten. Schon wurden im Lager einzelne Stimmen der Missbilligung laut, schon sprachen die fürstlichen Verbündeten von Weitermarsch oder Umkehr. Beides war dem Hunnenkhan gleich unwillkommen und sein Machtspruch gefürchtet genug, um jede derartige Regung im Keim zu ersticken Täglich unternahm er neue Versuche; und wenn die Tapferkeit und Klugheit der Verteidiger sie auch bisher alle vereitelt hatte, so stand es für Attila doch fest, dass er letztendlich als Sieger aus dem ungleichen Kampf hervorgehen werden wird.

Die Männer in deren Hände das Schicksal Aquileias gelegt war, dachten anders. Mit verhältnismäßig geringen Opfern hatten sie den ersten Monat ihrer Bedrängnis überstanden, die Schäden an Türmen und Mauern mit Fleiß ausgebessert und ungebeugten Mutes den Feinden Widerstand geboten. Bei dem ersten Nahen hunnischer Scharen war ein Fahrzeug nach Byzanz in See gegangen, welches durch Lucilius dem Kaiser Marcian Nachricht geben und die Hilfe von dort beschleunigen sollte. Mit umso größerer Zuversicht glaubte Optila darauf rechnen zu dürfen, dass die oströmischen Legionen durch

Thracien, Mösien und Pannonien ihren Weg nehmen und den Hunnen den Rückzug abschneiden würden. Wenn gleichzeitig Aetius, den alsdann ein zweites Fahrzeug benachrichtigen sollte, von seinen Linien am Gestade des Pos aufbrach, so war die Vernichtung der hunnischen Geschwader sehr wahrscheinlich, die Befreiung Aquileias der verdiente Lohn für sein mutiges Ausharren!

Aber Marcian war ein ebenso bedächtiger, wie tapferer Soldat. Wohl wissend, was für das oströmische Reich auf dem Spiel stand, wenn er ohne genügende Vorbereitung den Kampf mit dem gefürchteten Widersacher begann, hielt er seine Rüstungen noch nicht für genügend vollendet, um sich ohne die zwingendsten Gründe am Kampf zu beteiligen. Er hatte, den Bitten des Patricius nachkommend, dessen Boten versprochen, gegen die Mitte des Monats Iunius den Landweg durch die Provinzen einzuschlagen; für jede andere Bitte blieb er taub, von seinem Standpunkt aus mit Recht betonend, dass er durch eine frühere Hilfeleistung seine eigene Kraft nur zersplittern und gefährlich schwächen würde.

Schon rüsteten sich die am Hofe Marcians weilenden Söhne und Freunde des Mösiers zur Heimreise, als das Fahrzeug aus Aquileia in den Hafen von Byzanz einlief und Kunde der um die tapfere Festung entbrennenden Kämpfe brachte. Begierig lauschten Lucilius, Boethius und Majorian, am begierigsten Gaudentius. Noch einmal unternahmen es die Vier zusammen mit dem Gesandten Optilas, den Sinn Marcians ihren Bitten geneigter zu machen, doch vergebens.

Da erklärte Gaudentius mit blitzenden Augen, dass er selbst sich nach Aquileia begeben und mit den tapferen Verteidigern desselben dem Hunnenkhan Trotz bieten werde. Umsonst zuckte Marcian die Achseln, umsonst mahnten die erfahrenen Freunde des Mösiers den Jüngling, von seinem kühnen Vorhaben abzustehen; umsonst beschwor Lucilius den Bruder, um seiner Mutter und Hildegunds willen nichts zu unternehmen, das nicht der Billigung des Feldherrn und Vaters gewiss sei, — Gaudentius blieb bei seinem heldenmutigen Entschluss!

Doch Lucilius wollte ihn nicht allein ziehen lassen; wenn er unbeugsam blieb, so wollte der junge Recke ihm wenigstens in aller Bedrängnis nahe sein und Kampf und Not mit ihm teilen. Aber Gaudentius lehnte jede Begleitung entschieden ab. Und als Lucilius sich nun anbot, anstelle des Hochherzigen nach Aquileia zu segeln, entstand zwischen den beiden ein edler Wettstreit, dessen Ausgang lange auf sich hätte warten lassen, wenn, nicht Boethius und Majorian sich nicht darauf geeinigt hätten, die Frage später zu entscheiden und damit ihren Spruch erst am folgenden Tag zu fällen.

Damit mussten Lucilius und Gaudentius sich zufrieden geben, umso mehr, als Marcian, von ihrem Eifer gerührt, sich bereit erklärte, dem nach Aquileia Segelnden eine Kohorte seiner auserlesensten Mannen mitzugeben.

Aber Boethius und Majorian hatten es anders beabsichtigt. Angesichts der Schwierigkeit, in welche der plötzliche Entschluss des jungen Heißsporns sie versetzte, waren sie auf einen Ausweg verfallen, der sie jeder Verantwortung überhob. In der Stille ließen sie den Boten aus Aquileia zu sich bescheiden und baten ihn, der um den Stand der Angelegenheit wusste, sich heimlich einzuschiffen.

Zum Schein fügte sich der Fremde ihren Vorstellungen; aber da er die Hoffnung hegte, dass die Anwesenheit eines Sohnes oder Verwandten des Mösiers den Letzteren umso dringender zum Entsatz Aquileias anspornen werde, teilte er, bevor er sich einschiffte, Lucilius die Gründe seiner verschwiegenen Abfahrt mit.

Seine Berechnung sollte ihn nicht täuschen. Von dem Verlangen erfüllt, dem Haupt des jugendlichen Gaudentius eine Gefahr, der er nicht gewachsen war, fernzuhalten, entschloss sich Lucilius, das Opfer selbst zu bringen. Mochte Hildegund ihm verzeihen! Um ihres Vaters, um ihres Bruders, um der Zukunft des Reiches willen konnte er nicht anders handeln. Tiefer Schmerz erfüllte ihn; doch voll hohen Mutes begab er sich an Bord des Schiffes und stach mit dem Aquileier in See.

Ihre Abreise wurde erst bemerkt, als das Fahrzeug am Horizont den Blicken entschwunden war. Umsonst beklagte sich Gaudentius jetzt über die gutgemeinte List seiner Genossen, über den unbeugsamen Sinn des Freundes. Wie jene gerade das herbeigeführt hatte, das sie abwenden sollte, bereute der Sohn des Mösiers jetzt fast, durch seinen eigenen Eifer Lucilius' Entschluss veranlasst zu haben. Doch nicht im Stande, den Hochherzigen noch zurückzuholen, hielt er es für das Geratenste, ohne ferneren Aufenthalt Byzanz zu verlassen und dem Vater zu berichten, was die Frucht seiner Fahrt an den Hof Marcians gewesen war.

Fünftes Kapitel

Einige Wochen waren hingegangen, bevor Gaudentius und die Genossen im Hafen von Ravenna landeten. Ihr erster Gang galt dem Feldherrn; aber sie fanden ihn nicht hinter festen Mauern, sondern fernab inmitten seiner Legionen, mit ihnen jeder Ungemach teilend, ihnen in Worten und Taten voraneifernd.

Mit einem Freudenruf sah Aetius seine Abgesandten nahen; er wusste, dass sie ihm wichtige Nachrichten zu bringen hatten, und hoffte Gutes von ihnen zu vernehmen. Doch der Ruf erstarb ihm auf den Lippen, als er Lucilius unter ihnen vermisste. Schon wollte er den Mund zur Frage auftun, als Majorian, der älteste der drei, ihm zuvorkam und anhob: „Du staunst, mein Feldherr, dass wir ohne Deinen Schwiegersohn zurückkehren. So wisse denn zuerst, dass ihm kein Leid widerfahren ist, dass er vielmehr zu kriegerischen Taten unserer Gemeinschaft heimlich geflohen hat!"

„Heimlich geflohen?" — Aetius wusste sich die Worte nicht zu deuten. Er hatte flüchtig den Gedanken gehegt, dass vielleicht die Liebe zu seinem jungen Weib Lucilius von Ravenna direkt nach Rom getrieben hat; nun aber stand er einem Rätsel gegenüber, welches erst der ausführliche Bericht Majorians für ihn löste. Zwar entrang sich ein Seufzer der Brust des Feldherrn; und dennoch flog es wie freudiger Stolz über seine sorgenvollen Züge und er vermochte die Worte nicht zu unterdrücken: „Tollkühner Mann! Mächtig regt sich in dir das Römerblut, das keiner Gefahren achtet und den Feind auf halbem Weg aufsucht!"

Da beschwor Gaudentius voll Eifer den Vater, ihn zu Land oder zu Wasser dem Freund und der von Lucilius verteidigten Stadt zu Hilfe zu senden. Offen bekannte er seinen Anteil an dem Entschluss des Bruders; umso furchtbarer traf ihn der Bescheid, dass die Lage der Dinge die Erfüllung seines Verlangens nicht gestattet. Was Gaudentius auch einwendete, es hielt nicht Stand vor dem unerbittlichen Gebot der rauhen Wirklichkeit, welche der Mösier zu seinem Schmerz nicht außer Acht lassen durfte.

Wohl gedachte Aetius auch seines Weibes und Hildegunds, der Trauer, welche beide um den Heldentod Carpilions und Hermanarichs empfanden, der neuen Wunden, welche ihnen der heldenhafte Schritt des Schwiegersohns und Gatten schlug! Was hätte der Patricius darum gegeben, diesen Schritt ungeschehen machen zu können!

Aber nicht lange durfte er solchen Gedanken nachhängen; ihn wollte erfahren, in welcher Weise Marcian dem abendländischen Reich seine Hilfe gewähren wird. Und als die Freunde auch dies ausführlich berichtet hatten, sprach er sorgenvoll, doch gefasst: „Marcian schätzt unsere Kraft und Ausdauer hoch; unser Streben muss nun dahin gehend sein, den guten Glauben nicht Lügen zu strafen!"

„Was wir dazu vermögen, soll geschehen!" erwiderten die drei wie aus einem Mund. Aetius dankte ihnen mit einem stummen Händedruck; dann verkündete er, wie sich seit ihrem Fortgang das Verhältnis zwischen ihm und dem Kaiserhof gestaltet hatte. Kopfschüttelnd fuhr er fort: „Nicht Not noch Feindesbedrängnis vermögen in dem Sohn des Konstantius die besseren Eigenschaften zu wecken, die sein tapferer Vater besaß. Seit die Kunde der Gräueltaten, welche die Horden Attilas in Venetien verübten, bis Ravenna gedrungen ist, denkt der Feigling Valentinian nur an Flucht; so oft ich mich in Ravenna sehen lasse, bestürmt er mich, die Stadt und den Po preiszugeben und mich mit den Legionen bis nach Rom zurückzuziehen. Als wenn nicht der Apennin uns zum Bollwerk, dem Steppenfürsten zur zweiten Schranke werden müsste, falls es ihm gelänge, uns von den Gestaden des Po zu vertreiben. Als wenn nicht die heldenmütige Verteidigung Aquileias gegen einen zehnfach überlegenen Feind uns das Rot der Scham in die Wangen treiben würde und uns mit Flammenworten zurief: Wenn ihr Männer seid, so macht es wie wir und ihr werdet Sieger sein!"

„So zwinge den Augustus!" antwortete Boethius. „Du hast die Macht in Händen; was hält dich ab, ihn sie fühlen zu lassen, ihn in das Nichts zu stoßen, in das er gehört, und dich selbst an seine Stelle zu setzen?"

Der Mösier wollte ihm eben antworten, als Traustila, dem gemeinsam mit Petronius Maximus der Oberbefehl in Ravenna und der Schutz des Kaiserhofes übertragen war, auf einem staubbedeckten Renner angesprengt kam. Sobald er den Patricius und dessen Umgebung erkannt hatte, sprang er aus dem Sattel und schritt auf Aetius zu, die Worte ausstoßend: „Strafe mich, Deinen unachtsamen Knecht, mein Feldherr, denn ich ließ geschehen, dass Valentinian in dunkler Nacht mit Honoria, dem Eunuchen und Sylvester Ravenna verließ, dass Petronius Maximus ihm mit drei Kohorten das Geleit gab und bis zur Stunde nicht wiederkehrte. Auf meinem schnellsten Ross bin ich fortgeritten, dir das Geschehene zu melden und deine Befehle zu holen; strafe mich, aber gewähre mir die Möglichkeit, meinen Fehler gut zu machen!"

Doch Aetius tat weder das eine noch das andere. Die Flucht Valentinians überraschte ihn nicht; schmerzlicher berührte ihn die Kunde von dem eigenmächtigen Handeln des Petronius, welcher einem Abfall nahezu gleichkam. In einem Streit zwischen Traustila und diesem hatte Aetius seinen Spruch zu Gunsten des im Recht befindlichen Goten fällen müssen, und der ebenso stolze, wie reiche Römer sich dadurch tief gekränkt gefühlt. Der Neid, mit welchem er, gleich so vielen anderen, auf die von dem Patricius hochgeschätzten Halbbarbaren blickte, erhielt dadurch gefährliche Nahrung. Als Heraklius, durch seine Späher von dem Vorfall unterrichtet, nun seine Netze nach Petronius auszuwerfen begann, hatte er nach kurzem Schwanken gewonnenes Spiel. Petronius ließ sich immer fester umgarnen, und als ihm gar die Aussicht eröffnet wurde, nach dem Tod des Mösiers einen besseren Rang einzunehmen, war der Ehrgeizige für Aetius verloren. Durch die Begünstigung der Flucht Valentinians wurde der Bruch mit dem Mösier offenkundig; Petronius aber hatte nicht gewagt, diesem jetzt noch zu begegnen, sondern vorgezogen, sich dem fliehenden Kaiser anzuschließen.

So tief durchschaute Aetius den Zusammenhang allerdings nicht. Er bedauerte sich selbst um der Täuschung willen, die er erlitten hatte, aber er wünschte keine Verfolgung des Abtrünnigen. Ebenso wenig fühlte er sich berechtigt, Traustila ernsthaft zu tadeln. Diesem im Range gleichstehend, war Petronius im Besitz genügender Machtvollkommenheit, um die Flucht des Kaisers mit aller Sicherheit vor sich gehen zu lassen, und es hätte Opfer an Menschenleben erfordert, wenn Traustila sich dieser Absicht mit Gewalt hätte widersetzen wollen.

Deshalb beruhigte der Feldherr den erregten Alten und sprach zu ihm: „Valentinian entehrte sich selbst in den Augen jedes mutigen Mannes; Petronius aber wird sein Tun bald genug bereuen. Vergesst ihn, wie er aus meinem Gedächtnis ausgelöscht sein soll; uns rufen höhere Pflichten!"

Mit einem verächtlichen Lächeln bemerkte Majorian: „Petronius hat ein schönes Weib; das Verlangen nach einer Umarmung mag ihm den Ernst des kriegerischen Treibens doppelt beschwerlich erscheinen lassen!"

Und Boethius setzte hinzu: „So soll er sich hüten, Valentinian in sein Haus zu führen; er würde seine Rechte bald mit ihm Teilen müssen!"

Doch Gaudentius, von wachsender Besorgnis erfasst, wandte sich an den Vater mit den Worten: „Wenn Heraklius in Rom ist, wird er seiner Tücke gegen die Unseren freien Lauf lassen. Haltet ihr es nicht für ratsam, sie zu warnen und aus Rom fortzuholen, bevor der Ränkevolle sie mit neuen Listen bedrängt?"

„Er wird nichts wagen, das ihn mir noch tiefer, als bisher, verschuldete." entgegnete Aetius. „Und wenn ich auch Gattin und Tochter gerne von Rom entfernen würde, wo soll ich ihnen ein besseres Heim bieten, da mich, dich und uns alle zu jeder Stunde das Nahen Attilas in die mordende Feldschlacht rufen kann? Trigetius selbst hat meinem Weib und Hildegund den Schutz des Senates feierlich versprochen, Trigetius und Avienus; auch sie sind sterblich und dennoch glaube ich ist Rom der einzige Ort, an welchem die Unsern weilen können, während wir ihnen fern sind!"

Gegen die Autorität des Vaters erlaubte sich Gaudentius keinen Einwand; aber es erfüllte ihn mit schmerzlicher Genugtuung, als Aetius nun fortfuhr: „Gleichwohl sollst du den Weg nach Rom einschlagen; ich bedarf eines Boten an Valentinian und eines solchen an Livia. Dem Augustus wirst du in meinem Namen seine Pflicht ins Gedächtnis rufen und ihn bitten, nach Ravenna zurückzukehren; er wird es nicht tun, aber er soll wissen, wie seine Legionen und ihre Führer über seine Flucht denken. Der Mutter aber und Hildegund magst du schonend mitteilen, wohin Lucilius sich begeben hat. Ehe das Gerücht aus anderem Mund sie erreicht, lass sie durch dich die ganze Wahrheit wissen. Dann wird die Brust Livias in allem Kummer freudigen Stolz empfinden, dann wird Hildegund dem Vater nicht zürnen, der mit blutendem Herzen an den Gestaden des Padus Wache halten muss und lieber doch seinem herrlichen Sohn zu Hilfe eilen würde, um mit ihm zu siegen oder zu sterben!"

Mit sichtlicher Bewegung hatte es der Mösier gesprochen; Majorian aber erinnerte den Feldherrn an den Treubruch des Petronius, als erwarte er, dass Gaudentius auch an diesen eine Botschaft aufgetragen werde. Doch Aetius lehnte es ab mit den Worten: „Für diejenigen, welche mit offenen Augen dem würdelosen Enkel des großen Theodosius huldigen und um seinetwillen den Freund verraten, habe ich nichts als schweigende Verachtung. Mag sich zu Heraklius noch ein Zweiter und Dritter gesellen, —

ihre Herrlichkeit ist zu Ende, sobald Valentinian ihrer müde wird!"

Ohne Zögern war Gaudentius nach Rom geeilt, seines Auftrages wenig froh und doch voll Verlangen, Mutter und Schwester wiederzusehen. Gefasst vernahm Livia die Nachricht von Lucilius' heldenmutigem Entschluss; sie war eines hohen Opfers gewärtig gewesen und sich bewusst, dass jede Wiederkehr der Ihren aus blutigen Kämpfen ein Geschenk des Schicksals war. Mit der Ruhe eines wahrhaft großen Charakters fügte sie sich in das Unabänderliche, nicht ohne im Stillen mit Gedanken voll Wehmut und Bewunderung den hochherzigen Schwiegersohn auf seinen verderbenbringenden Bahnen zu begleiten.

Auch Hildegund erschien äußerlich gefasst; nur das wechselnde Erröten und Erbleichen ihrer Wangen verriet, was in ihr vorging. Aber als sie eine Stunde fand, in der sie Gaudentius ohne Zeugen sprechen konnte, beschwor sie ihn mit flehenden Worten, sie, wenn er fortgehen muss, nicht in Rom zu lassen, sondern mit sich zu nehmen.

Überrascht sah Gaudentius auf die Schwester, unsicher sprach er: „Was überlegst du, Hildegund — was willst du inmitten der Legionen, die jeder nächste Tag zu blutigen Kämpfen rufen kann?"

Sie aber antwortete: „Glaubst du, ich scheue den Kampf? Gaudentius, im Kampf sind mir Vater und Brüder, Onkel und Sippen gefallen, und sein Toben war mir als Kind vertrauter, als die Friedensstille, deren ich mich in Rom erfreuen darf!"

„Doch herb war die Frucht, welche dir dort reifte, arme Hildegund! Du hast Vater und Brüder, Onkel und Sippen verloren, und erst in Ravenna hast du denjenigen gefunden, welcher dir sie alle nun ersetzen soll!"

„Der sie mir ersetzen sollte — willst du sagen!" erwiderte Hildegund. „Aber Lucilius ist fern, darum muss ich zu ihm, mit dir und dem Vater, mit euren Legionen in den Kampf für meinen Gatten ziehen."

Kopfschüttelnd vernahm es Gaudentius, kopfschüttelnd antwortete er: „Und was ist mit Livia, denkst du nicht es wäre weiser und weiblicher, bei der Mutter zu bleiben und die Trostbedürftige zu trösten, wie du von ihr getröstet werden sollst!?"

Aber die Tochter Witichos entgegnete: „Zweifle nicht an meiner Liebe zu Livia, doch zürne mir auch nicht, wenn sie nicht mein ganzes Herz ausfüllt. Livia wird auch ohne mich den Trost nicht entbehren. Ich aber muss in das Lager zu dem Feldherrn und Vater. Du sollst mich dorthin führen! Und sind wir dort vereint, so wollen wir aufbrechen und Lucilius Hilfe bringen, dem Sohn der Vater, dem Gatten die Gattin, dem Freund der Freund!"

„Du weißt nicht, was du forderst —" wandte Gaudentius ein. Und er erzählte, wie alles so gekommen war, er verschwieg weder seine eigene Schuld, noch seine Bemühungen bei Aetius. Dass die Letzteren vergebens gewesen sein sollten, konnte Hildegund nur schwer glauben, und mit Bekümmernis vernahm sie die Entgegnung des Bruders: „Auf die Feinde in Norden und Süden muss Aetius ein wachsames Auge haben; die zweifelhafte Rettung des hochherzigen Verteidigers von Aquileia kostet ihn vielleicht einen höheren Einsatz!"

„Und du kannst mir solches sagen, du, der du Zeuge warst, wie Lucilius furchtlos das Leben wagte, als der Hass Valentinians die Mutter, dich und mich verderben wollte! Hast du vergessen, dass Livia dir damals sage, dass wenn du zum Mann gereift bist, des Retters gedenken und hochherzig, ihm gleich ohne Menschenfurcht, handeln sollst!?"

Aus den Worten Hildegunds klang mühsam verhaltene Entrüstung und Gaudentius entgegnete begütigend: „Schmerz erfasst mich, Schwester, dass ich dir versagen muss, was ich lieber doch erfüllte. Wärst du in Byzanz dabei gewesen, du hättest unser beider Sinn von dem tollkühnen Gedanken abgelenkt. Doch du warst fern und unbeugsam blieben wir beide! Majorian und Boethius sollten zwischen uns entscheiden; da überwand Lucilius die Alten und mich durch List. Umsonst ruderten wir ihm nach; schneller, als das unsere, durchschnitt sein Schiff die Wogen, und als wir im Hafen von Ravenna landeten, hatte er vermutlich schon die Türme von Aquileia mit den Blicken begrüßt. Heldenmutig hat er sich dem Schicksal in den Weg geworfen; um meinetwillen trägt er doppeltes Leid und ich — wehe mir, dass ich dir es verkünden muss, — ich habe keinen besseren Trost für dich, als den Hinweis auf die Hilfe Marcians. Nur von ihm und seinen Legionen darf Aquileia Rettung erhoffen!"

Da entrang sich ein ungestümer Schrei der Brust Hildegunds. Sie rief nur den Namen Gaudentius; aber es war, als ob sich in den einen Ruf der ganze Schmerz und die Verzweiflung ihres Weibesherzens zusammenpresste, als ob alle Vorwürfe, die sie mit Recht oder Unrecht gegen Vater und Bruder erheben konnte, sich in diesem Ruf erschöpft hätten. Und als Gaudentius sich nun schweigend abwandte, um die Bewegung zu verbergen, die ihn selbst erfasst hatte, da kam sein Name abermals über die Lippen der Tochter Witichos; doch diesmal mild und von Tränen halb erstickt.

Teilnahmsvoll streckte ihr der Jüngling die Hand hin, sie aber sprach: „Lass dich erweichen, Gaudentius, höre die Stimme deiner Schwester, die dich beschwört, sie mit Lucilius zu vereinen. Lass mich nicht in Rom zurück, nicht in träger Friedensstille verzweifelnd, während Lucilius in den Tod geht, in den Tod für eine Stadt und Menschen, die er nur vom Hörensagen kennt! Wenn dir mein Gatte jemals etwas bedeutet hat, wenn dein Auge jemals voll Teilnahme auf Hildegund weilte, so verschließe dein Ohr nicht dieser heißen Bitte! Sieh, mir würden die Sinne vergehen und sterben müsste ich hier, wie der Vogel des Waldes, den man in einen Käfig sperrt. Darum nimm mich mit Dir; und wenn ich dem Untergang entgegen eile, — lass mich als eine Freie nicht im goldenen Käfig enden!"

Mit wachsender Bestürzung sah Gaudentius die Sprecherin an; aus ihren Worten klang ein Ton, der ihm neu war, der ihn fast erschreckte und ihm zugleich sagte, dass in diesem Weibesherzen ein Funke glomm, der unter Umständen zur verzehrenden Flamme anwachsen konnte. Er schwankte einen Augenblick, ob es nicht besser sei, die Erregte unter dem eigenen Schutz und der des Vaters vor jeder übereilten Handlung zu bewahren, als sie in Rom zurückzulassen. Doch dann schien es ihm wieder so unrühmlich, auf eigene Hand einen solchen Schritt zu unternehmen, dass er ihn weit von sich wies.

Um aber in der Brust Hildegunds nicht alle Hoffnung erlöschen zu lassen, entgegnete er mild: „Deine Bitten rühren mich tief, Schwester, und ich würde sie vielleicht erfüllen, wenn ich keinem Höheren von meinem Tun Rechenschaft abzulegen hätte. Doch ich muss zuerst die Zustimmung des Vaters einholen; gewährt er Deinen Wunsch, so werde ich bald wiederkehren, um dich von hier fort zu geleiten. Bis dahin fasse dich in Geduld und bedenke, dass wir alle um eines großen Zieles willen teure Opfer bringen müssen, dass Gewaltiges nur erreicht wird, wenn, sich dem heißen Drang des Herzens kluge Erwägung gesellt!"

Aus der Tiefe seines Empfindens kamen seine Worte und dennoch gelang es Gaudentius nicht, den Sinn Hildegunds zu wenden. Gespannt hatten ihre Blicke an seinen Lippen gehangen; und neue Hoffnung gehegt, doch aus dem Schluss seiner Antwort nur die unbestimmte Vertröstung vernommen. Schmerz und Unmut bemächtigten sich ihrer und ließen sie die Entgegnung ausstoßen: „Nein, nein, du willst mich in falsche Ruhe wiegen! Du spottest meiner Not und hast kein Mitgefühl für meine Sorgen! Du gibst wie der Vater, den heldenmütigen Lucilius verloren; so soll sein Weib ihm den letzten Gruß des sinkenden Rom bringen. Und seid gewiss, ich werde meinen Weg allein suchen und die Straße nach Aquileia finden, mag sie auch mit Hindernissen besät sein. Und wenn ich dort ans Tor poche, das weiß ich, dann wird Lucilius mir auftun, dann wird mich mein Gatte mit einem Freudenruf willkommen heißen und die Feinde noch furchtbarer schrecken!"

Gaudentius fühlte sich gewaltig ergriffen; die leidenschaftliche Bewegung Hildegunds riss ihn selbst mit. Am liebsten hätte er die Erfüllung ihrer Wünsche zugesagt und sich ihr angeschlossen; nur das Pflichtgefühl ließ ihn noch einwenden, dass sich um die Mauern Aquileias die hunnischen Horden drängten, dass jeder Versuch, ihre Scharen mit bewaffneter Macht zu durchbrechen, ein fruchtloser sein muss.

Aber Hildegund ließ sich dadurch nicht abschrecken sondern entgegnete: „Wenn Vater und Bruder sich mir unerbittlich zeigen, so muss ich die Milde der Barbaren anrufen. Attila wird einem schwachen Weib den Weg durch seine Geschwader nicht verwehren!"

Da vermochte Gaudentius nicht länger an sich zu halten; machtvoll klangen die Worte Hildegunds in ihm wider, wie eine Schmach erschien es ihm, sich von einem Weib beschämen zu lassen, und er rief, nicht minder erregt, wie diese: „Hildegund, Schwester, verzeih mir, wenn ich dir kleinmütig erschien und dem Gebot des Vaters gehorchend, dich selbst mit Kleinmut zu erfüllen versuchte. Hier ruft dich ein höherer Wille! Aber nicht allein sollst du den schweren Gang wagen. Mag die Mutter um mich weinen, mag der Vater mir zürnen, ich muss dir folgen, muss bereuen, was ich verschuldet habe. Sag mir, wann du Rom verlassen möchtest, ich begleite Dich!"

Mit freudigem Staunen vernahm es Hildegund; täuschte sie sich nicht, sollte sich jetzt dennoch erfüllen, was ihr als unerreichbar geschildert worden war? So hatte sie dem Bruder Unrecht getan, so stand er ihr an Tatenmut nicht nach! Leichter könnte jetzt wohl das scheinbar Tollkühne gelingen, aber seltsam! Je länger die Tochter Witichos dem Gedanken nachhing, umso tiefer empfand sie, dass sie das Geleit des Bruders nicht annehmen durfte.

Und sie sprach gefasst zu ihm: „Habe Dank für Deinen guten Willen; ich aber muss den Weg, den ich beschreiten will, allein einschlagen. Noch weiß ich nicht, wie, aber ich werde die rechten Bahnen finden. Du dagegen sollst zum Vater zurückkehren und dort bewirken, dass Lucilius und Aquileia ein Ersatz gebracht wird, ehe es zu spät ist!"

Betroffen vernahm es Gaudentius; er widersprach voll Ernst und Eifer, eindringlich und besorgt. Doch unbeugsam blieb Hildegund; nur zur Flucht durfte Gaudentius ihr behilflich sein, an derselben aber nicht Teil nehmen. Offen sprach die Hochherzige es aus, dass ihr Unterfangen den Feldherrn und die Seinen anspornen soll, die notwendige Hilfe umso rascher zu gewähren.

So einigten sich die beiden endlich über Zeit und Mittel und es blieb nur eins zu erwägen: Sollte Livia in das Geheimnis eingeweiht, oder sollte es ihr verborgen bleiben, bis die Flucht gelungen war? Dann ließ es sich nicht mehr verschweigen; aber früher sollte es auch nicht preisgegeben werden. Mit Recht befürchtete Hildegund den Widerspruch der edlen und von ihr heiß geliebten Frau, einen Widerspruch, dem gegenüber die Tochter Witichos vielleicht weniger fest geblieben wäre, als bei demjenigen des Bruders.

Sie berieten noch darüber, als das Nahen eines Dieners vom kaiserlichen Hof das Gespräch unterbrach. Der Letztere brachte den Bescheid Valentinians auf Gaudentius' Anfrage und hatte den Auftrag, den Sohn des Mösiers unverzüglich vor das Angesicht des Augustus zu geleiten.

Mit wenigen, aber umso herzlicheren Worten, verabschiedete sich Gaudentius von Hildegund; sein Blick weilte bewundernd und schmerzerfüllt auf ihren schönen Zügen, dann folgte er dem Hofbeamten Valentinians in die Domus Flavia.

Scheuen, feindseligen Blickes empfingen den Nahenden der Kaiser und sein Oberkammerherr. Gaudentius überreichte dem Ersteren mit wenigen Worten ein Schreiben des Feldherrn und Vaters; auf eine Erwiderung von Seiten

Valentinians harrte er vergeblich. Entlastend winkte ihm die Hand des Kaisers; doch nicht gewillt, sich in solcher Weise abfertigen zu lassen, begann Gaudentius in höflichem, aber entschiedenem Ton: „Gefalle es dem Augustus, mir zu sagen, ob der Patricius sich der Hoffnung hingeben darf, euch bald wieder in Ravenna zu begrüßen?"

Valentinian schwieg abermals und an seiner Statt entgegnete Heraklius: „Der Kaiser wird tun, was ihm das Beste erscheint, und sich in seinen Entschlüssen nicht von der Laune des Heermeisters bestimmen lassen; das mögt ihr Aetius auf sein schriftliches Postulat mündlich erwidern!"

Im Antlitz des Jünglings spiegelte sich der Unwille über die hochmütige Äußerung des Eunuchen wider und gereizt antwortete er: „Wenn der Oberkammerherr glaubt, dem Boten des Patricius eine so kränkende Entgegnung auftragen zu können, so irrt er sich; auch mag Heraklius wissen, dass nicht Laune die Wünsche meines Vaters diktiert, sondern dass die Sorge um das Wohl des Reiches und das Ansehen des Kaiserhauses ihn jene Bitte aussprechen ließ! Aetius wird seinen Weg unabhängig von der Zustimmung oder dem Widerspruch des Hofes gehen; aber er lehnt jede Verantwortung für alles Unheil ab, das dem Kaiser durch Nichtbeachtung wohlerwogener Ratschläge erwachsen könnte!"

Spöttisch verzogen sich die Mienen Valentinians, doch er überließ die Antwort seinem Vertrauten, der ebenso höhnisch fortfuhr: „Um das Ansehen des Kaiserhauses hat Euer Vater sich schon so verdient gemacht, dass mein erhabener Gebieter auf weitere Bemühungen zu diesem Zweck gerne verzichtet; und was das Unheil betrifft, das uns bedrohen könnte, so werden wir selbst uns gegen ein solches zu wehren wissen, sobald der tapfere Arm des Heermeisters im Kampf erlahmen sollte!"

Gaudentius sah keinen Nutzen von der Weiterführung der Unterredung. Er verließ deshalb die Domus Flavia und begab sich in den Palast Livias zurück.

Noch einmal erwog er hier im Gespräch mit Hildegund, von der Mutter unbelauscht, die Mittel zur Flucht; still und heimlich bereitete er alles vor, in möglichster Eile, denn jeder Tag war kostbar. Aber nicht zu Land, sondern über das Meer sollte die Tochter Witichos die Bahn einschlagen, welche sie zu Lucilius bringen sollte. Gegen hohen Lohn fand sich ein Schiffer, der willig war, Hildegund bis in den Hafen von Aquileia zu befördern. Anstelle von Gaudentius wollte ein alter fränkischer Diener, der seiner Herrin treu ergeben war, ihr Geleit bilden, Gaudentius aber nur noch so lange in Rom verweilen, um der Mutter, sobald sie die Flucht Hildegunds entdeckte, zu verkünden, wohin Diese sich begeben und was sie unwiderstehlich von hinnen getrieben hat. —

Tiefe Nacht bedeckte Rom, als Gaudentius der Schwester die Botschaft brachte, dass das Fahrzeug nur ihrer harrt, um in See zu stechen. Sie hatte die Nachricht von Stunde zu Stunde mit heißer Ungeduld erwartet — und jetzt erbebte sie doch im tiefsten Innern. Doppelt groß erschien ihr nun alle Liebe und Treue, die sie im Hause der Adoptiveltern empfangen hatte, — doppelt groß ihr eigenes Vergehen. Noch konnte sie zurück — doch nein! Wie mahnend auch das verehrungswürdige Antlitz Livias vor ihr auftauchte, — nicht minder mahnend glaubte sie die Stimme des fernen Gatten zu hören, seinen Ruf nach der Gefährtin seiner Taten, der sie wie eine machtvolle Beschwörung ergriff!

Da verließ sie mit heroischem Entschluss ihr Gemach. An dessen Schwelle wollte Gaudentius sich ihr anschließen, aber sie duldete es nicht; nur Eberhard, der Alte, der sie als Kind auf seinen Armen getragen hatte, durfte der Herrin das Geleit geben. Noch zögerte ihr Fuß, als sie zum letzten Mal die Räume durchschritt, in denen sie Tage voll seligen Glückes genossen hatte; und sie musste sich minutenlang an einer der Marmorsäulen lehnen und den letzten Kampf mit sich selbst durchringend, der treuen Zuneigung Livias und all der Ihren eine heiße Abschiedsträne weihen. Dann aber raffte sie sich stark auf und schritt festen Fußes durch die nächtlichen Gassen Roms, bis sie das Emporium erreichte.

Still und in Dunkel gehüllt lagen hier kleinere und größere Fahrzeuge auf den Fluten des Tiber; einförmig plätscherten die Wellen gegen die Planken und nur an Bord eines einzigen Schiffes leuchtete eine kleine rötliche Flamme in eisernem Becken durch die Nacht. Sie sollte den Nahenden als Wegweiser dienen; dorthin lenkten sie ihre Schritte und bald hatten sie die Stelle erreicht.

Scharf und mit Vorsicht spähte der alte Diener; ein gedämpfter Zuruf und das Niederlassen einer Schiffswand belehrte ihn, dass er erwartet wird und schon reichte er Hildegund die Rechte, um sie über die Bohlen an Bord zu geleiten. Da tauchte plötzlich in geringer Entfernung eine andere weibliche Gestalt aus dem Dunkel auf; mit verschleiertem Haupt, von wenigen Bewaffneten begleitet, betrat auch sie eiligen Schrittes die Schiffswand und schien gleich Hildegund willens, sich an Bord zu begeben.

Jäher Schreck erfasste die Letztere, denn sie wähnte, dass ihre Flucht entdeckt und niemand anders als Livia selbst gekommen sei, um sie zu verhindern. Doch es war eine fremde Stimme, welche jetzt, da der Schiffsherr den Bewaffneten und ihrer Begleiterin das Betreten des Fahrzeuges verwehren wollte, gebieterisch rief: „Das Schiff, das ich erwartete, ist ausgeblieben; darum sollst du mich eine Strecke Weges mitnehmen. Gib Raum und sträube dich nicht, du würdest es sonst bereuen." Und ohne sich ferner um den Einspruch des Schiffers zu bekümmern, drängten die Bewaffneten ihn bei Seite und betraten mit ihrer Herrin das Fahrzeug, als ob es ihr eigenes wäre.

Voll Ärger sah es der alte Diener Hildegunds; wäre Schweigen dem Vorhaben seiner jungen Herrin nicht förderlicher gewesen als Lärm, so hätte er sich in Gemeinschaft mit dem Schiffsherrn und dessen Untergebenen dem gewaltsamen Auftreten der Fremden widersetzt. Aber im Schein des Feuerbeckens hatte er, gleich dem Schiffer, an den Bewaffneten die Abzeichen der kaiserlichen Garde entdeckt und darum nicht gewagt, es auf eine blutige Abweisung der so rätselhaft Erschienenen ankommen zu lassen.

Doch weichen wollte er auch nicht, so wenig, wie Hildegund, die Schritte in den jüngst verlassenen Palast zurücklenken. Er hatte das Gelübde des Schiffers, die Flüchtige wohlbehalten bis nach Aquileia zu bringen; darauf bauend, begab er sich mit dieser gleichfalls an Bord. In angemessener Entfernung von den Eindringlingen ließ er sich mit Hildegund im Kastell des Schiffes nieder, die Bewaffneten und ihre Herrin scharf beobachtend. Dann lösten die Schiffsknechte die Seile und von kräftigen Ruderschlägen bewegt durchschnitt das schlanke Fahrzeug rauschend die Wogen.

Ohne ein besonderes Ereignis verging die Nacht. Weder Hildegund noch die Fremde schienen zu schlafen; beide waren zu tief erregt, um sich der sorgenbannenden Ruhe überlassen zu können. Mit dem grauenden Morgen befand sich das Schiff schon auf hohem Meer und nun erst gab die Fremde sich dem Schiffsherrn zu erkennen.

Staunend und erschrocken sah der Letztere in das Antlitz Honorias, welche an ihn die Frage richtete: „Wohin gedenkst du dein Fahrzeug zu lenken?"

Der Schiffer besann sich einen Augenblick, dann entgegnete er: „Schiff und Mannschaft nahm jene in Sold, welche ihr drüben unter dem Schutz des graubärtigen Alten weilen seht. Sie allein bestimmt die Richtung der Fahrt!"

„Sie allein?" Die Stirn Honorias umwölkte sich, forschend richtete sie den Blick auf Hildegund und entgegnete dann geringschätzig: „Wer ist sie, deren Wille über dem meinen stehen könnte? Ruf sie herbei und du wirst bald erkennen, ob sie, oder die Augusta Honoria, dir Gebote zu erteilen hat!"

Doch der Schiffer, der sich auf hohem Meer für alle Fälle der Prinzessin und ihren drei Begleitern überlegen fühlte, wagte zu erwidern: „Es stünde mir schlecht an, der Reisenden, deren Gold mich warb, mit solchem Befehl zu nahen. Wollt ihr mit jener verhandeln, so wendet euch selbst zu ihr; sie wird euch die Antwort nicht versagen!"

Da fuhr Honoria auf: „Frecher Knecht, was erkühnst du Dich?" Aber auch sie erkannte, dass mit unduldsamem Trotz für sie wenig zu erreichen ist und unmutig brach sie das Gespräch ab, um bald darauf den Rat des Schiffers dennoch zu befolgen.

Stolz erhobenen Hauptes begab sich die Schwester Valentinians wie zufällig in die Nähe Hildegunds; und als sie die Augen dieser befremdet auf sich gerichtet sah, redete sie die Tochter des Mösiers mit den Worten an: „Dasselbe Fahrzeug trägt uns beide; du hast den Schiffer zu Deinem Dienst verpflichtet, ich zwang ihn mit Gewalt. Er muss seinen Kiel nach meinem Willen lenken und erst wenn ich das Schiff verlassen habe, mag es dich weiter tragen. Das sei dir verkündet, danach bemiss deine Worte und dein Tun!"

Die Augusta schien auf eine Entgegnung zu warten; aber anstatt Hildegunds antwortete Eberhard: „Ich höre Worte, die ich nicht verstehe, und Forderungen, die ich nicht begreife! Meiner Herrin hat der Schiffer schnelle Fahrt nach ihrem Befehl versprochen; er wird sich nicht durch Euer gewaltsames Nahen verleiten lassen, uns das Wort zu brechen!"

Feindselig maß Honoria den Alten mit den Blicken und rief ihm gebieterisch zu: „Schweig und bescheide dich, bis du einer Frage von mir gewürdigt bist!" Und sich gegen Hildegund kehrend, fuhr sie fort: „Gib Antwort, denn die Augusta Honoria steht vor Dir! Nenne mir das Ziel deiner Fahrt und Deinen eigenen Namen, wenn du nicht willst, dass ich dich als Feindin ansehen soll!"

Mit unwilligem Staunen vernahm Hildegund die anmaßende Rede. Sie hatte nur hin und wieder im Palast des Patricius den Namen Honoria nennen hören und den Eindruck gewonnen, dass die Schwester Valentinians, ihres trotzigen und tollen Gebarens ungeachtet, fast mehr zu beklagen als zu verabscheuen sei. Aber vor den unsteten Blicken und den herausfordernden Worten schwand die Regung der Teilnahme und des Mitleids, schwand die Befangenheit, mit welcher die erste Begegnung zwischen ihr und der Kaisertochter sie erfüllt hatte. Gleich Honoria durfte Hildegund sich fürstlicher Abkunft rühmen; und Eberhard hatte ihr im Laufe der Nacht genug verkündet, um ihren Sinn mit Festigkeit gegen die Drohungen der Augusta zu wappnen. Überdies hatte das hohe Ziel, dem Hildegund entgegen strebte, sie mit einer außergewöhnlichen Tatkraft begabt, die kein Zurückweichen vor der Kaisertochter gestattete.

Nicht Eberhard brauchte das Wort noch für die Herrin zu führen, sondern sie selbst entgegnete ruhig und festen Auges den stechenden Blicken Honorias gegenüber: „Seltsam erscheint mir deine Frage, Augusta Honoria, seltsamer noch deine Drohung!

Mein ist dieses Fahrzeug, so lange ich mich an seinem Bord befinde, und nicht dir ziemt es, mir Befehle vorzuschreiben. Ungebeten und unwillkommen hast du dich zu uns gedrängt und mehr, als du, habe ich ein Recht zu fragen, was dich veranlasste, Zuflucht bei den Fremden, in unserer Mitte zu suchen. Willst du aber Antwort auf deine Fragen, so gib zuvor mir selbst Antwort und wisse, dass ich deine Drohungen wenig achte!"

„Vermessene!" fuhr Honoria zornmütig auf, „Nichtswürdige Sklavin, die du wagst, deiner Herrin mit Hohn zu begegnen! Auf die Knie vor mir, oder meine Knechte —!"

Sie Tat einen Schritt vorwärts, als ob sie selbst Hand an Hildegund legen wollte. Doch Eberhard stellte sich zwischen diese und die Schwester Valentinians und grollend tönte es von seinen Lippen: „Zurück, Augusta Honoria, zurück von der Tochter König Witichos! Zähme Deinen Stolz und höre auf anderen gebieten zu wollen; denn längst bist du selbst nichts mehr, als ein Spott der Römer und Barbaren!"

Ein zorniger Wutschrei war die Antwort Honorias, knirschend befahl sie ihren Begleitern, den vorlauten Alten zu züchtigen. Aber soweit sollte es nicht kommen! Zwar gehorchten die Prätorianer; doch schon hatte der Schiffsherr mit wachsamen Augen auf die Entwickelung des Streites geachtet. Während Eberhard wenige Schritt zurückwich, um Hildegund aus dem Bereich der Waffen zu entfernen, wehrten die Knechte des Schiffers den Leibwächtern; und ehe der Alte sein Schwert ziehen konnte, waren jene umringt und entwaffnet.

Vergebens bemühte sich Honoria durch Bitten und Drohungen, die Ihrigen zum Widerstand zu ermuntern; sie sah ihre geringfügige Macht zunichte werden und hatte nichts als ohnmächtige Verwünschungen für Sieger und Unterlegene. Und als sie widerstrebenden Gemütes die Fruchtlosigkeit ihres Tuns erkannt hatte, zog sie sich grollend in eine Ecke des Kastells zurück, in dumpfem Schweigen feindselige Blicke auf ihre Umgebung richtend.

Ruhig setzte das Schiff inzwischen seinen Lauf fort. Der Tag verging und die nächste Nacht; Speise und Trank wurde der Augusta samt ihren Begleitern geboten, sie aber ließ beides unberührt an sich vorübergehen, glanzlosen Auges auf das unendliche Meer hinausstarrend, oder das Haupt zur unerquicklichen Rast verhüllend.

Freudiger schaute Hildegund in die Ferne; weit war die Fahrt, die sie vor sich hatte, aber das Ziel, die Vereinigung mit Lucilius, ließ alle Weiten gering erscheinen. Was ihr danach bevorstand, das achtete sie gering, wenn sie sich der Nähe des geliebten Mannes erfreuen, an seiner Seite wirken und ihm die kampfesheiße Stirn kühlen durfte.

Und das Mitleid, das vor der Heftigkeit der Prinzessin weit entflohen war, regte sich mächtiger, denn zuvor, angesichts der Unterlegenen. Immer mehr vergegenwärtigte sich Hildegund, dass nur ein ganz außerordentlicher Anlass Honoria zu dem ungewöhnlichen Schritt bewogen haben konnte. Wenn dieser Schritt Beweggründen entsprang, ähnlich denjenigen, von welchen Hildegund sich hatte leiten lassen, wenn Honoria sich nur der Obhut eines verächtlichen Bruders, eines ungeliebten und ränkevollen Gemahls entziehen wollte? — Nach den Gerüchten, die in Rom umgingen, schloss Hildegund mit ziemlicher Sicherheit auf das Letztere; aber wenn ihre Vermutung richtig war, wohin konnte die Augusta sich begeben wollen, wohin, als zu Attila, dem sie sich, aller Weibeszucht und Sitte spottend, vor Zeiten verlobt hatte! —

Tief empfand Hildegund die Kluft zwischen ihrer eigenen Denkweise und jener Honorias; der Germanin graute vor der Verderbnis der Römerin, — aber dieses Grauen vermochte den Quell des Mitleids nicht zu unterdrücken. So benutzte sie denn eine Stunde, zu welcher kein unerwünschter Lauscher sich in unmittelbarer Nähe befand, um sich der Schwester Valentinians zu nähern und sie mit einigen freundlichen Worten anzureden.

Verwundert vernahm sie Honoria; doch als Hildegund ihr nun Speise und Trank anbot und sie ermahnte, sich nicht der notwendigen Lebensmittel zu enthalten, antwortete jene verbissen und gramvoll: „Du spottest meiner! Was bedeutet mir, der Verratenen und Entehrten, noch Speise und Trank! Lass mich hier einsam sterben und von einem Leben scheiden, das mir nur Schmach und Enttäuschung gebracht hat!"

Bewegt hörte Hildegund die schmerzliche Klage und teilnahmsvoll entgegnete sie: „Warum verzweifelt Ihr? Als ihr dieses Schiff betratet, schient ihr noch voller stolzer Hoffnungen; sind sie alle so schnell bis auf die letzte Spur verflogen?"

„Was soll die unnütze Frage?" gab Honoria zur Antwort. „Meine feigen Diener unterlagen den Schiffsknechten, mein Wille dem Deinen! Wäre es anders, so stünde ich vor dir, wie du vor mir, und der Schiffer würde seinen Kiel nach Venetien steuern!"

„Nach Venetien?" Unwillkürlich wiederholte Hildegund die Worte, die ihre Vermutung bestätigten; und sie besann sich, ob es mit ihren Pflichten als Tochter des Patricius und Weib des Lucilius vereinbar sei, die Flucht der leidenschaftlichen Römerin zu begünstigen.

Aber was in ihr vorging, verrieten ihre Züge, und Honoria, die aufmerksam geworden war, heftete die Augen durchdringend auf Hildegund und sprach, wie von einer plötzlichen Eingebung ergriffen: „Nach Venetien gedenkst auch du zu fahren, ich lese es in Deinem Gesicht! So nimm mich mit; und wen immer du dort aufsuchen willst, mich lass an den Strand Venetiens setzen und zu Fuß meines Weges weitergehen. Nur dies gewähre mir — und ich will dir ohne Ende Dank zollen!"

Und als Hildegund mit der Zusage zögerte, fuhr sie fort: „Dein Schweigen sagt mir mehr als Worte; du schwankst, du trägst Bedenken, als fürchtetest du die Verantwortung. Doch wer dich auch so heimlich ausgesendet hat, nie braucht er zu erfahren, dass wir uns je begegneten, nie soll er dich darum tadeln. Und wäre es Aetius selbst, — — doch warum erschrickst du bei diesem Namen? Fürchtest du den einzigen Mann unter den Römern, so wisse, dass dem stolzen Mösier ein anderer entgegen zieht, vor dessen Machtwort die Mauern Roms erzittern. Die Geißel Gottes nennt er sich und zürnend und strafend streckt er seine Hand über Abend und Morgenland aus. Bald wird ihm alles unterliegen, bald wird er seinen Thron in Rom errichten; wehe dann den Vermessenen, die sich dem größten der Barbaren in den Weg stellten! Zu Staub wird er sie zermalmen, Valentinian und Heraklius, den Mösier und den Pontifex, zu Staub und Asche gleich den Burgen und Städten, welche den Herrn der Welt aufzuhalten wagen!"

Die Wangen Honorias glühten vor innerer Erregung; rachsüchtig blitzten ihre Augen und es wunderte sie nicht, dass Hildegund unwillkürlich von ihr zurückwich. Aber ihr Staunen wuchs, als die Tochter Witichos nun entgegnete: „Und das sagt ihr mir, die ausgezogen ist, um eine tapfere Stadt aufzusuchen, welche der Schwiegersohn des mösischen Helden gegen den hunnischen Verwüster verteidigt?"

„Du willst nach Aquileia?" Und als Hildegund durch ein Neigen des Hauptes bejahte, fuhr Honoria fort: „Wohlan, so verfolgen wir die gleiche Richtung. Zu Attila treibt es mich und dich zu seinen Widersachern. Lass mich vor Aquileia venetischen Boden betreten —"

„Dem furchtbarsten Feind Roms soll ich die Schwester Valentinians überliefern, die Römerin, welche ihre hohe Abkunft so sehr vergaß, dass sie dem Barbaren den willkommenen Vorwand zum Raub und Beutezug gegen das abendländische Reich lieh?" Entrüstung spiegelte sich in den Mienen Hildegunds, während sie die Worte ausstieß und in der Frage lag die entschiedene Weigerung.

Aber diesmal begegnete Honoria der Erregten nicht mit herbem Trotz, sondern mit gefügiger List, die mehr Aussicht auf Erfolg bot, und sprach: „Was kümmert dich, zu wem ich gehe? Nicht du bist vergangener Dinge kundig genug, um mein Tun zu begreifen; doch du sollst wissen, dass es auch ohne mich zum verderblichen Kampf zwischen Hunnen und Römern gekommen wäre. Mein Nahen wird das Unheil nicht mehren, so wenig, wie das Deine; doch mildern kann unsere Gegenwart die Schrecken des Kampfes und den Grimm der Männer, das Schicksal der Städte und nicht zuletzt dasjenige Aquileias!"

Die Verlobte Attilas hatte den Eindruck ihrer Worte klug berechnet; die trostreiche Wendung verfehlte nicht, in Hildegund Gedanken voll Friedenshoffnungen zu wecken. Wenn die seltsame Begegnung mit Honoria dies eine in Folge hatte, wenn es möglich war, Aquileia und Lucilius zu retten, dann wollte Hildegund die Stunde ihrer Flucht und ihres Zusammentreffens mit Honoria segnen, dann wollte sie ihren Stolz gern dem Trotz dieser zum Opfer bringen und die Vielgeschmähte bis an das Lager Attilas geleiten.

Und sie richtete die großen Augen auf die leidenschaftlich bewegten Züge Honorias und sprach: „Zu Lucilius, meinem Gatten, soll mich dies Fahrzeug tragen; in Aquileias Mauern weilt der Held, von allen Edlen Roms der Einzige, der seinen tapferen Arm der mutigen Burg leiht!"

Aushorchend vernahm es die Augusta und voll Eifer fiel sie ein: „So suchst du, wie ich, den Mann, dem du vertraust! Freue dich mit mir der Stunde, die uns zusammenführte! Im Lager Attilas will ich für dich und den Schwiegersohn des Mösiers meine Stimme erheben; der Tag, der meine heißen Wünsche krönt, soll ein Freudentag für euch und Aquileia werden. Unter dem Jubel der Seinen wird Attila von meinem Erbe Besitz ergreifen; aber Aquileia soll durch meine Fürbitte zuerst die Gunst des Gewaltigen erfahren, du selbst mit Lucilius fortan ein ungetrübtes Glück genießen!"

Redegewandt und listig fuhr Honoria fort, Hildegund in solcher Weise zu bestürmen und die edelsten Saiten in ihrer Brust anzuschlagen. Rettung des Gatten und der Stadt, auf welche Aetius und die Seinen, auf welche das ganze Reich mit gleicher Sorge blickte, — um diesen Preis durfte Hildegund wohl auf Verzeihung ihrer Flucht hoffen! Nur eines machte ihr Sorgen und erfüllte sie mit nicht enden wollenden Zweifeln, das war der Gedanke an den Fortgang des Kampfes, wenn Aquileia für den Hunnenfürsten kein Hindernis mehr bildete und sich der Strom seiner Horden gegen die Gestade des Po heranwälzte. Allein die Liebe zu Lucilius überwand jeden Zweifel und ließ sie der Lockung Honorias immer williger Gehör leihen.

Noch hatte Hildegund keine bindende Zusage erteilt, als die Augusta einen kostbaren Ring vom Finger zog und denselben an die Hand der Tochter

Witichos streifte, dabei sprechend: „Nimm als Zeichen meines Dankes dieses Kleinod! Nur König Attila besitzt ein gleiches. Es wird dir seinen mächtigen Schutz verleihen, wo und wann immer du ihn begehrst, dir und jedem anderen, für den du zur Bitte den Mund öffnest!"

Hildegund wusste kaum, wie ihr geschah; sie fühlte sich wie im Bann einer dämonischen Kraft, welche von der Kaisertochter ausging und der sie sich nicht zu entziehen vermochte. Sie war ja ein Weib wie Honoria, doch weiblicher, als diese, denkend und empfindend; und darum erlag ihre Widerstandskraft der männlichen Energie im Verein mit den Waffen weiblicher List und Verstellungskunst, durch welche Honoris zu siegen unternommen hatte.

Nur ein letztes Bedenken wollte die Tochter Witichos noch laut werden lassen, als plötzlich der Schiffsherr mit Eberhard in das Kastell trat und zu Hildegund sprach: „Ein römisches Fahrzeug, an dessen Mast das kaiserliche Banner weht, steuert auf uns zu. Es ist größer, als das unsere, und die Zahl seiner Ruder treibt es schneller durch die Wogen. Sagt, ob wir es ruhig herankommen lassen, oder uns zum Widerstand rüsten sollen, falls es uns feindlich bedroht?"

Hildegund stand im Begriff, sich mit einer Frage an Eberhard zu wenden; sie fürchtete keine Verfolgung von Seiten Valentinians, dem sie eine Fremde war, und hielt darum keine Vorbereitungen zum Widerstand für geboten.

Doch bevor sie äußern konnte, was sie dachte, nahm ihr Honoria das Wort aus dem Mund und rief mit dem Ausdruck sichtlicher Bestürzung: „Setzt alle Ruder ein, lasst die Knechte ihre Kraft verdoppeln und nehmt die Waffen zur Hand! Die Schergen Valentinians und seines Eunuchen sind einem edlen Wild auf der Fährte. Lasst sie nicht über euch Herr werden; ihr alle müsstet sonst furchtbar büßen, dass die Tochter Placidias in eurer Mitte weilt!" Dann beschwor sie Hildegund, Befehl im gleichen Sinn zu erteilen.

Unschlüssig sah die Letztere auf ihren Diener und dieser entgegnete gleichmütig: „Wir leben in keiner Fehde mit Valentinian und haben die Schwester desselben nicht geladen; aber gern und ohne Furcht vor dem Zorn des Kaisers überliefern wir sie den Händen desjenigen, der sie von uns zu holen kommt. Unseres Lebens werden wir uns zu wehren wissen; doch nicht um Honorias willen sollen unsere Schwerter sich mit denen der Römer feindlich kreuzen!"

Damit wollte er sich abwenden, aber an sein Ohr schlug die scharfe Antwort Honorias: „Unklug und töricht ist dein Rat; wer sagt dir, ob nicht die nächste Stunde dein Schicksal in meine Hände legt? Was auch der Augustus und ich mit einander auszumachen haben, — den Tollen, der sich in den Streit der Großen mengt, treffen die härtesten Schläge. Darum schweig und lass den Schiffer nach meinem Willen tun!"

Fragend sah Eberhardt samt dem Schiffsherrn auf Hildegund. Dieser schien die Antwort schwer zu werden; aber die letzten Äußerungen Honorias hatten tiefen Eindruck auf sie gemacht und sie sprach langsam: „Tut nach dem Willen der Augusta!"

Da erhob Honoria mit einem wilden Freudenschrei gebieterisch die Hand; das Kastell verlassend, rief sie die Schiffsmannschaft zusammen und erteilte ihr in fliegender Hast ihre Befehle.

Die Knechte zögerten, bis der Schiffsherr die Worte Honorias bekräftigte. Die Verheißung einer außerordentlichen Belohnung Tat das Übrige und schneller, als je zuvor, glitt das Schiff über die ruhige See dahin.

Schon hatte es den Anschein, als sollte ein Vorsprung gewonnen werden, welcher dem anderen Fahrzeug das Einholen unmöglich machte; allein die Hoffnung erwies sich bald als trügerisch. Als die Insassen des kaiserlichen Schiffes die Absicht der Flüchtigen erkannten, verdoppelten auch sie ihre

Anstrengungen, und die Entfernung zwischen den Galeeren verminderte sich zusehends.

Finsteren Angesichtes beobachtete es Honoria, und forschend flog ihr Blick hinüber, ob sie den verhassten Gemahl entdecken konnte. Drüben blinkte es von Waffen und die feindliche Absicht war nicht zu bezweifeln; immer schärfer steuerte die Galeere auf das Fahrzeug zu, immer näher kommend, scheuchte sie dieses vor sich her, wie der Sperber die Taube.

Da sah Honoria ein, dass kein Entrinnen mehr möglich sei; aber auch ergeben wollte sie sich nicht. Denn unter den Gestalten am Bord des kaiserlichen

Schiffes hatte sie Heraklius erkannt! Noch war ihm der Sieg nicht gewiss, wenn mit Mut und Ausdauer auf Seiten der Flüchtigen gekämpft wurde. Von Kampflust funkelten die Augen der Kaisertochter, sie selbst schwang ein Schwert, um damit den Gegnern zu trotzen, und gebot auch den Knechten, die Ruder einzuziehen und statt ihrer nach den Waffen zu greifen.

Voll Besorgnis hatte Eberhard vom Kastell aus die Vorgänge verfolgt; selbst die Erklärung Hildegunds konnte den Alten nicht zufrieden stellen und seufzend sah er der weiteren Entwicklung des drohenden Zusammenstoßes entgegen. Denn schon waren sich die Schiffsrümpfe bis auf Pfeilschussweite nah und gebieterisch erschallte von der kaiserlichen Galeere die Aufforderung an die Verfolgten, sich zu ergeben.

Ein höhnisches Lachen Honorias, das gellend über die Wogen klang, war die einzige Antwort; einige Augenblicke später stießen die Planken beider Fahrzeuge dumpf krachend zusammen, herüber und hinüber flogen die Enterhaken und es schien ein Kampf auf Tod und Leben zu entbrennen.

Aber bald musste der Schiffsherr samt seinen Knechten einsehen, dass die Übermacht auf Seiten der Verfolger zu groß war. Mit Unlust hatten die Ersteren den Kampf begonnen; umso williger streckten sie die Waffen, als ihr

Verdeck sich mit kaiserlichen Trabanten füllte und Heraklius zum zweiten Mal gütliche Unterwerfung forderte. Nur Honoria selbst focht wie eine Rasende, die nur mit Mühe zuletzt gebändigt und entwaffnet werden konnte.

Als auch das unter den wilden Verwünschungen dieser geschehen war, betrat Heraklius das Kastell und ließ dahin auch Honoria bringen. Doch wie staunte er, als er hier Hildegund mit ihrem alten Diener vorfand.

Befremdet sah er auf die eine, wie die andere, und endlich begann er mit spöttischer Miene gegen Honoria gewendet: „Die Schwester meines erhabenen Gebieters hat das Verlangen nach einer kurzen Seefahrt empfunden. Gerne gönnt sie ihr der Kaiser; doch von gerechter Besorgnis erfüllt, hat er es für nötig erachtet, der Augusta ein würdiges Geleit nachzusenden. Denn es ziemt sich nicht für die Enkelin des großen Theodosius, heimlich und bei Nacht den kaiserlichen Palast zu meiden und sich in einem fremden Fahrzeug der trügerischen Salzflut anzuvertrauen. Möge es der Augusta darum gefallen, mit uns heimzukehren, um die Unruhe eines liebenden Bruders zu verscheuchen und sich zu neuen Zerstreuungen besser passender Mittel zu bedienen!"

Heraklius erwartete eine Entgegnung auf seine boshaften Worte; aber Honoria schwieg, die Lippen fest zusammengepresst, und dem Eunuchen nur einen Blick voll ungebändigten Trotzes und unsäglicher Verachtung zuwerfend. Umsonst suchte dieser durch neue beißende Bemerkungen den Mund der Prinzessin zu öffnen; sie blieb schweigsam und fest, das Geschick, das sie nicht mehr abwenden konnte, mit dumpfer Resignation ertragend.

Der verlorenen Mühe endlich überdrüssig, wandte sich der Oberkammerherr jetzt an Hildegund; barsch beschuldigte er sie des Einverständnisses mit der Schwester Valentinians und forderte von ihr Aufklärung. Die Tochter Witichos beteuerte furchtlos ihre Unschuld und verkündete der Wahrheit gemäß, in welcher Weise Honoria sich den Zutritt auf das zur Abfahrt gerüstete Schiff erzwungen habe. Nur das Ziel ihrer eigenen Ausfahrt verschwieg Hildegund, der tiefgehenden Zerwürfnisse zwischen Aetius und Heraklius eingedenk.

Aber der Eunuch, voll unedler Lust, die Racheglut, die er gegen Lucilius hegte, an dem Weib des Letzteren zu kühlen, bedrängte die Schuldlose ohne Schonung; und als sein Drohen nichts bewirkte, zwang er endlich den um sein Eigentum besorgten Schiffsherrn zum Verrat seines Reisezieles. Da flog es wie ein halbes Wetterleuchten über die Züge des Eunuchen; ein teuflischer Gedanke ergriff ihn und mit Eifer sann er über dessen Ausführung nach.

Sein Plan war bald gefasst. Die Besatzung des erbeuteten Schiffes musste sich an Bord der kaiserlichen Galeere begeben, ein Teil der Mannschaft Letzterer blieb auf jenem und erhielt von dem Oberkammerherrn geheimen, strengen Befehl, wohin die Fahrt zu richten ist. Honoria dagegen wurde in das Fahrzeug ihres Gemahls gebracht. In ohnmächtigem Grimm musste sie ihrem kühnen Unterfangen entsagen; aber in ihrer Brust war darum die Hoffnung nicht erloschen, dass ihre Vereinigung mit Attila, dem Rächer ihrer Schmach, nur verzögert, nicht auf immer vereitelt sei!

Als einer der Letzten verließ endlich auch Heraklius das Fahrzeug Hildegunds, höhnischen Sinnes sprach er zu ihr: „Du hast einer Törin deine Hilfe geliehen und, eine Törin selbst, die Strafe einer solchen verdient. Nicht zu Livia will ich dich zurückführen, ein anderes Ziel habe ich dir bestimmt. Deiner harrt ein ungestümer Freier; sag ihm, dich senden Heraklius und Valentinian, — und wenn er dich bräutlich umfängt, denke dieser Stunde!"

Damit wandte sich der Hinterlistige ab, gebot aber dem alten Eberhard, sich ihm anzuschließen. Bestürzt zögerte dieser, Hildegund selbst hatte die Worte des Eunuchen nur halb verstanden, nur aus dem tückischen Funkeln seiner Augen Böses geahnt. Doch als der treue Alte jetzt von ihrer Seite gerissen wurde, da bemächtigte sich Entsetzen und tiefe Niedergeschlagenheit der Armen. Sie bat und flehte, ihr den einzigen zuverlässigen Geleitsmann zu lassen, sie bat umsonst. Ein sarkastisches Abschiedswort rief Heraklius ihr noch zu, — dann lösten sich die beiden Schiffe voneinander, gen Norden steuerte das eine, gen Süden das andere, an seinem Bord die verzweifelnde Tochter Witichos!

Sechstes Kapitel

Noch war Hildegund nicht lange fort, als Gaudentius sich zu der Mutter begab und ihr die heimliche Entfernung dieser mitteilte. Bestürzung ergriff die edle Frau; nur mit Mühe fand sie sich darin, das verzweifelte Beginnen zu billigen, und schwere Sorge um das Schicksal der geliebten Tochter nahm Livia gefangen. Aber auch tadeln wollte sie nicht, was den edelsten Beweggründen entsprungen war; nur in Rom hielt es sie nicht länger und sie stellte an Gaudentius das bestimmte Verlangen, mit ihm in das Lager des Gatten zu ziehen. Dort wollte sie dem Helden, dessen Herz so warm an Lucilius und Hildegund hing, die überraschende Nachricht schonend selbst bringen, seinen Rat erbitten und im Vertrauen darauf seiner Tatkraft alles zu überlassen. —

Mit schmerzlichem Staunen vernahm Aetius die Kunde, und doch auch er konnte seiner Pflegetochter nicht zürnen. Was sie begonnen hatte, ziemte dem Weib des jungen Recken, der selbst sein Leben für Aquileia riskierte. Wohl mehrte die heroische Tat Hildegunds die Besorgnis des Feldherrn, doch nicht minder erfüllte sie ihn mit Bewunderung des Mutes, der ihrer fähig war; und was Aetius bisher die kühle Überlegung verboten hatte, das ließ er jetzt geschehen. Mit drei Legionen durften Gaudentius, Traustila und Majorian aufbrechen, um die Aufmerksamkeit des vor Aquileia liegenden Gegners zu Teilen und dessen Kräfte nach zwei Seiten hin in Anspruch zu nehmen.

Ja, die Kunde von der heldenmütigen Verteidigung jener Stadt veranlasste den Feldherrn selbst, zu kühnem Wagen mit dem Kern seiner Macht aus den Sumpfgebieten des Po's weit gegen Norden vorzudringen. Näher rückte der Zeitpunkt, bis zu welchem Marcian seine Hilfe senden wollte; Westgoten, Burgunden und Franken hatten die Teilnahme an neuen Kämpfen mit dem furchtbaren Steppenfürsten abgelehnt, und die einheimische Bevölkerung den Feldherrn kleinmütig im Stich gelassen. Da gab das Beispiel der germanischen Fürstentochter Aetius seinen alten Wagemut wieder, und der Drang nach Taten, der ihn selbst wie seine Legionen erfüllte, trieb ihn machtvoll auf die Bahnen heldenmütigen Ringens. Mochte Valentinian sich in Rom feige verkriechen; Aquileia hieß jetzt das Ziel, Venetien der Schauplatz, auf welchem die trefflich geschulte römische Macht wiederum mit der wilden Kraft der Barbaren um den Sieg kämpfen sollte!

Während den von Attila Eingeschlossenen auf dem Landweg ein unverhoffter Ersatz näher rückte, hatte das Fahrzeug Hildegunds die italische Halbinsel umschifft und strebte jetzt, im adriatischen Meer gen Norden steuernd, seinem Ziel entgegen. Gespannt ließ Lucilius` Gattin ihre Blicke über die brandende See schweifen, gespannt lauschte sie nachts, wenn die Sterne im funkelnden Reigen aufleuchteten und Dämmerung sich über die Wasser senkte. Aber an die Stelle ihrer hoffnungslosen Niedergeschlagenheit war eine schmerzliche Fassung getreten, der Quell ihrer Tränen versiegt und herbe Entschlossenheit in ihren Zügen zu lesen.

Da trat in der Frühe eines Lenzmorgens der Befehlshaber des Fahrzeuges zu ihr mit der Kunde, dass das Ziel nah sei und sie sich zum Verlassen des Schiffes rüsten soll. Klopfenden Herzens vernahm es Hildegund; in Eile raffte sie das Wenige, das sie zu ihrem eigenen Bedarf mitgenommen hatte, zusammen und verließ dann das Kastell. Doch wie staunte sie, da sie Nichts als einen dunklen Streifen Landes vor sich sah, welchem sich die Galeere langsam näherte. Keine menschliche Ansiedelung, kein Hafen war zu entdecken, und nur in nebliger Ferne schienen Mauern und hochragende Türme aus der Salzflut emporzusteigen.

Die Tochter Witichos besann sich; sollte das Aquileia sein? — So etwa hatte sie sich die heldenmütige Stadt gedacht; doch warum jetzt schon das Schiff verlassen, während das Ziel erst mit Mühe den Blicken erreichbar war?

Sie sollte darüber bald aufgeklärt werden. Dem Befehl des Führers gemäß, wurde vom Schiffsbord ein Boot niedergelassen; sechs Ruderer bestiegen es, ein siebenter trug die widerstrebende Hildegund auf starken Armen in das schaukelnde Fahrzeug, das in der nächsten Minute von der Galeere abstieß und pfeilschnell dem fernen Strand entgegen flog. Doch nicht dorthin, wo Aquileia zu liegen schien! Näher kam das Ufer, aber öde war sein Anblick, einsam und verlassen.

Der Armen wurde auf ihre Fragen keine Antwort gegeben; nur ein stummes Achselzucken, ein bedauernder Blick schien sagen zu wollen, dass ihr Los ein Schweres sein werde. Eine furchtbare Ahnung bemächtigte sich ihrer, aber sie vermochte dieselbe nicht in Worte zu kleiden. Trüben Auges starrte sie auf das unwirkliche Ufer; bald stieß der Kahn an das Land und sie selbst wurde aus dem Fahrzeug gehoben. Dann erst brach einer der Ruderer das Schweigen, indem er, mit der Rechten fernhindeutend, sprach: „Dort liegt Aquileia, das Ziel, nach welchem es dich gelüstet; sieh, ob du es erreichen magst!" Ehe sie Zeit fand, sich umzusehen, entfernte sich das Boot schon wieder, und binnen Kurzem erschien es nur noch wie ein dunkler Punkt neben der größeren Galeere, welche langsam die Rückfahrt begann.

Hildegund war allein, allein ohne Freund und Begleiter, ohne andere Habe als die wenigen Kleidungsstücke, welche, in ein Tuch gehüllt, neben ihr am Strand lagen. Das Gefühl hoffnungsloser Vereinsamung überkam sie und entpresste ihren Augen Tränen des Kummers und der Mutlosigkeit. Sie musste Livias gedenken, der liebevollen Obhut und Pflege, die ihr im Haus der edlen Frau im reichsten Maße zu Teil geworden war; sie wiederholte sich die ernsten Mahnworte des besorgten Gaudentius und die Einwände, die der treue Eberhard erhoben hatte. Nun wurde über ihr heimliches Entweichen wohl der Stab gebrochen, nun war sie von Gaudentius und seinen Lieben allen getrennt, ohne Aussicht, den Gatten jemals wieder sehen zu können!

Und dennoch, wenn sie alles überdachte, wenn sie ein zweites Mal vor die gleiche Wahl gestellt würde, — sie könnte, das fühlte sie, nicht anders handeln, sie müsste dieselben Pfade einschlagen, selbst auf die Gefahr hin, keines besseren Erfolges froh zu werden! Der Gedanke gab ihr Trost und richtete ihren Mut auf. Noch lebte sie ja, noch fühlte sie Jugendkraft in Haupt und Gliedern; mächtig, trotz allen Leides, loderte in ihrem Herzen die Flamme der Liebe zu Lucilius und gab ihr Kraft, die dornenvolle Pilgerfahrt in der Öde zu beginnen.

Dorthin, wo sie die Türme Aquileias gen Himmel hatte ragen sehen, wandte Hildegund Blick und Fuß. Eilfertig, denn die Zeit erschien ihr kostbar, legte sie die erste Strecke Weges zurück; kein lebendes Wesen begegnete ihr, kein Sämann, der seinen Acker bestellte, kein Fischer, der die Netze nach Beute auswerfen wollte. Nur glänzendbeschwingte Wasservögel flatterten mit lautem Schrei durch die Lüfte, von der See her strich ein feuchter Luftzug über den Strand; doch bald erhob sich strahlender die Sonne, die Nähe und Ferne in ihr glühendes Licht tauchend.

Freudig begrüßte Hildegund die segenbringenden Strahlen, unablässig wanderte sie weiter. Ihre Zuversicht wuchs, denn deutlicher zeichneten sich jetzt die Umrisse Aquileias am Horizont ab. Schärfer spähte die Schwester Hermanarichs, — da stockte plötzlich ihr Fuß; sie bemerkte überschreitend einen Erdwall, in der weithin sich dehnenden Ebene zahllose Zelte kriegerischer Völkerschaften, endlose Scharen Berittener und Unberittener, die Aquileia im weiten Umkreis einschlossen. Das mussten die Hunnen und ihre Verbündeten sein, die Feinde Aquileias und seiner Verteidiger!

Ein Schauer überflog Hildegund; wie sollte es ihr gelingen, durch die Horden der Barbaren den Weg in die schwer bedrängte Stadt zu finden? — Von bangem Zögern erfasst, starrte sie ratlos vor sich hin, als sie in der Ferne den Hufschlag sich rasch nähernder Rosse zu hören glaubte. Sie wandte ihr Antlitz dem Schall entgegen und sah nun eine Anzahl Reiter, die querfeldein auf sie zusprengten. So hatten ihr Lucilius und die anderen Teilnehmer an der Schlacht auf den catalaunischen Feldern die Hunnen geschildert, die Barbaren, die ihr den Bruder getötet hatten und jetzt so schweres Leid über sie brachten.

Drohend schwangen die Reiter ihre Wurfriemen, und als Hildegund unwillkürlich die Flucht strandabwärts ergriff, schallte hinter ihr höhnisches Gelächter. Da schwankte die Tochter Witichos einen Augenblick, ob sie sich aller Not entziehen und durch einen Sprung in das Meer ihrem Leben ein jähes Ende bereiten sollte. Doch bevor sie den Entschluss hätte ausführen können, fühlte sie sich von dem Riemen eines der Hunnen umschlungen und im nächsten Moment von Barbarenhand auf ein Pferd gehoben und im Sturmesritt von dannen getragen. In ihre Ohren gellte nur noch das Freudengeschrei der Feinde, dann schwanden ihr die Sinne und bewusstlos sank ihr das Haupt auf die Brust nieder.

Als sie wieder zu sich kam, befand sie sich auf weichem Rasengrund; um sie her standen ihre Verfolger, in eifriger Beratung, was mit der unverhofften Beute anzufangen sei. Schon hatten diese den Inhalt ihres Tuches auseinander gewühlt und unter sich verteilt, nur über den Besitz Hildegunds schienen sie sich nicht einigen zu können. Zwar verstand die Letztere nicht die Sprache der Barbaren; aber aus ihrem Mienenspiel und der zunehmenden Aufregung, die sich aller bemächtigte, schloss sie mit Sicherheit aus den Inhalt des Gespräches.

Immer wilder schienen sich die Köpfe zu erhitzen, die übrigen gegen einen einzelnen Partei zu ergreifen und der Wortstreit in blutige Händel auszuarten, als das Nahen eines neuen Ankömmlings allem Hader ein plötzliches Ende machte. Es war Orestes selbst, der auf einem Ritt um das Lager die Streitenden bemerkt hatte.

Auf seinen gebieterischen Zuruf kündete ihm einer derselben, auf welche Weise die Fremde in ihre Hände gefallen sei; der Pannonier aber ließ sein Auge auf Hildegund weilen und erkannte mit Bewunderung ihre Schönheit, welche durch den jüngst erlittenen Schreck kaum beeinträchtigt war. Die langen, blonden Haare und die blauen Augen deuteten auf germanische Abstammung, aber die römische Kleidung verriet längeren Aufenthalt in Rom.

Deshalb redete Orestes die Gefangene in lateinischer Sprache an, ließ sie Mut fassen, da ihr unter seinem Schutz kein Unheil droht, und fragte sie endlich, woher sie kommt und welches das Ziel ihrer Wanderung sei.

Bei den Worten des hochstehenden Würdenträgers, dessen ganzes Äußeres nichts vom Wesen der Barbaren noch von ihrer Tracht an sich hatte, erfüllte neues Hoffen die Brust Hildegunds. So sprach kein Mann, der als Untergebener Attilas mit dem Furchtbaren an Grausamkeit wetteiferte! Und sie entsann sich, von hochgebildeten Griechen und Römern gehört zu haben, die am Hof Attilas hervorragende Stellungen einnahmen. Bei einem solchen glaubte sie am leichtesten auf Verständnis rechnen zu dürfen; vertrauensvoll und ohne Rückhalt enthüllte sie darum den Zweck ihrer Wanderung dem freundlichen Frager.

Gespannt horchte Orestes; der Fang war wichtiger, als die übrigen Hunnen ahnten, und er ließ nicht ab zu forschen, bis er alles Vorhergegangene ausführlich erkundet hatte. Voll Hochachtung vor dem seltenen Mut, der sich ihm hier offenbarte, weilte der Blick des Geheimschreibers auf Hildegund; wahrlich, sie verdiente in ihrem Vertrauen nicht getäuscht zu werden!

Und dennoch wollte er sie nicht nach Aquileia bringen. Ein anderer Gedanke ergriff ihn plötzlich mit dämonischer Lockung. Attila sollte das Weib des Lucilius sehen und durch dieses erfahren, was Honoria kühnen Sinnes vergebens begonnen hatte; Attila sollte die Adoptivtochter des Mösiers in seine Gewalt bekommen, eine neue Geisel an Carpilions statt! Aller Hass, den Orestes gegen Aetius hegte, aller ungestillte Groll, wurde plötzlich wieder in ihm wach. Jetzt konnte er sich an dem Mösier rächen und dessen ganzes Geschlecht in Trauer stürzen, indem er Hildegund dem unersättlichen Steppenfürsten zuführte; jetzt konnte er hoffen, seinen Niedergang in der Gunst Attilas durch die Schönheit Hildegunds in das Gegenteil zu verkehren.

Ja, seine Gedanken flogen noch weiter. Schwer stand die rasende Honoria in seiner Schuld; wie, wenn Attila, von dem lieblichen Zauber der jugendlichen Germanin entzündet, diese an Honorias statt zu seiner Gemahlin erhob? Der Pfad zu Raub und Eroberung stand ihm dennoch offen; aber Honoria war dann zum leeren Popanz geworden, mit deren tollen Gelüsten der Steppenfürst spielen mochte wie mit dem Recht, das ihre Hand ihm verliehen hatte.

Die Augen des Pannoniers blitzten, neue Aussichten eröffneten sich ihm. Mochte Hildegund auch im Anfang die Wendung ihres Geschickes nur mit Widerwillen und Jammern ertragen, — es kam doch einmal die Stunde, in welcher sie sich mit ihrem Los aussöhnen und den großen Dienst, welchen ihr Orestes erwiesen hatte, dankbar anerkennen musste. Darum sollte sie jetzt mit doppelter Schonung behandelt werden und in Orestes ihren Schützer und Retter sehen, ohne welchen sie dem entsetzlichsten Schicksal verfallen wäre.

Mit kurzen Worten gebot er einem der Berittenen, vom Pferd zu steigen und dasselbe der Fremden zu überlasten; dann warf er dem Haufen eine Anzahl kleiner Goldmünzen hin als Preis für die Überlassung der Beute, hob Hildegund auf den Rücken des ledigen Rosses, und trabte langsam mit ihr von dannen. Murrend sahen ihm die Hunnen nach, von seiner Gabe nur halb befriedigt; doch keiner wagte, dem einflussreichen Mann nur mit einem Wort Trotz zu bieten.

Stumm ritt Hildegund eine Zeit lang neben Orestes, in schmerzliche Gedanken versunken. Sie hatte allen Grund, sich über das Nahen des rücksichtsvollen Mannes zu freuen, und dennoch erfasste sie ein Bangen vor dem, was ihr die nächsten Stunden bringen würden. Noch wusste sie ja nicht, ob der Fremde ihren heißen Wunsch erfüllen, sie dem Gatten an den Toren Aquileias übergeben werden wird. Oft wollte sie den Mund zu einer Frage, einer flehenden Bitte, auftun; doch immer kam ihr Orestes zuvor, der in freundschaftlicher Weise durch seine anmutige Unterhaltungsgabe ihre Sorgen zu zerstreuen suchte.

Nichtsdestoweniger bemerkte die Tochter Witichos mit Schrecken, dass sie dem Hunnenlager immer näher kam; schon hatte sie wiederholt die Aufmerksamkeit barbarischer Horden auf sich gelenkt und mit geheimem Grauen ihre abstoßenden Mienen betrachtet. Doch als die Schwärme sich nun mehrten, als niedere Erdhütten, Karren und Zelte immer mehr zunahmen, fasste sie endlich Mut zu den Worten: „Nach Aquileia zieht mich mein Sehnen; meint ihr es gut mit mir, seid ihr so edel, wie ihr scheint, so geleitet mich auf anderen Wegen an eins der Tore und lasst mich dort Einlass begehren!"

Orestes lächelte vieldeutig vor sich hin, dann antwortete er: „Der Weg nach Aquileia führt mitten durch unser Lager. Niemand vermag euch unbemerkt an eines der Stadttore zu bringen, es sei denn auf der schäumenden Wasserstraße. Aber der Gebieter der Steppe bedarf keiner Schiffe, um eine trotzige Stadt zu bezwingen, deshalb können wir euch kein Fahrzeug zum Gebrauch bieten. Auch würde Attila furchtbar erzürnen, wenn ich wagte, gegen sein Verbot nur einer lebenden Seele den Durchzug in die feindliche Festung zu gestatten!"

„So führt mich zurück, gewährt mir die Umkehr, lasst mich dem Furchtbaren nicht in die Hände fallen! Gedenkt eurer Mutter, eurer Schwestern und lasst mir nicht geschehen, was ihr mit Gefahr Eures Lebens von ihnen abwehren würdet!"

Angstvoll hatte Hildegund es ausgestoßen und Miene gemacht, vom Ross abzuspringen; doch die Hand des Pannoniers hielt sie oben und begütigend erwiderte dieser: „Seid ohne Sorgen! König Attila führt keinen Krieg mit Weibern! Den Rückweg freilich habt ihr selbst euch verlegt, als ihr euch von jener Schar fangen ließet, aus deren Gewalt ich euch zur guten Stunde löste.

Nach hunnischem Brauch seid ihr meine Sklavin, wie ihr es nach römischem wärt, — doch fürchtet nichts! Ich gedenke mein Recht nicht geltend zu machen. Nur von einem kann ich euch nicht befreien: Attila muss euch sehen und entscheiden, ob er euch nach Eurem Willen ziehen lassen will. Von euch allein hängt es ab, den Steppenfürsten mild zu stimmen; reizt ihn durch keinen Widerspruch, durch keine Unbesonnenheit, — und ihr werdet Euer Ziel leichter erreichen, als ihr denkt. Nun aber kommt; es gilt, das Antlitz des Gewaltigen zu erreichen, bevor die kriegerische Arbeit dieses Tages beginnt!"

Da begriff Hildegund, dass ihr keine Wahl geblieben war; so angstvoll ihr Herz erbebte, musste sie sich doch entschließen, dem Pannonier ohne Widerstand zu folgen. Während sie mit ihm durch die Lagergassen weiter ritt, während ringsum kriegerisches Treiben sie umfing, fiel ihr Blick auf den Reif, welchen ihr Honoria kurz vor ihrer gewaltsamen Trennung angesteckt hatte.

Die Tochter Witichos hatte des blitzenden Kleinodes nicht geachtet; nun aber schien es ihr plötzlich in Erinnerung zu kommen und sinnend ließ sie die Augen darauf weilen. Wenn Honoria wahr gesprochen hatte, musste dieser Ring seine Trägerin vor allem Unheil schützen; was zagte sie denn, was tat ihr bange Sorge not?! Jene Worte der Augusta hatten wahr und aufrichtig geklungen, das Kleinod selbst war der Ausdruck ihres ungeheuchelten Dankes, wie sollte es sich denn als falsch erweisen?

Der Gedanke gab Hildegund Trost und Mut. Aber auch Orestes hatte jetzt den edelsteingeschmückten Reif erblickt und verwundert sprach er: „Von wem habt ihr das Kleinod an Eurem Finger? Ein gleiches sah ich bisher nur an der Hand Attilas!"

Ohne Bedenken teilte ihm Hildegund mit, auf welche Weise sie in den Besitz des Reifes gelangt sei. In ihren Worten lag eine Bürgschaft für das früher von ihr Berichtete und Orestes schätzte sich doppelt glücklich, durch seine Dazwischenkunft sowohl seinem Gebieter, wie der Fremden, einen außergewöhnlichen Dienst geleistet zu haben. Die Hoffnungen, welchen Hildegund Ausdruck gab, bestätigte er vollkommen und hatte die Genugtuung, ihre schreckensbleichen Wangen sich langsam mit dem Rot neuen Lebensmutes bedecken zu sehen.

An den größeren Zelten der verbündeten Fürsten und Heerführer vorbei, brachte ihr Weg die beiden endlich an eine wohlverschanzte Umfriedigung und durch die Scharen der Leibwächter bis an das Königszelt Attilas. Blutrot flatterte über demselben das Banner mit dem meergrünen Ungetüm, das eine ins Riesenhafte vergrößerte Katze darstellen sollte; um den Eingang drängten sich Heerführer und Würdenträger, kommende und gehende Boten der einzelnen Horden. Alle schienen voll Eifer und vielbeschäftigt; dennoch erregte das Nahen Hildegunds allgemeine Aufmerksamkeit und bewundernd labte sich manches Barbarenauge an dem Liebreiz, der die Tochter Witichos umstrahlte.

Orestes gebot dem Schwarm der untergeordneten Dienerschaft ihm Raum zu machen, dann begab er sich mit Hildegund in das Zeltinnere, die Aufsicht der beiden Rosse einem der Umstehenden übertragend.

Wie in seinem Bretterpalast am Donaustrand, befand sich Attila auch hier in halb sitzender Stellung auf seinem Ruhelager. Flüchtig streifte sein Blick die Gestalt des Pannoniers, leicht runzelte sich die Stirn des Gewaltigen, als er die Fremde bemerkte, die befangen, mit gesenkten Lidern, am Eingang stehen geblieben war. Bevor Orestes den Zweck seines Nahens melden konnte, herrschte ihn Attila gebieterisch an: „Was soll das Weib in Deinem Geleit, seit wann ist es das Amt meines Geheimschreibers, die Töchter Venetiens in das Männerlager zu führen?"

Der Vorwurf, der in der Frage lag, war nur halb begründet; zu Tausenden waren Weiber und Kinder den verbündeten Scharen gefolgt, manche gewaltsam in das Lager geschleppt worden, und um das Zelt Attilas selbst erhoben sich diejenigen, welche einen Teil seiner eigenen Weiber bargen. Auch Königin Kerka hatte dieses Mal ihre reiche Behausung im fernen Osten verlassen und mit dem Gemahl die Wechselfälle des langen Kriegszuges teilen müssen.

Nur die geschmälerte Zufriedenheit mit den Leistungen des Pannoniers verlieh den Worten des Hunnenkhans eine verletzende Schärfe; doch Orestes ließ sich dadurch nicht aus der Fassung bringen, sondern entgegnete freimütig: „Ein Tor wäre ich, wenn ich in diesen Tagen voll heldenhaften Ringens nach dem Gewinn eines Weibes Verlangen trüge; doch dieses wird meinem erhabenen Gebieter willkommener sein, als tausend andere, denn seltene Kunde bringt es Dir!"

Ein forschender Blick Attilas verriet das in ihm geweckte Interesse und Orestes begann nun zu erzählen, wie er Hildegund gefunden und ihr Schicksal beeinflusst hat; dann deutete er an, was diese ihm verkündet hatte.

Feindselig funkelten die Augen des Steppenfürsten, als er vernahm, dass Hildegund die Adoptivtochter des Mösiers ist; eine wilde Verwünschung kam über seine Lippen, als er den Zweck ihrer Meerfahrt und den Namen Lucilius hörte. Kaum aber war das Wort Honoria laut geworden, als Attila der bebenden Tochter Witichos zurief, ihm näher zu treten und selbst zu berichten, was Orestes durch sie erfahren habe.

Mit mühevoller Selbstüberwindung wiederholte Hildegund, was sie dem Pannonier schon mitgeteilt hatte. Gespannt lauschte der Hunnenkhan; doch als er die Überwältigung Honorias durch Heraklius erfuhr, da sprang er zorngetrieben von seinem Sitz auf und erhob die Rechte drohend gegen Süden, dem Eunuchen, Valentinian und jedem ihrer Knechte grimmige Rache schwörend.

Schrecken erfasste die Schwester Hermanarichs und sie hielt inne, um erst auf einen Wink des Pannoniers fortzufahren. Doch von der Ringspende wagte sie nicht zu sprechen, umso weniger, als Attila ihren weiteren Worten nur noch lässig Gehör lieh.

Ein Zeichen des Gewaltigen schien anzudeuten, dass er genug vernommen hat; ungern wandte Orestes sich schon zum Gehen und wagte deshalb die Frage an den Gebieter, was dieser über die Gefangene bestimmen will?

Attila zögerte mit der Antwort, doch endlich erwiderte er: „Lass sie den Rückweg antreten; in unserem Lager ist ohnehin Überfluss an Weibern!"

Der Gedanke an den ungeheuren Vorteil, welcher ihm durch die Vereitelung der Flucht Honorias entgangen war, erfüllte den Steppenfürsten mit unbezähmbarer Wut, die ihn vergessen ließ, welch wertvoller Besitz auch Hildegund unter Umständen für ihn sein konnte. Aber was der Gebieter übersah, daran dachte Orestes und so sprach er ruhig, doch bedeutsam: „Du weißt, dass sie an die Tore Aquileias pochen möchte, um sich mit Lucilius zu vereinen!"

„Mit Lucilius, ihrem Gatten?" Furchtbar klang das Lachen, mit dem Attila die Worte begleitete und gebieterisch fuhr er fort: „Sie wird es nicht! Sie soll in meiner Hand zur Waffe werden, mit der ich den Mösier und seinen Schwiegersohn schrecke, Aquileia bezwinge und mir den Weg nach Rom öffnet!"

Ein Blick, den Attila und sein Geheimschreiber tauschten, bewies, dass beide sich verstanden hatten. Weiter sprach der Erstere: „Halte mir die Allzukühne in sicherer Obhut, mit Deinem Kopf bürgst du mir, dass sie nicht entrinnt und ihr kein Leid geschieht!"

Orestes wollte antworten; aber nun fühlte auch Hildegund, dass der Moment gekommen ist, in welchem sie reden muss. Und sie sprach, dem Steppenfürsten zu Füßen sinkend: „O habt Mitleid mit mir, der Schuldlosen, die euch weder schaden noch Vorteil bringen kann. Zwingt mich nicht, zurückzukehren, haltet mich hier nicht in qualvoller Gefangenschaft! Wie mag der große Attila siegen wollen durch das Leid, das er einem wehrlosen Weib zufügt?!"

Aufmerksam beobachtete Orestes die Flehende und Ihn, dem ihre Worte galten. Noch schien Attila kalt und ungerührt; doch nein, zum ersten Mal ließ er sein Auge voll auf der Zitternden ruhen und ein Zug flüchtigen Wohlgefallens huschte über sein finsteres Angesicht. Aber je länger er blickte, umso deutlicher nahmen seine Züge den Ausdruck eines Raubtieres an, das die sichere Beute in seinem Bereich sieht und in der Großmut seiner Übersättigung mit jener spielt, bis die Stunde naht, sich auch dieses Opfers zu bemächtigen.

Hildegund aber erhob jetzt die Hand, an welcher der Ring Honorias funkelte und fuhr fort: „Dieses Kleinod reichte mir die Tochter Placidias; dankbar verhieß sie mir den Schutz und die Gunst des Steppenfürsten, mir und jedem anderen, für den ich sie erbitten werde. Soll Honoria mehr versprochen haben, als Attila halten will? So wäre auch sie eine Betrogene, betrogen gleich mir, die auf ihr Wort und das Wort dieses Mannes baute!"

Damit deutete Hildegund auf Orestes, der sich verlegen abwandte, um sein Erraten zu verbergen.

Doch Attila begann jetzt: „Glaubst du, dass der Schwur eines Weibes Männer bindet? Lass dir genügen, wenn dir kein Haar gekrümmt wird, und füge dich mit größerer Würde in dein Geschick. Umsonst versuchst du mich umzustimmen. Schnöde hat mich Aetius betrogen und verraten; prahlerisch rühmt er sich, die Hunnen geschlagen zu haben, er, der jetzt feige hinter den Gestaden des Padus liegt und seinen Schwiegersohn nach Aquileia sandte, um die Stadt zu fruchtlosem Trotz gegen mich anzuspornen. Doch Aquileia wird fallen, Aetius unterliegen und Rom eine Beute der Barbaren werden! Du aber sollst dich darum nicht sorgen; selbst aus barbarischem Stamm entsprossen, sieh in Attila den Freund deines ältesten Bruders, den Bruderhand in der Schlacht fällte, der aber mir sein Erbteil anvertraut hat. Gedulde dich, und ich finde den Fürsten, der gemeinsam mit dir über das Gebiet der Neckarfranken herrschen soll. Auch mir ist eine Reihe stattlicher Söhne erblüht; so viele ihrer das Schwert hinraffte, so viele und mehr sind übrig geblieben. Unter ihnen wird die Tochter Witichos einen Gemahl finden, würdiger als der Schützling des mösischen Verräters!"

Schweigend hatte Hildegund die hohnvollen Worte des Steppenfürsten vernommen; aber nun brachen Unmut und Widerwille, Schmerz und Verzweiflung, die sie mit Mühe zurückgedrängt hatte, sich gewaltsam Bahn und empört rief sie aus: „Wähne nicht, dass dein Schmähen meine Treue ins Wanken bringen könnte, dein Machtwort mich zwingen kann, das Lager mit einem deiner Söhne zu teilen. Vermählt bin ich mit Lucilius und eher sollst du mich töten, als dem Gatten abtrünnig machen!"

Attila verzog den Mund nur zu einem Lachen; er hatte schon oft Ähnliches vernommen und sich manches Mal rühmen können, den starren Trotz in kurzer Zeit gebrochen zu haben. Aber als Hildegund nun, ihrer selbst vergessend, mit der Rache des Mösiers drohte, da unterbrach er die Gefangene rauh: „Nenne den Namen nicht mehr, wenn du nicht willst, dass ich heute noch seinen Schwiegersohn vor Deinen Augen ans Kreuz schlagen lasse!"

Die Erregung Hildegunds erreichte bei den furchtbaren Worten ihren Höhepunkt; unfähig, die Drohung auf ihre Ausführbarkeit zu prüfen, nahm sie dieselbe für ernst und griff in ihr Gewand, um das Messer gegen die eigene Brust zu richten. Mit dem Ruf: „So sieh mich dem Gatten im Tod vorangehen!" zückte sie die tödliche Waffe; doch Orestes fiel ihr in den Arm, entwand ihr den Dolch und händigte ihn seinem Gebieter aus.

Dieser hatte sich gleichzeitig von seinem Sitz erhoben; auf sein Gebot erschienen einige seiner Leibwächter, welche die vor Erregung zitternde, entwaffnete Hildegund in das Zelt zu Kerka bringen mussten, wohin ihnen der Steppenfürst bald zu folgen verhieß.

Neugierig sah Kerka die Fremde nahen, voll Teilnahme auf die Tränenfeuchten Wangen Hildegunds blickend. In der Meinung, es mit einer von den Spähern ihres Gemahls aufgegriffenen Venetierin zu tun zu haben, richtete sie in gebrochenem Latein tröstende Worte an Hildegund. Diese achtete in ihrer Verzweiflung der Trösterin anfänglich wenig; doch als Kerka voll Herzensgüte nicht abließ und endlich mit den Worten, dass sie die Lieblingsgemahlin Attilas ist und der Gefangenen Hilfe versprach, fasste Hildegund Mut und Vertrauen zu der kleinen Hunnin.

Oft von Tränen unterbrochen, erzählte die Tochter Witichos ihr Geschick und aufmerksam lauschte Kerka. Der Name des Mösiers veranlasste sie zu einigen tadelnden Worten über die Treulosigkeit, mit welcher Aetius das Freundschaftsband zwischen ihm und Attila zerrissen hat; umso beifälliger beurteilte sie die Treue Hildegunds zu ihrem Gatten. Und wenn sie der Gefangenen auch nicht die Zusammenführung mit Lucilius gewährleisten konnte, verhieß sie derselben umso bestimmter Schutz gegen jede Ungerechtigkeit und ihre Fürsprache, falls Attila die feindliche Stadt und ihren mutigen Verteidiger in seine Gewalt bekommen sollte.

Eine Stunde mochte vergangen sein, als Attila selbst in das Zelt der Königin trat. Orestes und Oneges, Berich, Eudoxius und Ellak begleiteten ihn, alle kriegerisch gerüstet. Nach kurzer Zwiesprache mit Kerka gebot der Steppenfürst seiner Gefangenen, ihm auf dem Fuß zu folgen; und als Kerka sich über das Schicksal Hildegunds besorgt zeigte, zerstreute er ihre Besorgnis durch das Versprechen, die Gefangene unversehrt wieder zurückbringen zu wollen.

Bleich, doch in stiller Ergebung, folgte Hildegund. Vor dem Zelt standen die Reittiere der hunnischen Großen und auch eines, das für die Tochter Witichos bestimmt war. Auf Befehl Attilas musste sie sich in den Sattel heben lassen und zu seiner Linken mit ihm reiten, während Ellak ihr Pferd lenkte.

Schweigend trabten sie durch Lager und die Ebene, den Mauern Aquileias immer näher. Da erhob Attila die Stimme und begann, zu Hildegund gewendet: „Sieh umher! Soweit dein Auge reicht, siehst du die Zelte und Tribus der Meinen. Sieh dort hinüber! Die Türme und Mauern von Aquileia sind es, welche so trotzig aus der Ebene emporragen. — Aber Aquileia wird fallen; in tausend Gräben nähern sich die Hunnen der Stadt. Sieh die gewaltigen Wandeltürme, sieh die Ballisten und Katapulte, die Widder und Sturmböcke! Sie alle harren nur meines Winkes, um ihr furchtbares Werk gegen die feindlichen Wälle und ihre Verteidiger zu beginnen. Und hinter diesen Wällen atmet der Mann, dessen Gattin zu sein du dich rühmst; hinter diesen Wällen trotzt mir der Verwegene, den gewissen Untergang vor Augen. Du bist gekommen, um zu sehen, wie Lucilius und Aquileia sich gegen uns verteidigen; wohlan, blick umher und du wirst dein Auge an Kampf und Zerstörung laben!"

Nach allen Richtungen wurden im Nu die Befehle des Steppenfürsten getragen und Hildegund musste sehen, was sie nicht sehen wollte, was sie mit Jammer und Herzleid erfüllte. Zahllose Abteilungen hunnischer Streiter drangen im Schutz der Gräben bis nahe an die Mauern vor; aus ungeheuren Wurfmaschinen flogen die Felsblöcke auf Wälle und Türme nieder, gegen Tore und Mauern donnerten die Sturmböcke, lodernde Brandpfeile und Feuertöpfe wurden in die Stadt geschleudert, aus beweglichen Türmen ein Hagel von Pfeilen und Speeren gegen die heldenmütigen Verteidiger entsendet.

Hier und dort stiegen aus dem Innern Aquileias dunkler Qualm und züngelnde Flammen empor; krachend stürzten Stücke der Türme und Mauern nieder,

Freund und Feind in ihrem Fall zerschmetternd und begrabend. Blutige Ernte hielt der Tod durch die Pfeile der Hunnen, aber nicht minder durch die Speere und Felsblöcke, welche von den Zinnen auf die Häupter der Angreifer zurückgesendet wurden. Wie furchtbar Attila und seine Verbündeten die Stadt auch bedrängen ließen, — ihre Mauern wankten, ihre tapferen Verteidiger wichen nicht. Wasserströme erstickten den ausbrechenden Brand, frische Kämpfer lösten die Ermüdeten ab!

Voll grimmigen Unmuts sah es Attila; knirschenden Mundes sandte er immer neue Scharen gegen die feste Stadt. Doch auch sie vermochten mit dem wildesten Anprall nicht zu erreichen, was eine Arbeit von Monden erforderte, und zogen sich geschlagen und ermattet, am Sieg verzweifelnd, zurück, um anderen Platz zu machen.

Schon stand die Sonne in Mittagshöhe, — da ließ der Steppenfürst seinen Horden Einhalt gebieten. Aufatmend vernahmen es die vom Kampf Erhitzten, überrascht, dass ihnen so frühzeitig zu rasten vergönnt wurde. Doch ihr Gebieter verfolgte ein besonderes Ziel. Einige seiner Leibwächter mussten sich mit grünen Zweigen versehen und ihm voraus an das Haupttor von Aquileia reiten; hinterdrein sprengte er selbst, von seinen Würdenträgern umgeben, unter ihnen die zitternde Hildegund.

Im Namen Attilas forderten seine Untergebenen eine kurze Waffenruhe und entboten Lucilius samt Optila und Caecina an das Tor, um mit dem Steppenfürsten neue Unterhandlungen zu führen.

Die Drei folgten dem Ruf; aber ehe Attila begann, rief ihm Lucilius von der Mauerzinne zu: „Fasse dich kurz, König Attila, denn die Bürger Aquileias sind nicht willens, lange zu feiern. Und was du uns auch zu verkünden haben magst, verschweig es, wenn du von uns Unterwerfung zu fordern gekommen bist!"

Das letzte Wort war noch nicht verhallt, als der Hunnenkhan die Seinen nach beiden Seiten auseinanderreiten hieß, so dass Hildegund den Verteidigern Aquileias sichtbar werden musste. Scharf spähte der Steppenfürst selbst auf Lucilius hin; und wenn er auch keinen Laut aus dem Mund des jungen Recken vernahm, so erkannte er doch aus den Bewegungen desselben die Bestürzung, welche sich seiner bemächtigt hatte.

Triumphierend begann Attila jetzt: „Gute Beute haben die Meinen gemacht, Held Lucilius! Du magst dir selbst zu erklären suchen, wie Hildegund, dein Weib, in das Lager Attilas gelangt ist. Aber eines lass dir verkündet sein: Wenn du diese jemals lebend wiedersehen willst, so zähme deine trotzige Zunge und überliefere mir Aquileia binnen drei Tagen!"

Entsetzt vernahm es der Angeredete, entsetzt die Umstehenden. Niemand wagte nur zu flüstern; aber wie ein Blitzstrahl durchzuckte es alle, als Hildegund nun mit fester Stimme dem Gatten zurief: „Tu es nicht, Lucilius, fürchte nicht für mich den Zorn Attilas!"

Ehe sie weitersprechen konnte, hatte ihr ein Donnerwort des Furchtbaren Schweigen geboten; von den Leibwächtern wurde das Ross Hildegunds herumgerissen und sie selbst aus der Nähe des Tores fortgeführt. Aber Attila rief dem Schwiegersohn des Mösiers drohend zu: „Tust du es nicht, so harrt deines Weibes ein qualvoller Tod und deiner selbst samt dieser Stadt das furchtbarste Geschick!"

Er wartete auf die Antwort; nach einer Pause schallte es von oben zurück: „Furchtbarer Attila, du darfst dich rühmen, mich zum ersten Mal zittern gesehen zu haben. Du schmähst römisches Tun; aber unedel sind deine eigenen Waffen, keines Helden würdig. Ehrlich haben wir gegen dich gekämpft, ehrlich wollen wir den Streit austragen! Wenn du so groß bist, wie deine Völker dich preisen, so führe die Weiber, die du geraubt hast, nicht gegen ihre Männer ins Feld!"

„Willst du mich lehren Krieg führen?" Spöttisch erwiderte es Attila und fuhr fort: „Hunnische List gegen römischen Trotz, so soll es diesmal sein! Lerne dich beugen und meine Macht erkennen, dann will ich dir wieder Gehör schenken!" Damit wandte sich der Steppenfürst und sprengte mit all den Seinen von dannen.

Hildegund musste ihn begleiten; seinem Versprechen gemäß, ließ er sie in das Zelt Kerkas zurückführen, körperlich unversehrt, doch in tiefster Seele zu Tode verwundet. Wie Worte des Gerichtes hallte die tückische Forderung Attilas an Lucilius in ihrem Inneren nach. O, dass ihre heimliche Flucht aus dem Palast Livias zu solchem Ende hatte führen müssen! Um dem Gatten Liebe und Trost zu spenden, war sie fortgegangen; und nun sollte sie wider Willen zum Werkzeug einer furchtbaren Versuchung werden! Mit jeder Fiber hing sie an Lucilius, ihn zu sehen, mit ihm wiedervereinigt zu werden, dünkte ihr höchstes Glück. Und dennoch konnte sie nicht wünschen, dass dieses Glück mit der Unterwerfung Aquileias erkauft wird, einer Unterwerfung, die gleichbedeutend war mit Tod und Vernichtung. Jedes Wort des Bruders kam ihr jetzt ins Gedächtnis zurück, seine Bitten und Warnungen; ach, nun mehrte ihre Treue nur das Leid, nun wurde die Liebe zum Quell der bittersten Kämpfe! Heiße Reue überkam sie und ein Verlangen, durch den Tod zu sühnen, für den Fehler den sie gemacht hatte. Doch was würde es ihr und Lucilius bringen, wenn sie die Hand gegen sich selbst erhob? — Lebend hatte der Gatte sie gesehen und keine Kunde ihres freiwilligen Endes würde Attila nach Aquileia gelangen lassen. Nein, sie musste leben, leben um den Schmerzenskelch bis auf die Neige zu leeren! —

Wie Hildegund im Lager des Steppenfürsten ihres Gatten, so gedachte dieser hinter den Mauern Aquileias seines Weibes. Aber vergebens überlegte Lucilius, wie Hildegund in die Gewalt der Hunnen gelangt sein konnte. Was brachte auch das Grübeln darüber in endloser Pein! Furchtbarer, denn je, bedrängte ihn der Hunne; und doch, was waren alle Kämpfe mit Feuer und Erz gegen jenen Kampf, welchen der Barbar in der Brust seines Gegners entzündet hatte! Das war dieselbe Waffe, deren Attila sich vor der Schlacht auf den catalaunischen Feldern bediente. Stark hatte ihr der Mösier widerstanden, und Lucilius sollte es nicht können?

Er musste es, einen Zweifel, eine Wahl durfte es ja nicht geben; mit dem Schicksal Aquileias hatte er sein eigenes verknüpft und konnte es davon nicht mehr trennen. Unbeugsamen Mannesmut, unerschütterliche Standhaftigkeit forderte die Stunde, und nur im Geheimen mochte der Sohn Ataulfs das Leid Hildegunds und sein eigenes betrauern.

Ohne weitere Kämpfe war der Tag vergangen; auf den Wällen hatte Lucilius seinen Rundgang gehalten, die Verzagenden zum Ausharren ermuntert, den Kampfesfreudigen verdientes Lob gespendet. Nun lag er, kurzer Rast bedürftig und der schweren Rüstung entledigt, auf einem Lectus im Hause Caecinas. Sorgenvoll, das Haupt auf die Rechte gestützt, sah er vor sich hin; all seine Gedanken waren im Hunnenlager bei Hildegund. Im Geiste sah er ihre rührende Gestalt, wie sie sich ihm vor wenigen Stunden gezeigt hatte; unwillkürlich erhob er die Arme, um die Geliebte an seine Brust zu ziehen, doch trüb ließ er sie wieder sinken. Ach, unter dem Hohn des Feindes verzweifelte jetzt vielleicht die Tochter Witichos, der wilden Gier Attilas vergebens zu entgehen suchend.

Der Gedanke trieb Lucilius das Blut fiebernd bis in die Schläfen und ließ ihm keine Ruhe auf den weichen Polstern; mit hastigen Schritten durchmaß er das Zimmer und hörte nicht, wie Optila und Caecina mit einigen Bürgern Aquileias nahten.

Erst die Anrede Caecinas ließ ihn der Eintretenden achten und an sie die Frage stellen, ob ein besonderer Vorfall sie zu ihm führt. Da antwortete ihm der älteste der Bürger. „Mit todesverachtendem Mut bist du, tapferer Lucilius, uns genaht, unsere Kämpfe, unsere Not zu teilen willig. Kühn und ausdauernd hast du geholfen unsere Stadt zu beschirmen und dir samt Optila und Caecina danken wir, dass uns der hunnische Räuber bis heute nicht unterjocht hat. Aber nun haben die Bürger vernommen, dass dein junges Weib in die Hand Attilas gefallen ist und dass der Steppenfürst dich vor eine furchtbare Wahl gestellt hat. Achte es nicht für eitel Neugier, wenn wir dir heute schon nahen und dich fragen, was du beschlossen hast zu tun?"

Ernst sah Lucilius dem Sprecher in das greise Antlitz, ernst erwiderte er: „Du hast ein Recht zur Frage, ehrwürdiger Vater, und meine Antwort sollst du erhalten! Vernimm denn und künde es denen, welche dich sandten: Nicht zu feigem Nachgeben habe ich mein Schwert dem euren gesellt, nicht um Aquileia zu verraten, trieb es mich her! Furchtbar ist das Opfer, welches von mir das Schicksal fordert; aber ich bringe es um des Wortes willen, das ich euch gegeben, um der Hoffnung willen, die Aetius auf Aquileia setzte. Ihr kennt den Plan des Heermeisters; er sei euch Richtschnur, er allein!"

„So willst du dem Drohwort der Gottesgeißel trotzen?"

Mit inniger Teilnahme fragte es der Greis und Lucilius erwiderte: „Meine Streitgenossen haben den Ruf meines Weibes vernommen; sie sollen nicht denken, dass Lucilius den Glauben Hildegunds schändlich missachtet. Höher konnte mich und sich selbst kein Frauenmund ehren; wir aber wollen uns solchen Glaubens wert zeigen, und wenn Attila den Mordstahl gegen die Schuldlose zückt, dem Furchtbaren in eisernem Trotz bis ans Ende als Männer die Stirn bieten!"

Bewundernd hörten die Anwesenden seine Rede; doch Caecina begann jetzt: „Keine andere Antwort durften wir erwarten; doch Aquileia muss sich fragen, ob es ein solches Opfer annehmen darf. Darum höre, was wir unter uns erwogen haben. So schwer deine Stimme im Rat und dein Arm in der Schlacht wiegt, so herzlich bitten wir dich, dein Leben und dasjenige deines Weibes nicht um unsertwillen fruchtlos zu gefährden. Verlass Aquileia, wie du gekommen bist, an Bord eines Schiffes; wir verkünden Attila dein Weggang und hoffen, dass er um diesen Preis Hildegund verschont. Du aber eile zu dem Heermeister zurück; ziehe mit seinen Legionen aus und entreiße in siegreichem Ringen dein mutiges Weib den Händen des Barbaren!"

Überrascht blickte Lucilius auf; an diesen Ausweg hatte er nicht gedacht und einen Augenblick schien ihm derselbe lockend zu winken. Doch nur einen Augenblick! Der Gedanke, dem Kampfplatz den Rücken kehren zu sollen, während Aquileia unaufhörlich bedrängt wurde, erschien dem jungen Recken so feige und ehrlos, dass ihm das Blut vor Scham in die Wangen stieg, und er entgegnete: „Fordert von mir nichts, o Caecina, das mich vor Attila und mir selbst erniedrigen würde. Das Glück kehrt mir den Rücken, — lasst die Ehre nicht dasselbe tun!"

Umsonst versuchten ihn die beiden Freunde anderen Gedankens zu bringen; auch der betagte Sprecher der Bürgerschaft begriff, dass die stolze Denkweise des tapferen Mannes jenen Freundesvorschlag weit von sich weisen musste. Bewegt dankte der Greis im Namen aller Bürger und feierlich sprach er: „So bleib in unserer Mitte. Treu sind wir dir bis heute gefolgt, treu stehen wir auch in Zukunft zu Dir. Und diesen Entschluss lässt dir die gesamte waffenfähige Bürgerschaft mitteilen: Rufe sie, wann du willst, sei es hinter festen Mauern, sei es zum Ausfall gegen die Horden der Barbaren. Freudig folgen dir die Unseren in Not und Tod, denn du bist ihnen freudig und heldenkühn vorangegangen!" —

Der Morgen des nächsten Tages sah die Verteidiger Aquileias zu kühner Abwehr so entschlossen, wie je. Fleißige Hände waren emsig bemüht, die Schäden an Mauern, Türmen und Häusern nach Kräften auszubessern; unter aufopferungsvoller weiblicher Pflege gingen die Verwundeten ihrer Genesung oder einem ehrenvollen Tod entgegen, und mancher Erschlagene wurde von den Greisen, denen die Waffen zu schwer geworden waren, ins Meer versenkt, da die Begräbnisstätte sich in unmittelbarem Bereich der Feinde befand.

Nach einer sorgenvoll und schlaflos durchwachten Nacht, fand Lucilius sich zeitig auf den Wällen ein. Hier walteten Optila und Caecina schon voll Eifer ihres Amtes, herzlich begrüßten sie den jüngeren Freund und erwarteten mit ihm einen neuen Angriff der Hunnen. Aber länger, als sonst, ließ derselbe heute auf sich warten; war Attila willens, die dreitägige Frist kampflos verrinnen zu lassen, um selbst frische Kräfte zu sammeln, — wollte er seine Widersacher die Wohltat der Kampfesruhe empfinden lassen, um sie zu friedlichen Unterhandlungen geneigter zu machen?

Lucilius und die Genossen dachten vergeblich darüber nach; doch was auch der Steppenfürst plante, sie wussten, dass der Stille ein verheerender Orkan sicher folgen werde und strebten rastlos, ihre Vorbereitungen für die nahe Kampfesstunde zu treffen!

Ruhig verrann die größere Hälfte des Tages. Leuchtend strahlte vom wolkenlosen Himmel die Maisonne auf die Dächer Aquileias und die Zelte der Hunnen nieder; ein feuchter Wind von der nahen See kühlte die Lüfte und alles ringsum schien Frieden zu atmen. Nur die barbarischen Heerhaufen, welche spähend die Stadt umschwärmten, ohne zum Angriff überzugehen, nur die von Waffen starrenden Mauerzinnen verrieten, dass unter der Friedensstille die Furie des Krieges ungefesselt schlummert.

Trüben Auges sah Lucilius hinaus; mit Mühe unterschied sein Blick das Zelt Attilas und diejenigen seiner Frauen. Dort drüben mochte auch Hildegund sich befinden, die vielleicht zur selben Stunde die Augen sehnsuchtsvoll und hoffnungslos nach Aquileia wandte. Und der Gedanke, welchen der älteste der Bürger am Abend zuvor in ihm geweckt hatte, trat Lucilius lockend vor die Seele; mit seiner gesamten Macht hätte er zu den geöffneten Toren hinausbrechen und im entscheidenden Ringen mit Attila sein Weib befreien oder im Kampf um Hildegund unterliegen mögen. Willige Heeresfolge der waffenfähigen Bürger war ihm versprochen, freudig würden die Legionen seinem Ruf gehorchen; doch in Aquileia lebten Greise, Frauen und Kinder in großer Zahl. Wer sollte sie schirmen, wenn ihre Söhne, Gatten und Väter draußen hingemäht wurden, wer konnte die Schuldlosen dann noch vor dem schwersten Los bewahren? Nur wenige Fahrzeuge lagen im Hafen; ein Gebot des feigen Valentinian hatte sie nach Portus beordert, wo sie untätig auf den Tiberwogen schaukelten, um den Augustus, wenn alles verloren schien, nach Byzanz zu tragen. Kein Ausdruck der Verachtung war stark genug, ein solches Tun zu brandmarken, nichts anderes war bezeichnender für das jammervolle Erlöschen der alten Größe Roms, als diese Tat seines würdelosen Kaisers!

Doch während Lucilius noch solchen Gedanken nachhing, wurde seine Aufmerksamkeit plötzlich durch eine befremdliche Bewegung im Hunnenlager rege gemacht. Ein Reitertrupp stürmte aufgelöst in wildester Eile vom äußersten Umkreis des Lagers gegen dessen Mittelpunkt heran, nicht innehaltend, bis er das Zelt Attilas erreicht hatte. Es dauerte nicht lange, so verwandelte sich die Ruhe drüben in wirres Lärmen und Treiben. Die Kriegshörner erschallten, Boten sprengten hin und her, von allen Seiten strömten die Barbaren in regellosen Haufen zusammen, teilweise beritten, teilweise zu Fuß.

Aber bevor es dem Hunnenkhan und seinen Verbündeten gelang, die ungeheuren Massen in Schlachtordnung zu stellen, erhob sich am Horizont eine mächtige Staubwolke, die rasch nah und näher kam.

Lucilius glaubte seinen Sinnen kaum trauen zu dürfen; waren es befreundete Reiterscharen, hatte König Thorismund seine Westgoten ausgesendet oder Aetius sich selbst aufgemacht, um das heldenmütige Aquileia zu unterstützen? Der Gedanke war kühn, aber gefährlich, und Lucilius schwankte, ob er sich des verwegenen Unterfangens freuen sollte.

Gleich dem Oberbefehlshaber hatten seine Legaten das unerwartete Schauspiel beobachtet; Alles deutete auf das Nahen römischer Legionen, auf einen Angriff, dessen Ziel das in seiner ungeheuren Ausdehnung schlecht verschanzte Hunnenlager war. Und als nun aus weiter Ferne der wohlbekannte Klang römischer Hörner laut wurde, da waren die tapferen Verteidiger Aquileias nicht mehr in Zweifel. Immer größer wurde die Wolke, einem riesigen Keil gleichend, der sich mit unwiderstehlicher Kraft vorwärts schob. Helme und Speere blitzten im Sonnenlicht und bald musste der Zusammenstoß mit den barbarischen Horden erfolgen.

Da galt es auch für Aquileia einen raschen Entschluss zu fassen! Um der tapferen Stadt willen nahten ja die römischen Legionen; ehe ihr todesmutiger Anprall der hunnischen Übermacht erlag, mussten die Verteidiger Aquileias das Ihre tun und durch einen kühnen Ausfall den Feind von der anderen Seite fassen!

Rasch, wie der Entschluss gereift war, folgte ihm die Ausführung. Innerhalb der Mauern ordneten sich Legionen und Bürger in drei Säulen; die vorderste führte Lucilius, die beiden folgenden Optila und Caecina. Keiner wollte zurückbleiben, Jeder brannte vor Verlangen, zuerst mit donnerndem Siegesruf auf den Feind zu stoßen. Und gleich den Führern dachten die Untergebenen. Soldaten und Bürger wetteiferten in treuer Pflichterfüllung und hegten in dieser Stunde keinen sehnlicheren Wunsch, als den, ihre Befreiung durch einen glänzenden Steg über Attila zu erkämpfen.

Ein Ruf der auf der Mauer zurückgelassenen Beobachtungsposten verkündete, dass Römer und Hunnen aufeinander getroffen sind. Da ließ Lucilius die Tore öffnen; schweigend marschierten die Kohorten daraus hervor, geradeswegs dorthin, wo der Kampf am lautesten tobte. Nur ein kleiner Teil der Besatzung hatte zurückbleiben müssen, um die Stadt für die draußen Kämpfenden zu halten; aber gespannt blickte er den Fortziehenden nach, jeden Erfolg derselben mit lautem Jubel begrüßend.

Mit leichter Mühe wurden die kleinen hunnischen Abteilungen, welche zur Bewachung der Gräben und Belagerungsmaschinen zurückgeblieben waren, auseinandergesprengt; schreiend eilten sie von dannen, das Nahen der Gegner verkündend. Unaufhaltsam setzten die Legionen ihren Vormarsch fort; die Gräben, die ihren Weg kreuzten, wurden übersprungen, die Erdhügel umgangen. Bald war das Lager erreicht; in wilder Hast flüchteten Weiber und Kinder, aber schon hatten sich hier zahlreiche feindliche Schwärme gesammelt, die von rechts und links hervorbrachen, ihre scharfen Pfeile gegen die römischen Haufen entsendeten und blitzschnell wieder verschwanden.

So gefährlich es war, sich eine derartige Macht in den Rücken gelangen zu lassen, durften die römischen Führer doch keine Verfolgung derselben gestatten, sondern nur das eine Ziel der Vereinigung mit der zum Entsatz nahenden Reiterschar vor Augen behalten.

Mit geschlossenen Gliedern vorwärts strebend, lauschte Lucilius gespannt auf das Getöse des in der Ferne entbrannten Kampfes. Die Zelte, Hütten und Karren der Barbaren hemmten den freien Überblick in der Ebene; doch umso sicherer leitete ihn sein Gehör. Dort, wo das Zelt Attilas sich erhob, mehrte sich das Getümmel; im unwiderstehlichen Ansturm war die römische Reiterei fast bis in das Herz des Barbarenlagers vorgedrungen, doch hier kam der Kampf zum Stehen.

Gleich einem undurchdringlichen Wall umschlossen die Leibwächter Attilas das ihrer besonderen Obhut anvertraute Gebiet. Gräben und Erdhügel schützten es vor jedem Überfall und ein Hagel von sichertreffenden Pfeilen gebot den mutig Ansprengenden Halt. Umsonst spähten Gaudentius, Majorian und Traustila — denn sie waren die Führer der Legionen — nach einem Durchbruchspunkt; während sie ihn noch suchten, sahen sie sich schon gezwungen, ihre Aufmerksamkeit zur entgegengesetzten Seite zu lenken.

Eine hunnische Reiterschar unter Ellak warf sich mit Ungestüm auf die Flanke der Römer, dieselben nach der Kampfweise der Barbaren bedrängend und zur

Verfolgung reizend. Lange widerstanden die tapferen Geschwader dieser Verlockung; doch allmählich wurden ihre Glieder von den Pfeilen und Wurfspeeren der Hunnen lichter und der Augenblick kam, in welchem die geschlossene Macht sich teilte und grimmerfüllt die listreichen Gegner verfolgte. In die Lücken aber drang das Fußvolk der Barbaren und immer gefahrvoller gestaltete sich die Lage der Retter.

Da bemerkte Gaudentius die mutvoll vorwärts drängenden Scharen der Verteidiger Aquileias. Mit ermunternden Worten zeigte er seinen Kampfgenossen die nahende Hilfe, von Kohorte zu Kohorte ging das Echo seines Rufes und ihre ganze Kraft zusammenfassend, stürmten die Römer über Tote und Verwundete den Freunden entgegen.

Auch Lucilius hatte jetzt die Reiter erblickt. Wohl zog es ihn dorthin, wo er Hildegund vermutete, aber ein Erfolg war nur in der Vereinigung mit den zum Entsatz Herangezogenen denkbar. Unter brausenden Siegesrufen, die Speere vorgestreckt, brach sich seine Legion blutige Bahn, die anderen folgten und nach heißem Ringen war erschlagen oder zersprengt, was sich ihnen in den Weg stellte. Die Feinde wichen nach allen Seiten und vom Kampf fast erschöpft, hielten die Helden kurze Rast. Arm in Arm lagen sich Lucilius und Gaudentius; in hastigem Gedankenaustausch erfuhr der Erstere die Flucht Hildegunds, der Letztere ihren Aufenthalt im Lager Attilas.

Inzwischen berieten Optila und Traustila, Majorian und Caecina über die Fortsetzung des Kampfes. Die Möglichkeit, sich ohne großen Verlust jetzt nach Aquileia zurückzuziehen, lag nahe. Doch anders dachten die Führer, anders die Untergebenen! Der erste große Erfolg machte diese kühn, der Wunsch, Hildegund zu befreien, bestimmte sie. Was der Hälfte misslungen war, gelang vielleicht der Gesamtheit, musste gewagt und ausgeführt werden.

So richteten denn die Befehlshaber ihre ganze Macht gegen den umfriedeten Lagerplatz Attilas, entschlossen, den Steppenfürsten in eigener Person zum Kampf zu zwingen und das Schicksal des Tages zu entscheiden. Dem Fußvolk gebührte hier der Vorrang; Optila selbst wollte für sich und die Freunde Bahn machen. Dem tapferen Goten schloss sich Lucilius an; eng gedrängt brachen ihre Mannen gegen die Zelte des Steppenfürsten vor.

Dieser sprengte unterdessen zwischen den Reihen seiner Leibwächter hin und her, ihnen den gebieterischen Befehl erteilend, keinem Gegner das Überschreiten der Wege, welche in das Innere führten, zu gestatten. Und wehe jedem, der zurückgewichen wäre! Der scharfe Spieß in der Hand des Steppenfürsten hätte ihn den Toten zugesellt, die das weite Schlachtfeld deckten. Tapfer wehrten sich die Leibwächter, von frisch zuströmenden Scharen unterstützt. In jede Lücke, die ein Römerspeer riss, trat ein neuer Kämpfer voll heißen Verlangens, sich vor den Augen des Gewaltigsten seines Volkes auszuzeichnen.

Doch gegen den Barbarentrotz rang die todesverachtende Kraft der mit den römischen Legionen vereinigten Bürger Aquileias. Eines Fußes Breite um die andere musste erkämpft werden; in tödlichem Ringen umfassten sich oft die Gegner, bis einer derselben veratmend danieder sank. Wie tapfer die Barbaren sich auch wehrten, schrittweise drang Lucilius vor; sein Blick flammte, seine Seele jauchzte, bald musste der letzte Menschenwall niederstürzen und der Weg zu Hildegund frei werden!

Aber Attila hatte es anders beschlossen. Als er erkannte, dass die eine Seite seines Lagers dem römischen Ansturm nicht mehr lange Stand halten können wird, befahl er den Rückzug seiner Frauen. Aus den Zelten hervorstürzend, in welchen sie voll Ergebung in den Willen ihres mächtigen Gebieters schweigend geharrt hatten, wurden sie auf die bereitstehenden Rosse gehoben und von kräftigen Händen weiter weg geführt.

Knirschenden Mundes sahen es die Römer, sah es Lucilius; und dort, dort die lichte Gestalt! Umsonst wehrte sie sich, umsonst hob sie die Hände, Hilfe flehend, himmelan; Attila selbst ließ sie zu sich aufs Ross heben, um im nächsten Augenblick mit ihr von dannen zu jagen.

Ein Schrei, wie der eines verwundeten Bären, entrang sich der Brust des jungen Recken; er wollte vorwärts stürzen — aber noch trotzten ihm genug der Feinde. Von wütender Verzweiflung erfasst, schlug er wie ein Rasender um sich; er musste ja Hildegund einholen, sie aus der Gewalt des Barbaren retten, wenn sie ihm nicht auf ewig verloren sein sollte. Vergebenes Hoffen und Ringen! Ein Hunnenpfeil durchbohrte den Arm des Helden, welcher den schützenden Schild trug, und setzte seinem Streben ein nahes Ziel.

Trotzdem focht er, der Schmerzen nicht achtend, unermüdlich weiter, und fast schien es, als sollte der Sieg sein tapferes Ausharren krönen. Mit der Entfernung des Hunnenkhans war die Widerstandskraft der Leibwächter allmählich erlahmt und endlich wichen sie den furchtbaren Schlägen der Römer. Im wilden Sturm ergossen sich diese jetzt über das Lager, aber es war von den Feinden geräumt; nur wenige Fliehende erlagen in der einbrechenden Dämmerung noch den Römerschwertern.

Und abermals hielten die siegreichen Führer Rat. An eine Verfolgung der flüchtigen Horden war nicht zu denken; die stark gelichteten Legionen mussten vielmehr darauf bedacht sein, in geschlossener Masse den Rückzug von einem Schlachtfeld anzutreten, dessen Besitz die höchsten Gefahren in sich schloss. Auch Lucilius ergab sich in die harte Notwendigkeit; er hatte sein junges Weib gerächt aber nicht geschafft es zu retten! Schlaff hing ihm sein wunder Arm am Körper nieder; noch kurze Frist — und der Unverzagte sank erschöpft in die Arme des treuen Traustila.

Weithin schallend rief der Klang der Tuben die Kohorten zusammen; ein Feuerbrand, in das Zelt Attilas geworfen und von dort aus gierig um sich greifend, erhellte mit seinem düster roten Licht die zerstampfte Kampffläche. Da kamen sie zusammen, die Fußkämpfer und die Reitergeschwader; manche versprengte Gruppe fand sich wieder zum Ganzen, doch der jeweils dritte Mann blieb auf dem Schlachtfeld.

Als die kriegerische Ordnung notdürftig wieder hergestellt war, traten die tapferen Männer den Rückzug an. Sie sollten nicht weit kommen. Von den entlegenen Teilen des Lagers waren die Ostgoten unter Walamir, die Gepiden unter Ardarich herbeigerufen worden; der Flammenschein leitete sie sicher und in furchtbarem Anprall warfen sie sich auf die römische Macht. Da zerrann den Helden der Sieg unter den Händen; von zwei Seiten bedrängt, wurde ihr Rückzug zu einer Reihe ununterbrochener Kämpfe. Es fiel Caecina, der Tapfere, es sank das zweite Drittel der Sieger und mit Not und unsäglicher Mühe schlug der Rest sich bis an die Mauern Aquileias durch.

Hier gaben flammende Leuchten den Freunden das Zeichen, wo die geöffneten Tore zur Aufnahme derselben bereit waren. In wirrem Knäuel drängten sich Reiter und Fußvolk durch die Öffnungen, von den wilden Gegnern bis über die Brücken verfolgt. Aber endlich gelang es den Aquileiern, die Torflügel wieder zu schließen und den wunden Helden Obdach und Pflege zu bieten.

Trauer erfüllte den Palast Caecinas, der nur als Leiche dahin zurückgebracht wurde. Auch Lucilius hatten die Kampfgenossen in bewusstlosem Zustand auf sein Lager im Haus des erschlagenen Gastfreundes gelegt. Besorgt umstanden Gaudentius und Optila, Traustila und Majorian den Schweratmenden. Der Ausspruch des Arztes lautete zwar befriedigend und erklärte die Gefahr für das Leben des Tapferen ausgeschlossen; doch ein wochenlanges Darniederliegen war unvermeidlich.

In edlem Wetteifer versuchten alle vier dem verwundeten Freund jegliche Linderung zu bereiten; sie fanden dazu während der nächsten Zeit genug

Muße. Denn der römische Überfall hatte die hunnische Macht so furchtbar gelähmt, dass Attila eine Reihe von Tagen brauchte, um seine Horden zusammenzutreiben, seine Zelte wieder aufzubauen und die Toten aus dem Weg zu räumen. Dann aber beschloss er, die Belagerung umso energischer zu betreiben.

Er hatte dazu viele Gründe. Zwei lange Monde lag er nun schon vor der trotzigen Festung. Die Hitze wurde immer fühlbarer, schwieriger wurde die Pflege der Kranken und Verwundeten, und das verheerte Feld gab bald weder Lebensmittel noch Futter mehr her. Aus dem Mund seiner römischen Gefangenen vernahm der Steppenfürst, dass ein Teil der in Byzanz erbetenen Hilfstruppen sich schon mit Richtung auf das südliche Italien eingeschifft hat, dass ein anderer Teil unter dem Befehl des kriegerischen Marcian selbst einen Einfall in Pannonien vorbereite, um Attila an der Wurzel seiner Macht zu lähmen.

Die barbarischen Tribus entsetzten sich bei dem Gedanken an eine Wiederholung des römischen Überfalls und das Lager hallte von Murren und Klagen wider. Trotziger und stolzer, als je zuvor, trugen nur die Goten- und Gepidenkönige das Haupt; ihre ehemals von Attila unterjochte Macht hatte hier den Ausschlag gegeben und er mochte sich vorsehen, dass dieses Selbstgefühl sich nicht früher oder später verderblich gegen ihn kehrt.

Der Steppenfürst selbst fühlte sich in seinem Stolz tief verletzt, aber in seinem Zorn ungebrochen. Er konnte und wollte die unbezwungene Bestie nicht hinter sich lassen; aber ebenso wenig wollte er sich besiegt bekennen. Deshalb musste Aquileia um jeden Preis in seine Hand fallen. Die List, zu welcher ihm die unglückliche Hildegund hatte dienen müssen, war ihm selbst zum Unheil ausgefallen. Aber berechnend in seinen Beschlüssen, opferte er das Weib seines Gegners nicht sofort seinem Zorn. Noch gab es vielleicht Gelegenheit, jenes als Preis einzusetzen; und schon hatte sein lüsternes Auge mehr als flüchtiges Wohlgefallen an den Reizen der Tochter Witichos gefunden. Zum Erstaunen aller, nur nicht des Pannoniers, blieb deshalb Hildegund wohlgeborgen im Zelt Kerkas, unter der Obhut der Lieblingsgemahlin Attilas.

Aber um Aquileia mehrte sich jetzt das tödliche Ringen. Zu den alten Mitteln wurden neue ins Feld geführt, noch stärkere Maschinen gebaut, gewaltigere Türme bis nahe an die Stadtmauer geschoben. Feuer und Erz regnete auf die unbeugsame Burg nieder, doch sie hielt sich tapfer, wie zuvor.

So verging Woche um Woche. Die Ungeduld Attilas wuchs bis zu fieberhafter Raserei; aber auch von den Zinnen Aquileias spähten die Blicke bang in die Ferne. Die tapferen Verteidiger wussten ja, dass der Patricius in fortwährenden kleinen Gefechten Fühlung mit dem Feind zu behalten suchte, die Ausbreitung der hunnischen Horden beschränkte, die Quellen, aus denen Attila den Unterhalt für Mensch und Tier bezog, Teilweise verstopfte und dadurch die Lage des furchtbaren Gegners immer unhaltbarer machte. Nur noch wenige Wochen Kraft — und Marcian zog ins Feld, oströmische Legionen fielen den Barbaren in den Rücken und die furchtbarste Niederlage war Attila gewiss. O, nur eines kurzen Monat des Ausharrens — und das abendländische Reich war auf lange Zeit, wenn nicht auf immer, von den Gelüsten der Gottesgeißel und ihrer Nachfolger befreit!

Während Aquileia von der See her genügende Zufuhr erhielt, wuchs die Not im Hunnenlager von Tag zu Tag. Unheimlicher glühten die Augen des Steppenfürsten, drohend forderten Walamir und Ardarich Umkehr oder Weitermarsch. Mit Zittern näherten sich seine ergebensten Würdenträger dem Großkhan, Schrecken und Tod waren seine Worte, Verderben und Untergang seine Befehle. Heiße Rachgier beherrschte ihn ganz; wehe demjenigen, der, schuldlos oder schuldig, in diesen Tagen seinen Zorn auf sich lud!

Mit Oneges besichtigte er selbst die neuesten Bauten des Griechen; unwillig vernahm er, dass eine größere Leistung nicht zu erzielen sei. Dem unverhohlenen Zorn des Gebieters gegenüber entschlüpfte Oneges der Ausspruch, dass er jetzt nur noch ein Mittel weiß, von dem sich vielleicht Erfolg versprechen lässt: wenn man die Fluten der Natissa in die hunnischen Gräben ableiten und die Stadt alles Wasserzuflusses berauben könnte; würde dies gelingen, so sei der Fall Aquileias binnen Kurzem vorauszusehen.

Der Gedanke war kaum ausgesprochen, als Attila den sofortigen Beginn der Arbeiten gebot. Zu Tausenden mussten die braunen Männer mit Hacke und Schaufel den Boden aufwühlen, Felsen wurden an jener Stelle versenkt, wo der Wasserlauf unterbrochen und ihm nach dem Plan des Griechen eine andere Richtung gegeben werden sollte. Ungeheuer war die Arbeit, aber sie gelang; schäumend ergossen sich die Fluten der Natissa in das neue Bett und bald sahen die Verteidiger Aquileias das Wasser in ihren Gräben sinken und schließlich ganz austrocknen.

Entsetzen fasste die Überraschten, denn von drei Seiten stand den stürmenden Horden Attilas der Weg an die Mauern nun offen. Mit dem Aufgebot aller Kraft hatten sich die tapferen Bürger und Kohorten gegen die Feinde gewehrt und ohne Murren ihr schweres Los ertragen; doch nun, da die Stunde des Unterganges heranrückte, nun galt es noch einmal zu erwägen, ob es nicht geratener wäre, entweder die Gnade Attilas anzurufen, oder über den Seeweg zu flüchten.

Das Erstere verwarfen alle Stimmen und auch das Zweite erschien den Helden unrühmlich. Einmal noch, bevor der Steppenfürst sich des Sieges freuen durfte, sollte er die Schärfe des römischen Schwertes empfinden. Nur die Greise, Weiber und Kinder mit den Kranken und Verwundeten wurden auf den im Hafen liegenden Schiffen in Sicherheit gebracht.

Unter den Geborgenen befand sich auch Lucilius, der, kaum zur Hälfte genesen, keiner Beteiligung an den nächsten Kämpfen fähig war. Er hatte zwar widersprochen um sein Schicksal nicht von demjenigen der Genossen trennen zu müssen; aber Traustila hatte ihn gegen seinen Willen an Bord des Schiffes begleitet und hier zu hüten übernommen, bis die Stunde der Abfahrt schlug.

Gefasst, den Tod nicht fürchtend, sahen Führer und Untergebene dem letzten Sturm entgegen. Drohende Anzeichen gingen ihm voraus; noch einmal hatte der Steppenfürst in der Frühe des Morgens die Stadt mit Brandpfeilen beschiessen, die Wandeltürme bis nahe an die Mauern rücken und die Sturmböcke gegen die Tore schmettern lassen. Schon züngelten die Flammen verderblich auf und sie zu löschen scheiterte an einer genügenden Menge des feuchten Elements. Auf den Wällen standen die drei Befehlshaber; sie ließen nur wenige ihrer Männer den Kampf mit der lodernden Glut aufnehmen, denn ein härterer stand ihnen bevor.

Dunkel strömte es jetzt heran in unendlicher Zahl, Hunnen und Alanen, Scyren und Turctlinger, Ostgoten und Gepiden. Alles zu Fuß, nur die Könige und Heerführer ritten auf Pferden. Von ihren Anführern getrieben, stürzten sie sich blindlings in das ausgetrocknete Flussbett, legten die Sturmleitern an und begannen an denselben emporzuklimmen, das Messer zwischen den Zähnen, den Wurfriemen in der Hand, Köcher und Bogen auf dem Rücken.

Festen Fußes erwarteten die Aquileier ihre Feinde; aber ein Hagel von Pfeilen lichtete die Zahl der waffenfähigen Männer um ein Beträchtliches. Während die Hunnen sonst überall mit blutigen Köpfen zurückgeschlagen wurden, gelang es ihren verwegensten Streitern, sich an den von Verteidigern entblößten Punkten festzusetzen und von hier aus Raum zu gewinnen. Mit ihren Wurfriemen rissen sie die Helden von der Mauer nieder, mit ihren Messern und Pfeilen brachen sie sich weiter die Bahn. Unaufhaltsam drangen neue Scharen den Voraufstürmenden nach; wie heiß Bürger und Legionäre auch mit den Barbaren rangen, — sie wurden von der wachsenden Übermacht zurückgedrängt und mussten sich von den Wällen hinab in die Straßen ihrer Stadt flüchten.

Vergebens führten Majorian, Gaudentius und Optila ihre Scharen mit dem Mut der Verzweiflung gegen den Strom der Eindringenden; auch den Tapfersten schwand der Boden unter den Füßen, auch sie mussten schließlich von den Zinnen weichen.

Leichter wurde die Arbeit nun den Stürmenden; den Katzen gleich klommen sie überall empor, und bald befanden sich mehr Barbaren innerhalb Aquileias, als vor dessen gesprengten Toren. Dunkle Horden drangen in alle Gassen und Häuser, die mit furchtbarer Erbitterung von den Römern verteidigt wurden; aber sie dienten ihnen nicht mehr als zuverlässige Schutzwehren, denn immer verheerender griff der an verschiedenen Orten wütende Brand um sich.

Zu Tode erschöpft, strömte der Rest der Widerstandsfähigen in der breiten Gasse zusammen, die an den Hafen führte. Da alles verloren war, flackerte in ihnen ein letzter Hoffnungsschimmer auf. Im Hafen schaukelten noch die Schiffe mit ihrer kostbaren Last, am Strand lagen Boote in Menge, für die Verteidiger Aquileias zurückgelassen. Wem es gelang, die rettenden Fahrzeuge zu erreichen, der durfte darauf zählen, dem allgemeinen Verderben zu entrinnen. Dorthin stürzten die verzweifelnden Bürger; die römischen Kohorten deckten ihre Flucht, bis auch sie nur die Wahl hatten, sich zwecklos hinschlachten zu lassen, oder den Bürgern zu folgen.

Schwer beladen stieß ein Kahn nach dem anderen vom Strand; mit wehmütiger Freude wurden seine Insassen von den Schiffen aufgenommen. Jetzt endlich dachten auch Majorian, Optila und Gaudentius mit den Untergebenen an ihre Rettung! Im Nu füllten sich die letzten Boote, Majorian und Optila sprangen zu ihren Männern, sie wähnten Gaudentius in Sicherheit gleich sich selbst.

Aber aus einer Seitengasse war plötzlich ein Hunnenhaufen hervorgebrochen, der sich mit wildem Siegesgeschrei auf den Sohn des Mösiers und dessen letzte Genossen warf. Da kannte Gaudentius nur ein Ziel: den Freunden das Entkommen zu sichern. Ihm glühte das Herz noch von jugendlicher Kampflust, knirschenden Mundes stürmte er den Hunnen entgegen, „Rache für Carpilion und Hildegund" war sein Schlachtruf und vor seinem und der Seinen ungestümen Angriff zogen sich die Gegner zurück.

Schon schaukelten sich Majorian und Optila geborgen auf der Flut, als sie erst den neuen Kampf des Jünglings erblickten; sie gaben sofort Befehl zur Umkehr, doch er kam zu spät! Ein neuer Barbarenhaufen war dem Tapferen in die Flanke gefallen und unter den Streichen seiner Gegner sahen die beiden Freunde den hochherzigen Jüngling zu Boden sinken, mit ihm die letzten seiner Getreuen.

Einen Wehschrei ausstoßend, war Optila willens, Gaudentius Tod zu rächen; mit Mühe hielt ihn Majorian zurück. Da erschien am Strand Oneges; er war seinem Gebieter weit vorausgeeilt, um der Mordlust der Barbaren Einhalt zu gebieten. Raschen Blickes überschaute er die Lage; ihm war Optila ein Wohlbekannter, aber auch in dem sterbenden Gaudentius erkannte er unschwer die Züge Carpilions. Streng gebot er den Hunnen, die Waffen ruhen zu lassen, dann rief er Optila zu, seinen Kahn ohne Furcht dem Ufer zu nähern.

Mit wenigen Worten verständigten sich die beiden. Um den Widerspruch der Hunnen unbekümmert, ließ Oneges den mit dem Tod Ringenden von römischen Armen in das Boot Optilas tragen. „Sag dem Mösier, dass ich trotz allem, das uns trennt, seinem heldenhaften jüngsten Sohn meine Bewunderung nicht versagen konnte und ihn als ein Zeichen meiner Achtung vor der Entweihung durch Barbarenhände geschützt habe!" — Das waren die letzten Worte, welche Oneges an Optila richtete; schweigend stießen die

Insassen des Bootes vom Ufer ab und näherten sich rasch den übrigen Schiffen.

Auf den Knien Optilas ruhte das Haupt des Verscheidenden. Mit einem letzten stolzen Lächeln hatten die Worte des Griechen das erbleichende Antlitz verklärt; seine Rechte haschte nach der Hand des treuen Goten und leise rang es sich in Pausen über Gaudentius Lippen: „Wenn mein Vater nach mir fragt, so sag ihm, dass ich gefallen bin, die Wunden vorn auf der Brust. Wir konnten zwar Aquileia nicht retten, aber Attila hat teuer den Fall der tapferen Stadt erkaufen müssen. Tröste Aetius und Livia, die edelste der Mütter; grüß Lucilius und rette, wenn du es vermagst, rette Hildegund!"

Die Worte versagten Optila, in seinem Schmerz vermochte er nur die Hand des Sterbenden zu drücken. Da richtete dieser noch einmal das Haupt empor, ein gewaltiger Schauer durchflog seine Glieder, — im nächsten Augenblick schloss er die Augen für immer. Fest hielt der Gote die tapfere Rechte, langsam rann eine Träne in seinen ergrauenden Bart, — da stieß das Boot an das seiner Aufnahme harrende Schiff. Behutsam wurde der Tote mit den Lebenden an Bord geschafft; dann suchte die kleine Flotte, von kräftigen Rudern bewegt, die hohe See. Auf die Heimat, die sie verlassen mussten, auf die Stadt, die sie so heldenkühn hatten verteidigen helfen, waren die Blicke der Scheidenden gerichtet. Sie bot ein furchtbarschönes Schauspiel dar! Ringsum loderten die Feuergarben empor, eine gigantische, dunkle Rauchsäule erhob sich über dem ungeheuren Häusermeer, das Ende Aquileias weithin verkündend. Krachend stürzten Paläste und Türme zusammen, die Erschlagenen wurden unter rauchenden Trümmern begraben,

Rachgier und Vernichtung feierten ihre entsetzlichen Orgien! —

Während die Schiffe unter den Klagelauten ihrer Insassen von dannen zogen, blickte Attila von der Mauerzinne der eroberten Burg auf das Bild der Verwüstung zu seinen Füßen nieder. Sein wilder Geist sättigte sich an dem langentbehrten Anblick, sein Herz frohlockte, denn nun stand ihm der Weg gen Süden offen; begeistert jauchzten ihm die Seinen zu, die mit reicher Beute beladen den Rückzug aus den brennenden Stadtteilen antraten. Berge des geraubten Gutes häuften sich außerhalb der Mauern und lüsternen Auges musterten die Heerführer den auf sie entfallenden Anteil.

Doch eines fehlte zur vollständigen Befriedigung des Hunnenkhans. Er hatte Berich und Eudoxius befohlen, ihm Lucilius tot oder lebend zu liefern. Voll Eifer hatten die beiden versucht, den Auftrag ihres Gebieters auszuführen; doch sie konnten nur mit der Meldung zurückkehren, dass es ihnen nicht gelungen ist, den Gesuchten zu finden, dass niemand sagen konnte, ob er sich unter den Entflohenen oder unter der ungeheuren Menge der Erschlagenen befindet.

Eine grimmige Verwünschung war die einzige Antwort des Steppenfürsten; dann gebot er, die Plünderung rasch zu beenden und den Feuerbrand in jedes von den Flammen noch verschonte Haus zu werfen. — Als er Tags darauf seine Horden ordnete und den Weitermarsch nach Westen antrat, ließ er Nichts als eine ungeheure Trümmerstätte hinter sich; das zweite Rom, das herrliche Aquileia war für ewige Zeiten von der Erde verschwunden!

Siebentes Kapitel

Die Schreckensnachricht vom Fall Aquileias verbreitete sich rasch über alle Provinzen des abendländischen Reiches. Jubelnd verkündeten sie die ungestüm vordringenden barbarischen Tribus und aus ganz Venetien floh die entsetzte Bevölkerung. Die Städte Concordia, Altinum und selbst Padua öffneten ihre Tore ohne Widerstand; ihre Bewohner entwichen gleich denen von Opitergium, Alteste und Mons Silicis auf die kleinen, nur von Vögeln und armen Fischern bewohnten Inseln an der Meeresküste, die einen für die Hunnen unzugänglichen Archipel bildeten. Hier und in Grado wurden die Flüchtlinge aus Aquileia ausgeschifft; hier siedelten sich die Heimatlosen an, erhielten die Verwundeten weitere Pflege, wurden die Toten bestattet.

Auch Gaudentius wurde am Meeresstrand ein Grab bereitet; Nichts als eine Pyramide aus Felsen, von Freundeshand zusammengetragen, bezeichnete die Ruhestätte des jungen Helden, aber unvergesslich blieb sein Andenken. — Lucilius dagegen musste mit Traustila bis zur Heilung seiner Wunde auf der Insel Rivus Altus eine Zuflucht suchen. Nur in Gedanken konnte er die Freunde begleiten; doch voll Sehnsucht harrte er der Stunde, in welcher er sich auf den Weg machen durfte, um dem Feldherrn beizustehen und sein Weib aus den Händen der Hunnen zu befreien.

Unter herzlichen Abschiedsworten segelten Majorian und Optila mit den Überbleibseln ihrer Legionen weiter bis an die Mündungen des Padus. Sie hofften, auf einem Landmarsch längs den nördlichen Gestaden des Flusses mit befreundeten Heeresabteilungen zusammenzutreffen. Ihre Berechnung täuschte sie nicht; denn nach Verlauf einiger Tage gelang es ihnen, dem Mösier mit dem Rest seines Heeres zwischen dem Mincius und dem Padus zu begegnen.

Auch Aetius wusste von dem Fall der unglücklichen Stadt und dem Blutbad, dem nur wenige entronnen waren. Wie hatte er hoffen dürfen, dass unter diesen Wenigen Gaudentius und Lucilius sich befinden! Mit schmerzlichster Spannung sah er stündlich einem Boten entgegen, der ihm Gewissheit brachte und wenn es auch die bitterste war! Umso größer war seine Freude und diejenige Livias, als Majorian ihnen Nachricvht von der Rettung ihres tapferen Schwiegersohns brachte; umso heißer beweinten beide den Fall des letzten Sohnes, das bange Geschick, welchem Hildegund entgegen ging.

Das Haupt des Heermeisters, wie das seiner Gemahlin, war in den letzten Monden von Sorgen ergraut; zu groß war die Last, die auf Aetius ruhte, zu tief das Leid, das am Herzen der edlen Livia zehrte! Unermüdlich hatte er auch mit unzureichenden Mitteln den Gegner bedroht, durch geschickte Verteilung seiner Streitkräfte und rastlose Beweglichkeit in Attila den Glauben erweckt, dass eine viel größere Macht ihm gegenübersteht. So war es gekommen, dass die Barbaren sich darauf beschränkten, die norditalische Ebene zu überschwemmen, während keiner ihrer Tribus bisher gewagt hatte, den Po zu überschreiten. Aber die Frage nach der Beschaffung ausreichenden Unterhaltes für Menschen und Tiere musste Attila binnen Kurzem nötigen, den Übergang über den Po und den Besitz der südlich daran gelegenen Gebiete bis an die Gebirgskette der Apenninen zu erzwingen.

Aetius machte sich und seinen Legionen daraus kein Hehl; er war sich von vornherein bewusst gewesen, dass der Fall Aquileias das Behaupten der transpadanischen Ländereien unmöglich macht, dass er seine Pflicht auf das Vollständigste durch die zähe Verteidigung Oberitaliens erfüllt hat. Wenn er sich jetzt hinter den Po zurückzog, so durfte er es in der festen Zuversicht, an den Sumpfgebieten der Stromniederung, im Rücken die Höhen des Apennin, eine Schranke gegen Attila zu besitzen, über welche vorzudringen dem Hunnenkhan nicht leicht werden sollte. Und eine gewaltige Hoffnung ging dem Patricius in allem Leid jetzt endlich siegverheißend auf:

Kaiser Marcian hatte durch einen Gesandten mitteilen lassen, dass seine Legionen aufgebrochen sind und sich nach Pannonien wendeten. War es auch für die Rettung Aquileias zu spät, so blieb das Nahen der Hilfstruppen nicht minder bedeutsam, denn es verbürgte im Verein mit der heldenhaften Widerstandskraft des Mösiers eine Niederlage der Barbaren, welche jene auf den catalaunischen Feldern noch überbieten sollte.

Langsam ließ Aetius deshalb seine Heerhaufen zurückgehen, bis er die alte Stellung auf dem rechten Poufer wieder beziehen konnte. Er gedachte des stolzen Wortes, das er gegen Valentinian geäußert hatte, und war so entschlossen, wie je, von hier nicht zu weichen, es sei denn zum Vorstoß gegen Norden!

Der Sommer war inzwischen mit seiner ganzen Glut genaht; wenig focht die letztere die römischen Legionen an, aber furchtbar litten die hunnischen Horden unter den versengenden Strahlen der Sonne. Die Ausschweifungen, denen sich diese im Feindesland ergeben hatten, riefen in Verbindung mit den fiebererzeugenden Ausdünstungen des Sumpfgebietes tödliche Krankheiten und verheerende Seuchen hervor. Der furchtbarste Bundesgenosse Roms gegen jedes feindliche Heer, das aus dem kälteren Norden gegen Italien niederstieg, hatte sein mörderisches Werk begonnen.

Finsteren Blickes sah es Attila. Ihre Lebensquellen hatten sich die Seinen durch sinnlose Zerstörungswut selbst unterbunden und die Könige und Fürsten mussten Umschau nach neuer Zufuhr halten. Diese aber gab es bald nur jenseits des Stromes und es galt einen schnellen Entschluss zu fassen. Den Po überschreiten, kühn geradewegs auf Rom marschieren, den Übergang über die Apenninen erzwingen und den verhassten Mösier in blutiger Schlacht zermalmen, das war der Gedanke, welcher dem Stolz des Steppenfürsten am meisten zusagte. Dazu rieten Berich, Orestes und Eudoxius, dazu rieten die Fürsten aller heidnischen Verbündeten.

Nur Oneges hegte ernste Bedenken; er kannte die Stimmung der Tribus, die, mit reicher Beute beladen, nichts sehnlicher wünschten, als sich selbst und das geraubte Gut in Sicherheit zu bringen. Ihm erschien es klüger, den Feldzug für dieses Jahr abzubrechen und ihn zu Anfang des nächsten mit frischen Kräften wieder zu eröffnen. Bis dahin konnte kein zweites Aquileia aus der Erde wachsen und bevor die Hitze des Sommers ihre Opfer forderte, war Rom im unbestrittenen Besitz Attilas.

Aber noch ein Bedenken machte sich geltend; es kam nicht aus dem Mund der hunnischen Würdenträger, sondern aus demjenigen der gotischen Verbündeten und ihrer Scharen. Das war der geheimnisvolle Zauber, welchen der Name Rom auch jetzt noch ausübte. Wohl war der Glaube an die Unverletzbarkeit Roms durch den siegreichen Angriff Alarichs vor Zeiten erschüttert; aber der plötzliche Tod des großen Westgotenfürsten, der so rasch auf dessen verhängnisvollen Sieg folgte, war auch von den Ostgoten unvergessen. Sie waren ja Christen, wenn sie auch in Rom als Homöerianische Ketzer verdammt wurden; eine heilige Scheu vor der Majestät der Apostelgräber, vor dem Strafgericht einer übernatürlichen Macht, erfüllte selbst ihre wilden Scharen. Fürchteten sie, dass das Schicksal Alarichs sie selbst erreichen könnte — oder sahen sie schon die Stunde voraus, in der es ihren Nachkommen gelingen werde, ohne die unerwünschte Bundesgenossenschaft der Hunnen sich selbst der Hauptstadt des Abendlandes zu bemächtigen? — Genug, dass sie ihre gewichtige Stimme erhoben und Attila zu derselben Zeit, in welcher er über eine Demütigung Roms nachsann, die alle früheren übertreffen sollte, davon abzubringen suchten.

Der unerwartete Einwand machte den Hunnenkhan stutzig; auch sein Herz war abergläubischen Befürchtungen zugänglich, und schwer rang in ihm die grimme Lust an einem unvergleichlichen Triumph über die Gesamtheit seiner Feinde mit der Furcht vor einem jähen Ende seiner Laufbahn. Auch der Einspruch, den Oneges erhoben hatte, das nicht mehr zu bezweifelnde Nahen Marcians trugen nicht dazu bei, den ursprünglichen Entschluss Attilas zu befestigen. So ließ ihn das Verlangen, sein Werk durch eine glänzende

Waffentat zu krönen, trotz seiner sonstigen Umsicht zwischen den Besorgnissen der Furcht und den Berechnungen des Verstandes schwanken.

Um für jede Bewegung vorbereitet zu sein, erteilte er seinen Tribus Befehl, sich unterhalb des bezwungenen Mantua, dem Zusammenfluss des Po und des Mincio nahe, auf der großen Straße, welche über die Apenninen nach Rom führte, zusammenzufinden. Er selbst traf, noch immer über seine nächsten Schritte unschlüssig, auf dem Sammelplatz ein.

Gefassten Mutes vernahm Aetius durch seine Späher die Annäherung Attilas. Mochten die barbarischen Horden den römischen auch um ein Mehrfaches überlegen sein, — im Sumpfgebiet des Padus waren ihre Reiterscharen nicht zu verwenden, die festen Straßen aber so wohlverwahrt, dass ohne die Einwilligung des Mösiers kein Barbar sie hätte passieren können. Mochten die Würgerhände Attilas vom Blut Aquileias triefen, — hier sollte seine Übermacht zum Heil der Welt am Fels römischer Standhaftigkeit zerschellen, sein Schrecken verbreitender Heerzug ein Ende finden.

Nicht kleinliche Rachsucht war es, die Aetius erfüllte; aber er empfand als echter Römer, er sah nicht mit Unrecht in sich selbst den letzten Vertreter der sinkenden Größe Roms und war willens, dieses hohen Amtes würdig zu stehen oder zu fallen! —

Wenn nur ein Teil seines stolzen Geistes auch im fernen Rom geherrscht hätte! Dort aber schwang der Schrecken, der verächtlichste Kleinmut sein Zepter, dort schlich im Geheimen der Geist des Neides und Verrates umher. Feigheit und Schwäche thronte in den Palästen, Feigheit und Schwäche hatte die Massen des Volkes vergiftet. Kein Sohn des Mösiers, keiner seiner tatkräftigen Freunde war gegenwärtig, um durch sein Beispiel der sinkenden Manneswürde einen Damm entgegen zu stellen.

Die Kunde vom Fall Aquileias, die ihr folgenden Hiobsposten, ließen die Römer mit Zittern an eine hunnische Belagerung denken. Zwar schirmten mehrfache Mauern die Stadt; aber die Bürger waren zu entnervt, um sich zum Schutz derselben zu rüsten, und Valentinian hatte sich längst für eine andere Waffe zur Bekämpfung des furchtbarsten aller Feinde entschieden!

Lange schon lagen im Hafen von Portus die Fahrzeuge, welche dem Augustus schlimmstenfalls zur Flucht dienen sollten. Doch dazu entschloss sich Valentinian nur ungern; ihm war klar dass Marcian ihm keinen freundlichen Empfang bereiten würde und er wusste auch, dass es für ihn dann keine Rückkehr mehr geben würde. Haltlos schwankte er hin und her; als aber die Nachricht von der Ansammlung der barbarischen Streitkräfte auf der großen Heerstraße in Rom eintraf, galt es doch eine Entscheidung zu treffen.

Zum ersten Mal während der Regierung Valentinians tagte der Augustus mit dem Senat und dem Volk zusammen, um in dieser Not zu beraten, was zu machen sei. Senat und Volk hätten den Aufwand an Worten sparen können; denn fast alle erfüllte nur der eine Gedanke der Demütigung vor dem barbarischen Eroberer. Bitten, Geschenke und das Anerbieten eines Tributes für die Zukunft, — Alles sollte lieber angewendet werden, als dass sich Rom dem Schicksal Aquileias aussetzte. Umsonst versuchten Trigetius und Avienus anfangs der Mutlosigkeit zu wehren; sie fanden kein Gehör und verloren dem Drängen des Senats gegenüber zu früh ihre eigene entschlossene Haltung.

Da überraschte Valentinian die Versammelten durch den plötzlich geäußerten Willen, im Vertrauen auf die Tapferkeit des Mösiers den Widerstand Roms ins Leben zu rufen. Um die Lippen des Augustus zuckte es spöttisch, als er die Worte sprach und die Blicke seines Oberkammerherrn und der übrigen Würdenträger ebenso befremdet, wie entsetzt, auf sich gerichtet sah. War es dem Sohn Placidias wirklich Ernst mit einer Äußerung, die im entschiedensten Gegensatz zu seiner früher kundgegebenen Besorgnis stand, — gefiel es dem Unberechenbaren, sich zur Abwechslung einmal wieder in der Rolle eines Helden zu zeigen? Oder war es wohlberechnete List, damit er sich später dem Mösier gegenüber auf seine persönliche Unerschrockenheit berufen könnte?

Heraklius war darüber so ungewiss, wie Petronius Maximus; und da der Ort, die Senatscurie, ihm nicht gestattete, offen mit Valentinian zu sprechen, so brach der Eunuch die Verhandlungen ab, um sie am nächsten Tag fortzuführen.

Die Zwischenzeit aber wollte Heraklius nicht unbenutzt verrinnen lassen. Kaum hatte Valentinian seinen Palast wieder aufgesucht, als sein Vertrauter ihm auch schon mit Petronius nahte und lauernden Blickes begann: „Mit Befremden haben die treuen Diener meines erhabenen Gebieters, gleich dem Senat und Volk von Rom, eure Worte vernommen. Verwirrung bemächtigt sich aller Gemüter; das unabwendbare Nahen des furchtbaren Verderbers gefährdet das kostbare Leben des Kaisers nicht weniger, wie die Sicherheit der heiligen Stadt! Nicht mit ehernen Waffen ist Attila zurückzuschlagen; Kein Aetius wird im Stande sein den Bezwinger der Völker auf seinem Raub und Beutezug aufzuhalten. Aquileia fiel und ihm folgten sämtliche Städte in Gallia Cisalpina; nicht anders wird das Schicksal Roms sein, wenn wir den Grimm der Gottesgeißel nicht bei Zeiten ablenken und versöhnen!"

Da sah Valentinian den Sprecher mit einem höhnischen Lächeln an und entgegnete achselzuckend: „Du Tor, du siebenfacher Tor! Wo ist nun deine Klugheit und List geblieben? Elende Furcht hält auch dich befangen, Furcht um dein eigenes armseliges Leben. Sonst müsstest du begreifen, dass ich mit Attila nur eines Gegners ledig bin, dass ich um des anderen willen anders sprechen muss, als ich denke! Dich habe ich mit Würden und Ehren überhäuft, deine Sorge ist es, den Gebieter besser zu verstehen, als die blöde Menge, und mein Nein in Ja, mein Ja in Nein zu verwandeln!"

Über die scharfen Züge des Eunuchen flog ein Blitz des Verständnisses, während Petronius, vor solch offenem Bekenntnis der Doppelzüngigkeit erschreckend, im Stillen Zweifel aufkamen. Wäre er jetzt vor die Wahl zwischen Aetius und Valentinian gestellt worden, er hätte sich zweimal bedacht, ehe er den langjährigen Freund zu Gunsten des wankelmütigen

Kaisers verraten hätte. Doch tief brannte in seiner von Ehrgeiz und Stolz erfüllten Brust die Wunde, welche ihm die Gerechtigkeitsliebe des Heermeisters geschlagen hatte, und ein Rückwärts gab es auch für ihn nicht mehr.

Aber dem schmollenden Augustus antwortete Heraklius: „Wenn mich ein einziges Mal der Schein irre führte, so erflehe ich die Verzeihung meines Gebieters. Ich weiß nun, was Euer wahrer Wille ist, und werde nicht säumen, ihn auszuführen. Doch sei mir auch vergönnt, meine eigenen Pläne jetzt ganz aufzudecken, und euch zu beweisen, dass ich keinen eurer Gegner außer Acht gelassen habe. Mein Haupt ist es ja, das Attila fordert; es ist für dem Unversöhnlichen gleich, ob wir ihn gerüstet zu Rom erwarten, oder ob wir von ihm den Frieden erkaufen!"

Es klang wie schmerzliche Resignation aus den Worten des Eunuchen; doch ungläubig schüttelte Valentinian das Haupt und erwiderte: „Seinen Kopf wird mein Oberkammerherr schon in Sicherheit zu bringen wissen, wie ich den meinen; es müssen andere Gründe sein, welche ihn so eifrig nach Frieden verlangen lassen. Künde sie mir!"

Da antwortete Heraklius: „Nicht mit dem Schwert können wir Attila besiegen, sondern nur mit Gold und Verheißungen. Wohl droht er furchterregend; aber dieselben Gründe, welche die Hoffnungen des Mösiers aufrechterhalten, fallen auch für uns in die Waage. Verheerend lähmt der Gluthauch unseres Sommers die Kraft der Barbaren; Attila wird mit beiden Händen nach dem Lösegeld greifen und gern von dannen ziehen, sobald er seine Gier und die seiner Horden befriedigt sieht. Dann darf der Enkel des großen Theodosius frei und stolz sein Haupt erheben —"

„Frei und stolz?" — Valentinian unterbrach seinen Vertrauten mit unwilligem Kopfschütteln, doch sagte er nichts mehr, sondern winkte ihm nur weiterzusprechen.

Und Heraklius fuhr, den Einwand nicht beachtend, fort: „Dann darf der Sohn Placidias der Gegner unter seinen herrschsüchtigen Großen spotten. Dann ist dem mösischen Toren das Schwert aus der Hand gewunden und Valentinian wirft ihn zu den Toten gleich den Söhnen des Verräters, die das Schwert Attilas geopfert hat. Fortan siegen die Erben Roms mit listigen Worten und blinkendem Gold; in ungestörter Ruhe genießen die Herrscher ihr beneidenswertes Leben —"

„Genug, genug!" — unterbrach den Sprecher Valentinian. „Nötige dem Barbaren den Frieden auf, zerbrich, indem du die hunnische Geißel gegen andere Völker kehrst, das Schwert des Mösiers! Gelingt dir beides, so will ich dich den Meister aller Meister nennen, so soll kein Rat mir höher gelten, als der deine, auf dem Forum Trajans will ich dir bei Deinen Lebzeiten eine Bildsäule errichten und dein Verdienst in Erz graben lassen!"

Ein unterwürfiges Lächeln in den Mienen, aber den Zweifel im Herzen, vernahm es Heraklius. Die Sorge für sein Leben wollte er dem Kaiser noch einmal recht dringend nahelegen und fuhr mit tiefem Seufzer fort: „Zu solchen Gnadenbeweisen ist meinem erhabenen Gebieter keine Zeit gelassen. Als Opfer meiner Treue fällt mein Haupt; mag es fallen, wenn nur das eure gerettet wird, wenn nur das heilige Rom nicht der Gewalt der Barbaren erliegt!"

Er schwieg und neigte den Kopf, als ob der tödliche Streich seiner schon harre. Doch Valentinian, von der Komödie des Eunuchen höchlich ergötzt, rief demselben spöttisch zu: „Armer Heraklius! Dein Kaiser weiht dir heute schon eine Mitleidsträne! — Was aber meinst du dazu, wenn wir dem Steppenfürsten an deiner statt die Närrin Honoria mit dem allzu schlauen Sylvester sendeten? Im Hunnenlager werden beide bald genug ein Sehnen nach den Fleischtöpfen Roms verspüren; du aber dürftest dein ehrwürdiges Haupt noch eine Zeitlang in meinem Dienst zermartern und die Last deines Amtes bis an Deinen sanftseligen Tod mit Würde tragen!"

„Ihr wollet Honoria dem Barbaren ausliefern?" — Heraklius fragte mit einer Betonung, die seine Zweifel deutlich genug verriet. Seiner eigenen Verworfenheit zum Trotz konnte er nicht glauben, dass Valentinian so unklug sein könne, die Schwester den Gelüsten Attilas preiszugeben.

Und seiner Rolle treu bleibend, entgegnete der Eunuch dem verschmitzt drein schauenden Gebieter: „Wenig Freude schuf Honoria dem Bruder und dem Gemahl; dennoch darf niemand, dem die Ehre Roms am Herzen liegt, zur Auslieferung der Verirrten raten. Ich glaubte mir durch das Einholen derselben auf hoher See ein Verdienst um das Haus des großen Theodosius erworben zu haben; aber falls ihr auf Eurem Willen besteht, wäre es für uns alle besser gewesen, wenn Honoria damals schon ihr Ziel erreicht hätte. Uns bliebe dann der Vorwurf erspart, die Tochter Placidias aus freien Stücken dem bluttriefenden Werber zugeführt zu haben, und die Augusta wäre von ihrer Verblendung längst geheilt!"

„Wohlan, so bereite du dich vor, als Führer einer Gesandtschaft in das Lager Attilas zu gehen. In deine Hand lege ich die Wahl der Mittel; morgen magst du mit Petronius, Sylvester, Avienus und Trigetius aufbrechen. Trage Sorge, dass ich mit Deinem letzten Dienst zufrieden sein kann und dass mir jene Vier genau berichten, welchen Preis außer Deinem Haupt der Steppenfürst noch fordert!"

Ohne die Wirkung seiner Worte abzuwarten, verließ der Augustus das Gemach. Verdutzt starrten ihm Heraklius und Petronius nach; nicht so hatte es der Erstere geplant, nicht die Absicht gehegt, sich der Rachgier Attilas mit gebundenen Händen zu überliefern. Der beißende Hohn, mit welchem Valentinian seinen letzten Befehl erteilt hatte, verletzte den Eunuchen doppelt, weil Petronius ein Zeuge desselben gewesen war.

Dieser aber begann jetzt mit unverhohlenem Missmut: „Der Kaiser scheint heute mit seinen Ratgebern ein launenhaftes Spiel treiben zu wollen; ihr werdet nicht so töricht sein, euch selbst nutzlos zu opfern, so wenig wie ich es gesonnen bin. Doch was beginnen wir nun?"

Heraklius biss sich in die Lippen, dumpfen Tones entgegnete er: „Valentinian gleicht dem Schiffer, der seinem Steuermann die Hände fesselt und nun ziel- und haltlos auf den stürmischen Wogen dahin treibt. Aber lasst euch durch sein Janusantlitz nicht beirren; in meine Hand hat er die Wahl der Mittel gelegt und so trotzig er sich manchmal zeigt, sein Trotz ist nur die Störrigkeit eines ungezogenen Knaben!"

„Und um eines solchen willen habt ihr mich dem Mösier abtrünnig gemacht! Bei dem Blut des Gekreuzigten, hätte ich das vorausgesehen, so hätte Valentinian samt seinen Schmeichlern den Weg von Ravenna nach Rom allein suchen können!"

Eine derbe Verwünschung ausstoßend, ging Petronius mit langen Schritten im Gemach auf und nieder. Doch Heraklius war nicht in der Stimmung, sein Ohr den Vorwürfen des stolzen Mannes zu leihen, sondern erwiderte gereizt: „Nicht um meinetwillen habt ihr euren Arm dem Sohn Placidias geliehen; euch trieb heißer Ehrgeiz und das Verlangen, der Nachfolger des Mösiers zu werden. Den Glanz eurer Zukunft habe ich nicht so herrlich zu schildern vermocht, wie er sich in euren Augen vorahnend spiegelte; nicht mich dürft ihr schelten, wenn ihr für die Schatten blind geblieben seid!"

Aufbrausend wollte Petronius dem Oberkammerherrn ins Wort fallen, doch dieser fuhr begütigend fort: „Lasst eure gerechte Missstimmung nicht die Kreise unserer Zukunft stören. Hand in Hand mit mir habt ihr von Valentinian nichts zu fürchten. Der Augustus will in den Augen des Senates und der Quinten, sowie vor allem des Mösiers, der zur Unterhandlung Gezwungene sein, um auf uns den Schein einer Schuld lenken zu können, den er uns durch neue Würden und Ehren erträglich machen muss. Ich lache darüber und ihr dürft es nicht minder! Jetzt aber folgt mir in den Senat; nicht wir beide werden so verrückt sein, durch die Legionen des Mösiers den Weg zu Attila einzuschlagen, nicht Honoria noch Sylvester sollen uns begleiten. Ich weiß einen besseren Ersatz für dieses schwierige Amt!"

„Und wen habt ihr dazu ersehen?" fragte Petronius gespannt.

„Wen?" — Heraklius sah sich forschend um; dann beugte er seinen Mund an das Ohr des Gefährten und sprach leise: „Den Pontifex, — den Einzigen, der dazu tauglich ist und der Selbstbewusstsein genug besitzt, dem furchtbaren Verwüster furchtlos entgegen zu treten!"

„Doch wird er sich dazu bereit erklären?"

Zweifelnd sprach es Petronius; aber der Eunuch antwortete zuversichtlich: „Leo hat keine Wahl! Das Gebot der Klugheit, der Trieb nach Selbsterhaltung, zwingen den Pontifex, in unserem Sinn zu handeln. Er ist dem Augustus und uns allen nicht gut gesonnen, er misstraut dem Mösier; aber gefährlicher, als wir insgesamt, bedrückt ihn und sein Werk das Nahen der Barbaren. Diesen vor allen gilt es zu verteidigen und Leo wird es tun. Ist nicht sein Name schon Bürgschaft genug? ‚Der Gerechte ist ein Löwe, der weder Furcht noch Zagen kennt!' Dieses Wort wird den Pontifex mit dem Mut des Propheten erfüllen und ihm den Weg durch die Legionen Roms und die Horden der Gegner ebnen! Folgt mir in den Senat; dort treten wir auf als Überreder des Kaisers. Trigetius und Avienus aber sollen alsdann den Pontifex aufsuchen und ihn im Namen Roms beschwören, das zu tun, was er dem Sohn Placidias und mir vielleicht versagen könnte!" —

Mit gemischten Gefühlen folgte Petronius. Obgleich in den Intrigen Roms wohlbewandert, berührte ihn die schamlose Offenheit des Eunuchen peinlich; aber nicht minder begriff er, dass es auf der einmal beschrittenen Bahn Weiterzustreben gilt, zunächst die Schmach, später dagegen auch die Ehren mit Heraklius zu teilen.

Die List des Letzteren gelang über Erwarten. Senat und Volk pries den Eunuchen als den weisen Vermittler zwischen den Römern und ihrem Augustus; Trigetius und Avienus selbst ließen sich bestimmen, an der Spitze der Gesandtschaft zu stehen, wenn Leo sich ihnen als Führer und Sprecher anschließt. Eine Deputation des Senats, der sich Petronius anstatt des Eunuchen zugesellte, suchte den Pontifex in seinem Palast auf und fand ein kaum gehofftes Entgegenkommen.

Leo zeigte ein tiefernstes, besorgtes Antlitz. Die Klagen, denen er Worte lieh, waren ungeheuchelt; und doch regte sich in seiner Brust ein Gefühl der Befriedigung, des heimlichen Triumphes. Zum ersten Mal rief nach ihm der Kaiser und das Volk, seine Mitwirkung bei einer politischen Handlung von ungeheurer Tragweite fordernd; die Kirche in ihrem hervorragendsten Vertreter sollte helfen, wo das Schwert die Dinge nicht zum Guten zu wenden vermochte.

Wenn es gelang, — und Leo zweifelte im Vertrauen auf den göttlichen Beistand, der ihn mit übermenschlicher Kraft erfüllen sollte, daran nicht, — wenn Attila sich durch Bitten und Versprechungen zur Umkehr bewegen ließ, dann war ein neuer Nimbus der Heiligkeit und Unverletzlichkeit Roms geschaffen, ein Nimbus, der vor allem der Kirche zu Gute kam. Dann war auch dem Pontifex gegenüber die Macht des Mösiers gelähmt, dann durfte Leo sich rühmen, dem Führer des Schlachtschwertes die Kraft des Wortes an dem überzeugendsten aller Beispiele bewiesen zu haben.

Der Mund des Papstes bestimmte die übrigen Teilnehmer der Gesandtschaft; Petronius musste von Valentinian die vorherige schriftliche Sanktion aller Vereinbarungen, auf welche einzugehen Leo für gut befinden werde, herbeischaffen. Dann wurde der Aufbruch für den nächsten Tag angeordnet.

Mit Trigetius, dem Präfekten des Senates, und Gennadius Avienus, sowie einem dienenden Gefolge, machte Leo sich in großen Tagemärschen auf den

Weg, um Attila zu erreichen, ehe derselbe den Padus überschritten hatte. Jenen voraus mussten andere Sendlinge Valentinians eilen, welche das Ziel ihrer Reise laut verkündeten und durch solche List die Aufmerksamkeit des Mösiers auf eine andere, als die von Leo benützte Straße, lenken sollten.

Voll Eifer, jegliche Unterhandlung mit dem schwächer werdenden Gegner zu verhindern, spürte Aetius der Scheingesandtschaft nach und zwang dieselbe, von einem Vorhaben, das er verwarf, abzustehen. Aber während er noch in Händel mit dieser verwickelt war, gelang es Leo mit seinen Begleitern, von den römischen Wachen unbemerkt, in der ersten Juliwoche über den Po zu setzen und in die Nähe des Hunnenlagers zu gelangen.

Der Pontifex stand im Begriff, bei dem Ort Campus Ambuleus eine Furt des Mincius zu durchreiten, als er von einem ostgotischen Geschwader entdeckt und umzingelt wurde. Unruhe ergriff die Römer, aber keiner der Feinde wagte, Hand an den Kirchenfürsten zu legen, dessen Name im Morgen und Abendland mit Scheu und Bewunderung genannt wurde. Deutlich unterschied ihn sein priesterliches Gewand von den Genossen seiner Fahrt und ehrfurchtsvoll ergriff eine Ostgotenfaust den Zügel seines Rosses, um dieses und seinen Reiter vor Attila zu führen.

Von einem Schwarm barbarischer Gaffer umringt, nahte die römische Gesandtschaft dem Zelt des Hunnenfürsten. Im Angesicht desselben hatten die Fremdlinge aus den Sätteln steigen müssen; dafür erwartete sie auf einem erhöhten Sitz außerhalb seines Zeltes der Sohn des Mundzuch, von der Mehrzahl seiner Würdenträger und Verbündeten umgeben.

Verwundert hefteten die zur Beratung Versammelten ihre Blicke auf die Nahenden, vor allem auf den Greis von hoher Gestalt, dem unter der Mitra von golddurchwirkter Seide das Haupthaar lang und silberweiß bis auf die Schultern nieder wallte. Über der Dalmatica trug er ein Pallium von dunklem Purpur, das auf der rechten Schulter und linken Brust je mit einem roten

Kreuz geschmückt war. Eine ähnliche Erscheinung war im Hunnenlager selten, und hier, wo keine belagerte Stadt um Schonung flehte, doppelt befremdlich.

Aber auch seine Begleiter ließen auf hohen Rang schließen und gespannt horchten Alle ringsum, als der Greis im pontifitalen Gewand begann: „Der dir, Sohn des Mundzuch, als ein Bote des Friedens naht, ist Leo, ein Priester desselben Gottes, dessen Geißel du dich nennst! Wir haben zu Rom vernommen, dass du verheerend in das Gebiet des Reiches eingebrochen bist; der Notschrei Aquileias und jener Städte, welche du in barbarischer Gier zerstörtest, ist bis zu uns gedrungen. In seiner Langmut ließ der Allmächtige dir und Deinen Horden bis hierher freien Lauf; nun aber ruft er dir durch meinen Mund zu: Halt ein mit dem Vernichtungswerk, fürchte meine Rache, die Rache des Ewigen, der das Werkzeug seines Zornes mit starker Hand zerbricht! Du hast die Geißel des Verderbens furchtbar über Schuldige und Unschuldige geschwungen; wende deine Schritte jetzt von hinnen, kehre zurück in die Steppe, von welcher du ausgezogen bist, und wage nie wieder, dein Schwert gegen Rom zu erheben. Es würde sich nur gegen dich selbst kehren und seine Schärfe dich töten, bevor du dein Ziel erreicht hättest!"

Geduldiger, als seine hunnischen Großen, minder erstaunt, als Oneges, Orestes und die verbündeten Fürsten, hatte Attila den Greis angehört; doch seine Geduld war durch die allzu kecken Worte Leos jetzt nahezu erschöpft und er musste sich Zwang antun, um dem Sprecher ohne sichtliche Erregung antworten zu können: „Du nennst dich Leo, einen Priester desselben Gottes, als dessen Geißel jener Eremit mich bezeichnete. Wer aber hat dich gesandt, wer hieß dich in römischer Überhebung dem Herrn der Erde mit eitlem Trotz und Drohwort begegnen? — du rühmst dich, im Namen deines Gottes zu reden; und doch bedarf es nur eines Winkes von mir, um dich und deine Begleiter den Toten zu gesellen, die meinen Weg von den Gestaden der Donau bis hierher bezeichnen, — doch hängt es nur von meinem Willen ab, das goldene Rom gleich Aquileia in einen Schutt und Aschenhaufen zu verwandeln. Lerne dich bescheiden, Priester, wenn du nicht willst, dass Attila dich wie einen Tollen unter sicherem Geleit nach Rom zurücksendet!"

Ein Murmeln des Beifalls durchlief die Reihen der Hunnen; doch Leo ließ sich dadurch nicht schrecken, sondern entgegnete beredt und voll Eifer: „Über mich wacht ein Größerer, als du, König Attila, und vergebens wirst du deine Scharen alle gegen mich, den Gesalbten des einzigwahren Gottes, aufbieten. Sein Geist ist es, der mich mit feurigen Gluten erfüllt, der mich zu dir getrieben hat, schutz- und wehrlos, nur der Kraft vertrauend, mit welcher der Ewige seinen Diener ausrüstet. Wirf Deinen Speer nur auf mich, — er wird wie vom granitnen Fels abprallen; schüre die Flamme deines Zornes, — sie wird mich nicht verzehren! Lass deine Sklaven und Verbündeten alle mich bedrohen, — sie können mir nichts anhaben; denn unverwundbar und unsterblich ist das Gefäß, das der Allmächtige seines Dienstes würdigt!"

Um Attilas Brauen zuckte es gewitterschwül. Es mochte ihn heimlich gelüsten, den Versuch zu machen und den selbstbewussten Priester Lügen zu strafen. Wie der Gebieter dachte auch Berich; in der nervigen Rechten wog er den Speer und zielte damit auf die Brust Leos. Doch Attila wehrte dem Alten, der Sohn des Mundzuch war von Zagen und Zweifeln bedrängt, ob er mit seinen darbenden und siechen Scharen die Legionen des Mösiers zu überwinden und Rom bezwingen vermag.

Alle Bedenken, die seit Tagen und Wochen nicht von ihm weichen wollten, stürmten in dieser Stunde mit verdoppelter Gewalt auf ihn ein. Schon waren die Meinungen im Heerlager kaum mehr geteilt; die wachsende Not beugte auch den starrsten Sinn und nur der übermütigste Barbarentrotz, oder der Mangel jeglicher Berechnung, konnte zum Vormarsch gegen Rom raten. Heraklius hatte den Steppenfürsten richtig beurteilt; wenn sich jetzt eine Lösung bot, welche ihm volle Befriedigung seiner Beute und Goldgier gewährte, ohne seine Macht in den Augen der Nationen zu schmälern, so erschien es ihm sehr geraten, die Gelegenheit zu benutzen. Mochte Leo sich immerhin in den Mantel seiner göttlichen Sendung hüllen; der Barbar fand es seinen eigenen Untertanen gegenüber für vorteilhafter, vor dem Gebot des Christengottes, als vor einem Menschengebot, Halt gemacht zu haben.

Und ruhig erwiderte er dem Pontifex: „Du hast dich deines Gottes nun genug gerühmt; wohl dir, wenn sein Schutz nicht von dir weicht! Uns aber lass vernehmen, was Valentinian mir durch dich bieten lässt. Zu unseren Füßen liegt das knechtisch zitternde Rom samt seinem unmännlichen Kaiser, den Frieden von Attila mit Furcht und Zögern erflehend. Nenne mir die Summe Goldes, mit welcher Valentinian sich und sein Reich von uns lösen will!"

Da mochte Leo fühlen, dass der hohe Ton, den er angeschlagen hatte, die Wirkung verfehlte. Ihm durfte genügen, dass Attila sich zur Unterhandlung willig zeigte, sei es nun in Folge jener Ermahnungen, sei es aus anderen Ursachen. Jetzt galt es den Boden für solche Bedingungen zu gewinnen, die innerhalb der Machtsphäre Roms lagen, und zögernd hob der Pontifex an: „Du forderst Gold von Rom? — Unersättlicher, bedenkst du nicht, dass das Gold von ganz Venetien und Gallia Cisalpina schon deine Beute geworden ist! Der Krieg hat das Gold verschlungen und auf unvergänglichere Güter wird sich fortan der Sinn der Römer zu richten haben. Den Stolz des Kaisers hast du gebeugt und ihn zur Demut und Einkehr gezwungen; dafür dankt dir Leo! Du aber lass dir daran genügen und zieh von hinnen, bevor die Seuche dein Heer aufreibt und die Not dir größere Opfer auferlegt, als dein Sieg wert ist! Frage deine Würdenträger und Verbündeten alle; sie werden dir raten, wie ich, und lieber mit ihren Tribus heimwärts ziehen, als in den Sümpfen des Padus einem Gegner erliegen, gegen dessen tückische Umarmung keine Manneswaffe sie schirmt!"

Unmutsvoll hörte es Attila; ihn verdross das Wahre in den Worten Leos und herber entgegnete er: „Die Sümpfe des Padus sind keine unüberwindliche Schranke, so wenig wie die Legionen des Mösiers! Not und Krankheit schwinden, je weiter wir südwärts dringen. Noch ist in Rom genug des Goldes aufgespeichert, um den Dienst ehrloser Verräter zu erkaufen; so lange Valentinian keinen besseren Gebrauch von seinen Schätzen zu machen weiß, ist es die Pflicht Attilas, den Toren seines Überflusses zu entledigen. Auch ich sage dir Dank für dein Bekenntnis, dass meine Hand den Stolz Valentinians und Roms gebeugt hat; alle Völker sollen es vernehmen und keines darf zweifeln, denn der oberste Diener des Christengottes hat es verkündet. Nun aber kröne dein Werk und opfere, was du vergänglich nennst! Denn wissen sollst du, dass ich sonst mit dir aufbreche und gleich Alarich dein heiliges Rom mit dem Schwert erobern und furchtbarer, als dieser, mit Feuer verheeren werde!"

„Berufe dich nicht auf den König der Westgoten!" — wandte Leo warnend ein. „Den Bezwinger Roms bezwang ein Größerer! Fürchte den Hauch seines Mundes, der dich hinraffen würde, wie er Alarich hinraffte, bevor dieser seines Sieges froh wurde!"

Doch stolz und unerschütterlich fuhr der Hunne fort: „Darum sorge keiner außer mir! Ich habe Rom zu demütigen geschworen und also wird es geschehen. Im Staub vor mir sollen die Gesandten Valentinians meine Gnade anflehen, mit einem jährlichen Tribut von zweitausend Pfund Gold mag Rom sich die Schonung erkaufen, welche Aquileia durch seinen Trotz verscherzte. Willige ein oder verwirf, was ich fordere! Tust du das Erstere, so sollen meine Diener dich bis an die Mauern Roms geleiten und dort in Empfang nehmen, was mir zu Recht gehört: das Lösegeld des ersten Jahres, die Augusta Honoria mit all ihren Schätzen und das Haupt des Verworfensten, den die Mauern Roms beherbergen! — Weigerst du dich, so rufe Deinen Gott eilig an, denn das Messer, das Deinen Tagen ein Ziel setzt, ist schon geschliffen!"

„Das Ende meiner Tage steht in Gottes Hand!" entgegnete Leo. Bewegten Herzens und beredten Mundes suchte er dann bei dem Steppenfürsten eine Minderung der unerschwinglichen Geldsumme zu erwirken. Die beiden Begleiter unterstützten ihn mit triftigen Gründen in diesem Bemühen; doch

Attila blieb unbeugsam, bis Leo den ungleichen Kampf aufgab und seufzend mit schmerzlicher Selbstüberwindung sprach: „Um jener unzähligen Schuldlosen willen, welche dem Grimm des Kampfes geopfert werden müssten, sollst du dein Begehren erfüllt sehen!" Und mit Trigetius und Avienus das Knie beugend, fuhr er fort: „Du hast das Höchste erreicht, dessen dein Stolz sich vermessen konnte. Vor dir knien im Namen Roms die Vertreter der alten Geschlechter, welche die Welt mit dem Schwert eroberten, und das Haupt der neuen Generationen, welche mit den unblutigen Waffen des Glaubens siegen werden. Doch bedenke, dass auch du sterblich bist; Völker und Herrscher kamen und schwanden, auf dem Gipfel ihrer Macht und Herrlichkeit erreichte sie das Verderben, — das lass dir eine Mahnung zur Milde sein. Sieh hier die Einwilligung Valentinians zu allem, das ich mit dir verabrede. Das Gold, das du forderst, wird der Augustus dir überantworten; nur eines fordere nicht: die Hand Honorias, das Haupt des Oberkammerherrn. Ich weiß, dass Heraklius in seiner Gesunkenheit nichts Besseres verdient. Aber schlecht stünde es mir, dem Priester, an, sein Leben von Valentinian zu fordern. Darum lass den Armseligen leben; sein Nacken ist längst von Sorgen gebeugt, sein Wandel ein Wandel in Drangsal und Schrecken."

„Die alte Schlange birgt das schärfste Gift." — murmelte Attila zwischen den Zähnen. Doch als der Papst darauf von den römischen Gesetzen, welche eine Verbindung Attilas mit Honoria nicht zuließen, zu sprechen beginnen wollte, schnitt ihm der Steppenfürst das Wort ab, indem er ihn mit finsterem Stirnrunzeln unterbrach: „Ihr kennt jetzt die Bedingungen, unter welchen Attila dem abendländischen Reich den Frieden gewährt. Eilt euch, meine Zeit ist gemessen!" — Und ohne dem Pontifex und dessen Gefolge eine Frist zu längerem Verweilen zu gönnen, ließ er die Gesandtschaft noch am selben Tag den Rückweg antreten.

Das Ziel seiner schwierigen Reise hatte Leo nun zwar erreicht, und doch war er seines Erfolges wenig froh. An seinem Stolz nagte der Gedanke an die tiefe Erniedrigung, welche er selbst und seine Begleiter sich hatten gefallen lassen müssen; als Römer schmerzte es ihn, den ganzen Reichtum Roms jahraus und ein in die Taschen des Nimmersatten Barbaren fließen zu sehen. Ohne Ansprüche für seine eigene Person, schätzte er den Wert des Besitzes hoch genug, um zu wissen, wie sehr die Macht der Kirche desselben bedurfte, um an Festigkeit und Einfluss zu gewinnen.

Nur eine Genugtuung hatte er; die göttliche Kraft, deren er sich vor Zeiten gegen Placidia gerühmt hatte, war ihm treu geblieben, ihr schrieb er alles zu, was er erreicht hatte. O, wenn die Kaiserin Zeugin dieser Stunde hätte sein können; sie würde dann mit Leo versöhnt von hinnen gefahren sein! Wohl war die Frucht, welche der Pontifex am Gestade des Pos erntete, eine bittere. Was er im Namen Valentinians und Roms gelobt hatte, musste gehalten werden; aber nichts hinderte ihn, noch im Angesicht des Hunnenlagers ein flehendes Gebet um Vernichtung des furchtbaren Bedrängers zum Himmel zu senden.

Mit kurzen Worten hatte Attila die Unterhandlungen beendet, eine entscheidende Antwort über seine auf Honoria und den Eunuchen bezügliche Forderung aber nicht erteilt. Der Gedanke daran mehrte die Unbefriedigung Leos; er ahnte, dass der Steppenfürst daraus täglich einen neuen Vorwand zum Bekriegen Roms herleiten konnte. Doch was er im Geheimen fürchtete, verschloss der Pontifex in seiner Brust, im Vertrauen auf das Walten der Vorsehung, in deren Macht es stand, dem Gewaltigsten der Barbaren zu jeder Stunde ein gebieterisches Halt zuzurufen. —

Während die Gesandten mit ihren hunnischen Begleitern südwärts zogen, blickte der Steppenfürst ihnen mit dem Gefühl großer Befriedigung nach. Eine wilde, stolze Freude, die er nicht zu verbergen für nötig hielt, erfüllte ihn bei der Erinnerung an das Bild, das sich ihm in der letzten Stunde gezeigt hatte. Jenes hochmütige Rom, welches sich bisher stolz über alle Völker der Erde erhob, hatte sich nun in tiefster Bedrängnis vor ihm gedemütigt und alles, das es an Größe und weltlichen Gütern besaß, dargebracht, um den Sohn des Mundzuch zur Milde zu bewegen!

Der Eitelkeit des Barbaren war genug getan, aber auch das Werk der Rache war gefördert; durch den Friedensschluss hinter dem Rücken des Mösiers ging dieser seiner Bedeutung, seines Ansehens unbedingt verlustig. Rom hatte sich der Kraft des Schwertes ergeben, es brauchte keinen Heermeister mehr. Mochte Valentinian nun vollenden, wozu Attila ihm Raum geschaffen hatte! Der Hunne wünschte und hoffte es zuversichtlich; und wenn der Goldquell aus Rom spärlicher zu fließen anfing, dann war der Augenblick gekommen, in welchem Attila die letzte Größe des abendländischen Reiches mit Füßen treten und seinen Thron vom Donaustrand an die Ufer des Tibers versetzen wollte!

Aus solchem Sinnen weckte den Sohn des Mundzuch die Stimme Berichs, welcher grollend anhob: „Sollen wir abermals auf halbem Weg Halt machen, — soll Leo auf dem Palatin verkündigen, dass Attila es nicht wagt, sich den Mauern Roms feindlich zu nahen? Besser wäre es dann gewesen, wenn Scotta vor Jahren, dem Willen des Mösiers zum Trotz, seine Siegesbahn fortgesetzt und dir, König Attila, das bezwungene Rom zu Füßen gelegt hätte! Nun werden die Ost und Weströmer uns höhnen, — nun wird Berich niemals mehr das Capitol mit eigenen Augen sehen!"

Mit Staunen ob solcher Kühnheit sahen die Umstehenden auf den Alten; wenn auch der Eine oder andere ähnlich wie er dachte, so war doch keiner verwesen genug, den unumstößlichen Beschluss des Gebieters zu tadeln. Jeder erwartete einen zornigen Verweis; doch ruhig sprach Attila: „Der tapfere Berich singt das alte Lied. So soll er denn wissen, wie ihr alle, dass ich dem falschen Rom nur eine letzte, karge Frist gegönnt habe. Erschöpfen soll es den Rest seiner Kraft, sich in tollem Rasen seines besten Arms berauben, um ein willenloser Spielball in der Hand Attilas zu werden. Mit dem Beginn des nächsten Lenzes brechen wir abermals auf; kein Aquileia wehrt uns dann, kein Aetius! Bevor die Gluten des Sommers unsere Tribus lichten, ist das Capitol und der Palatin unser, alles unser, dessen wir begehren. Wer ist noch, der Attila tadelt?"

Achtes Kapitel

Das Unerhörte war geschehen, das Lösegeld für das erste Jahr den Gesandten Attilas eingehändigt, und nur die Schwester Valentinians sowie das Haupt des Eunuchen jenen vorenthalten. Mit der spöttischen Drohung, dass ihr Gebieter sich selbst holen werde, was man seinen Boten gegen die Abrede verweigere, hatten die Letzteren Rom schwerbeladen verlassen und den Weg in das Lager Attilas zurückgefunden.

Heraklius, Petronius und Valentinian triumphierten, doch der gerechte Unmut des Mösiers kannte keine Grenzen. Arglistig hatte man ihm alles verheimlicht und seine Aufmerksamkeit unter dem Vorwand wichtiger Mitteilungen abgelenkt; aber als Attila mit seinen Horden und beutegefüllten Karren abzog, musste Aetius zu seinem Grimm entdecken, dass die Feigheit Roms und Valentinians ihm das Schwert zerbrochen hatte, zerbrochen am Vorabend des sicheren Sieges!

Schon hatten die Legionen Marcians Mösien durchzogen, schon setzten sie ihren Fuß auf hunnisches Gebiet. Die ausdauernde, ihrer Mittel und Ziele bewusste Kriegskunst des Patricius sollte ihren höchsten Triumph feiern; — und nun waren die schleichenden Feinde und Gegner abermals mit ihrem verwerflichen Rat durchgedrungen! In der Hand Attilas befand sich Hildegund, — was kümmerte das den feigen Valentinian und seine Kreaturen; erlegen waren den hunnischen Waffen Carpilion und Gaudentius, — was schmerzte das Leo und seinen Klerus! An seinen Wunden lag Lucilius auf ferner Insel danieder, — was interessierte das die Quiriten! Feigheit und Verrat, Niedertracht und ein blöder Sinnenrausch, — das waren die Elemente, die Aetius um sich her erblickte.

Nur in seinem Lager war das Bewusstsein von der Größe und den Pflichten Roms noch lebendig. Aber die Zahl der waffenfähigen Männer war zu klein, um dem entweichenden Barbarenstrom nachjagen zu können. Knirschenden

Mundes musste der Mösier die Feinde ziehen sehen; war es da nicht eine Torheit, den Niedergang des Reiches aufhalten zu wollen?

Tiefe Kampfesmüdigkeit wollte ihn überkommen; er meinte von der Zukunft keine Frucht mehr ernten zu dürfen. Gleich Avitus mochte er sich mit Livia in ein stilles Gebirgstal zurückziehen und dort der wehmütigen Erinnerung an die Vergangenheit leben. — Doch nein, noch rief ihn die Pflicht auf den Kampfplatz, noch harrten die Besten seiner Hilfe. Nicht nach Ruhe begehrte sein edles Weib, und auch den Helden verließ in allem Schmerz und Anmut nicht die Kraft der Selbstbeherrschung. Ihm war es klar, dass Attila nicht für immer umgekehrt ist, dass er vielmehr wiederkommen und dann versuchen würde das zu erreichen, was ihm bis jetzt unerreichbar geblieben war. Für diese Stunde wollte Aetius sich aufsparen, die Zwischenzeit aber benutzen, um Lucilius und Traustila heimzuholen und mit ihnen gemeinsam die Befreiung Hildegunds anzustreben.

Von Livia, Majorian und Boethius samt der Mehrzahl seiner Getreuen begleitet, schlug er den Weg nach Rom ein, während er Optila den Auftrag erteilte, dem Barbarenheer in angemessener Entfernung zu folgen und, ohne sich auf einen aussichtslosen Kampf einzulassen, die Spur Hildegunds zu suchen.

Voll Eifer unterzog sich der treue Gote dieser Aufgabe; der Patricius aber traf mit seinen Legionen in Rom ein, nicht unter Zither und Schalmeienklang, nicht bei festlichen Triumphgesängen. Zwar lockte die Schaulust auch jetzt wieder die Menge herbei; doch sie streute keinen Lorbeer für die Helden, an deren unerschütterlichem Mut die hunnische Brandung sich machtlos gebrochen hatte!

Verächtlich streifte der Blick des Mösiers den Schwarm der Gaffer, — nicht diese wollte er zur Rechenschaft ziehen. Zitternd erwartete ihn in seinem Palast der Augustus, aber auch diesem gegenüber trug Aetius kein Verlangen, seiner Entrüstung freien Lauf zu lassen. Es gab keinen Laut der Geringschätzung und des bittersten Hohnes, den er nicht schon vor dem nichtswürdigen Sohne Placidias angeschlagen hatte; umsonst war jede Mahnung, jede Stachelrede geblieben. Das Gemüt Valentinians glich einem dürren Zweig, der weder Blüte noch Frucht zu tragen fähig war, einem steinigen Acker, in dessen Öde kein Saatkorn des Guten Wurzel fassen konnte.

Was brachte es auch, jetzt noch die Geißel des Zornes über diesen und den Eunuchen zu schwingen! Nur ein Mittel gab es, die beiden für alle Zeit unschädlich zu machen, — das war der Mordstahl. Aber Aetius dachte zu hoch, um sein Gewissen mit einer Tat zu belasten, die das Licht des Tages zu scheuen hatte. An die Stelle der Gewalttat sollte die schweigende Verachtung treten!

Schwerer wurde es dem Mösier, die alten Freunde Trigetius und Avienus für ihre Abtrünnigkeit zu strafen und ihnen streng Gehör zu versagen; doch auch das musste sein. In ganz Rom war ja nur noch Einer, dem Aetius ein Maß von Achtung entgegenbringen konnte, obgleich gerade dieser eine sich zum Sprachrohr der Feigherzigen hatte benutzen lassen. Zu Leo lenkte der Patricius seine Schritte, von ihm hoffte er zum mindesten die Wahrheit unentstellt zu vernehmen.

Mit der ernsten Bitte darum nahte Aetius dem Pontifex; er staunte nicht, als der Letztere sich seines Tuns rühmte, aber zum Widerspruch reizte ihn die Behauptung des Priesters, dass das Wort einen Sieg erfochten habe, wie er dem Schwert nicht möglich gewesen wäre. Und nicht ohne Bitterkeit erwiderte der Mösier diesem: „Was euch weise erscheint, das wird zur Torheit, wenn ihr mit den Augen des Feldherrn schaut. Das Netz war gespannt, welches den Hunnenkhan samt aller seinen Verbündeten umgarnen sollte; mit schweren Opfern hatte die Heldenkraft meiner Söhne, der Bürger Aquileias und meiner Legionen, das Unglaubliche vollbracht, von Osten reichte uns Marcian die Hand —"

„Marcian?" — Zweifelnd schüttelte Leo das Haupt, doch Aetius fuhr fort: „Fragt in Konstantinopel nach, ob ich Wahrheit spreche. Nur allzu gelegen kam dem Steppenfürsten eure Bitte um Frieden! Er musste weichen, oder den verderblichen Kampf gegen zwei Feinde bestehen; aber die Verblendung Roms baute dem bluttriefenden Würger goldene Brücken. Ihr habt ihm geholfen seinen sinkenden Ruhm neu aufrichten, seine unersättliche Gier nährtet ihr mit Haufen von Gold, ohne sie je stillen zu können. Unerfüllt blieb sein Verlangen nach der Hand Honorias und dem Haupt des Eunuchen; dafür, dessen seid gewiss, wird Attila mit dem nächsten Frühjahr wiederkehren, nach neuem Tribut lüstern, durch eure Furchtsamkeit größer und furchtbarer, als je. Dann wehe Rom und seinem entnervten Geschlecht; kein Gold wird den neugekräftigten Barbaren mehr abhalten, kein Priesterwort, — nur das Schwert in der Hand eines Starken. Wehe euch allen, wenn ihr dann zu spät nach einem Solchen ruft!"

Betroffen vernahm es Leo; er hielt die Worte des Mösiers mit denen zusammen, welche die Boten Attilas unlängst in Rom geäußert, und mit jenen Gedanken, welche sich ihm selbst beim Scheiden aus dem Lager des Steppenfürsten aufgedrängt hatten. Ein gutes und kluges Werk hatte der Pontifex vollbringen wollen; und nun musste er sich beschämt gestehen, dass er mehr zum Unheil, als zum Heil, gewirkt hatte. Eine drohende Gefahr war mit hohen Opfern abgewendet, aber nur für eine kurze Frist, wenn Aetius wahr sprach. Was aber dann? — Der Pontifex sah ein, dass er auf Menschenhilfe dann kaum noch bauen dürfte; gläubig und vertrauensvoll lenkte er die Gedanken nach oben und suchte auch den Mösier mit dem Hinweis auf den Beistand des Höchsten zu beschwichtigen.

Aetius machte keine Miene, dieses Hoffen zu erschüttern; scheidend erwiderte er nur: „Möge Euer Glaube euch und Rom vor dem Schlimmsten bewahren! Ich fürchte, dass ihr den Beweis für die Richtigkeit meiner Vorhersage bald genug erhalten werdet!"

Er wollte gehen, da hielt ihn Leo zurück mit dem Zuruf: „Lasst uns zusammenstehen, wenn die Tücke Valentinians euch oder mich bedroht, wenn die Schlange der Verleumdung euch lauter umzischt! Ihr habt mich in dieser Stunde eines Irrtums überführt; lasst dieses Bekenntnis euch beweisen, dass ich willens und entschlossen bin, mit euch gemeinsam die Zukunft Roms vor jeglicher Gefahr zu schirmen. Der Starke, von dessen Schwert Rom dann aufs Neue seine Rettung hoffen wird, seid Ihr. Vergesst, was jetzt gegen euren Willen geschehen ist; ab jetzt soll Rom uns Seite an Seite sehen!"

Leo streckte seinem Gast die Hand hin, während Aetius einzuschlagen zögerte. Die Wendung hatte ihn überrascht, und wenn er auch an keinen Hintergedanken des Papstes glaubte, so konnte er doch die Antwort nicht unterdrücken: „Die Einsicht kommt euch zu spät! Nicht zum zweiten Mal wird Marcian uns seine Legionen senden, kein Aquileia den Hunnen zum zweiten Mal drei lange Monde festhalten. Ich sehe für Rom keinen Erfolg mehr durch die Schärfe des Schwertes; die Stunde, welche das abendländische Reich dem Ansturm der Barbaren überliefert, rückt uns furchtbar nahe. Wollt ihr euren Gedanken zum Sieg verhelfen, so haltet euch von mir fern; mir bleibt nur noch übrig, einen Versuch zur Rettung meiner letzten Angehörigen zu machen, und dann mit Ehren zu fallen. In Trümmer geht die Herrlichkeit Roms, die kein besseres Los verdient; möge es euch vergönnt sein, auf den Ruinen ein Reich von gleicher Kraft und Dauer zu errichten!"

Er legte seine Rechte in die des Pontifex und ging. Mit Bedauern sah ihm Leo nach, die Stunde verwünschend, die ihn zum willfährigen Spielzeug des Eunuchen gemacht hatte.

Aus Furcht vor einer Begegnung mit den Legionen Marcians war der Steppenfürst, statt über die julischen Alpen, dem Laufe der Etsch folgend, über die norischen Alpen gen Norden gezogen. Die reiche Stadt Augusta Vindelicorum[1] wurde, seinen Friedenszusagen zum Trotz, durch seine Horden geplündert und verwüstet. Was Aetius gefürchtet, was Valentinian und Leo verschuldet hatten, ging in Erfüllung; aber die Römer zogen keine Lehre daraus, keine ihre Beherrscher! Anstatt ihre eigene Torheit einzusehen, versuchten sie alle Schuld auf den Mösier zu wälzen. Die Verantwortung für das furchtbare Geschick Aquileias wurde ihm aufgebürdet, die Notwendigkeit, das transpadanische Gebiet aufzugeben, ihm zum Verbrechen angerechnet. Sein wohlerwogenes Zögern nannten die Römer Feigheit, heimliches Bündnis mit Attila, Verrat und Unfähigkeit.

Mit schweigender Verachtung ertrug es Aetius; im vollen Bewusstsein erfüllter Pflicht blieb ihm nur schmerzliches Beklagen, dass ihn das Schicksal hatte leben lassen, um ein Zeuge des unrettbaren Niedergangs zu sein, dass er, der sich die höchsten Ziele kühn gesteckt hatte, seinen Lebensherbst nahen fühlte, ohne ein einziges erreicht zu haben. Nur Livia, die Hochherzige, war ihm noch geblieben, nur ein kleiner Freundeskreis, der in unverbrüchlichster Treue an dem Feldherrn und Führer hing.

Voll Unruhe sah er einer ersten Nachricht von Optila, einem Lebenszeichen von Lucilius entgegen, um danach seine Vorbereitungen für die Rettung Hildegunds zu treffen. Wenn er nur gewusst hätte, ob sie noch unter den Lebenden weilte, ob Lucilius von seinen Wunden genesen war und Hoffnung hegte, sein Weib wieder zu sehen!

Unter der Obhut und Pflege Traustilas war der heldenmütige Verteidiger Aquileias inzwischen genesen und von Rivus Altus aufgebrochen. Lucilius hatte den Ausgang des Kampfes erfahren; er kannte jetzt nur ein Ziel: Die Entdeckung Hildegunds und ihre Befreiung! Das entartete Rom hatte kein

---

[1] Heute Augsburg

Anrecht mehr auf seine Dienste; nur für sein Weib lebte er noch, wollte er noch kämpfen und ringen.

Im Geleit des treuen Goten verfolgte Lucilius die Spuren des zurückziehenden Barbarenheeres, durchwanderte er die Ebene Norditaliens und überstieg die Alpen; doch zu weit waren ihm die hunnischen Geschwader voraus und es fand sich niemand, der ihm zu sagen vermochte, ob Hildegund sich im Tross des furchtbaren Verwüsters befindet. Sein Hoffen sank und seine Zuversicht wankte, nur sein Mut und seine Ausdauer blieben sich gleich!

Erschüttert sah der Schwiegersohn des Mösiers die Zerstörung, welche Augsburg heimgesucht hatte. Doch eine hohe Freude sollte ihm angesichts der zerstörten Stadt beschieden sein: Ehe er mit Traustila die Basilika verließ, in deren verödeten Hallen er ein Obdach für die Nacht gesucht hatte, erblickte er Bewaffnete in römischer Rüstung, erkannte er die Scharen Optilas und diesen selbst.

Mit Rufen der Freude und des Erstaunens umarmte ihn und den betagten Genossen der Bote des Feldherrn; in der Stunde ihres Wiedersehens verkündete dieser den Zweck seines Auszuges und die drei schlossen das unzerbrechbare Bündnis, ihr Leben gemeinsam an die Rettung Hildegunds zu setzen.

Voll bitteren Zornes über die Hinterlistigkeiten Valentinians und den unerwünschten Vermittlerdienst Leos, bestätigte Optila dem gespannt lauschenden Lucilius alles, was als Gerücht bis zu ihm gedrungen war. Dann sandten die drei einige der Untergebenen fort, welche den Weg nach Rom einschlagen und Aetius berichten sollten, wie die Freunde sich gefunden und was sie vereinbart hatten. Der Patricius sollte ruhig in Rom verbleiben; nicht mit Waffengewalt noch mit goldenem Lösegeld, sondern nur durch verwegenen Mut, dem sich List und Verstellung gesellte, konnte das scheinbar Unmögliche angebahnt und zum guten Ende geführt werden!

Bitterer Zwang für das Herz eines Helden! Lucilius begann ähnlich, wie sein hohes Vorbild, zu empfinden; ein Geruch von Moder und Verwesung stieg ringsum empor, — dem jungen Recken erschien er als ein Vorzeichen des unaufhaltsamen Untergangs. Nur unter den barbarischen Völkern regte sich verheißungsvoll ein neues, ungestüm gehrendes Leben; aus der Mitte der bezwungenen Barbaren boten sich ihm die einzigen Stützen, wo römische Falschheit ihn und sein Weib rettungslos verderben lassen wollte. Fest und treu hing sein Herz an Aetius und Livia; aber er richtete den Blick von dem Bild des Niedergangs mit größerem Vertrauen auf das Volk, aus dem er selbst entsprang. Jetzt war ihm der Gedanke, durch seine Geburt dem Stamm der Westgoten anzugehören nicht gleichgültig; mit allen Fasern neuer, frischquellender Lebenskraft fühlte er sich dorthin gezogen, wo seinem geläuterten Mannessinn ein verwandter Geist entgegenwehte.

So erwog er in stummem Sinnen ferne Ziele; aber gewaltiger noch nahm ihn die gebieterische Forderung der Gegenwart in Anspruch. Wie sollte er es mit den Genossen anfangen, unerkannt bis in das Herz des Hunnenlagers, in die unmittelbare Nähe Attilas zu gelangen? Lucilius und Traustila stand das furchtbarste Geschick bevor und auch Optila erwartete als Verteidiger Aquileias wenig Gutes!

Lange sannen die Drei vergebens; aber ein Ausweg musste gefunden werden und wäre es der Gefährlichste. Da begann endlich Traustila: „Wohl wüsste ich ein Mittel, das uns alle sicher vor das Antlitz Attilas brächte; doch es ist ein Todesschiff, dem wir uns anvertrauen, und keine rettende Küste uns naht!"

„Lass deine Meinung dennoch hören!" erwiderte Optila und nicht minder bat Lucilius den grauen Alten darum.

Noch zögerte dieser, dann sprach er mit einem ernsten Blick auf den jungen Recken: „Zum Gefangenen musst du dich wandeln lassen, von uns gefangen, den Verrätern, welche des strengen Dienstes bei dem Mösier unlustig sind und dich an den Hof Attilas schleppen, um Verzeihung und reichen Lohn bei ihm zu erhalten. Schwer ist die Aufgabe für dich, schwerer noch für uns; sie kann gelingen — sie kann uns ebenso schnell ein qualvolles Ende bereiten. Ich für mein Teil setze den Abend meines Lebens mit Freuden für dich ein; jünger ist Optila, noch jünger bist du selbst! Überlegt es wohl, ihr beiden, ob ihr dem Tod so ruhig ins Auge blicken könnt, wie ich, der Alte. Vielleicht schreitet der Fuß Hildegunds nicht mehr über diese Erde, vielleicht hat Attila —"

Er vollendete nicht; aber Lucilius reichte dem Graubart die Rechte mit festem Händedruck und entgegnete: „Große und treue Dienste hast du mir geleistet, seit uns das Schicksal am Grenzstrom zusammenführte; zum Größten aber bereitest du dich heute, Traustila, du Starker und Hochherziger! So sollst du denn wissen, dass mir das Leben des Lebens nur wert ist, wenn ich Gewissheit über das Schicksal Hildegunds habe! Entschlossen will ich mein Haupt daran wagen und fällt es, so mögen Aetius und Livia mir verzeihen, dass ich ihnen um Hildegunds willen diesen Schmerz nicht ersparen konnte. Doch du, Optila — ?"

Mit einer energischen Handbewegung unterbrach ihn der Gote und sprach hellglühenden Blickes: „Habe ich im Männerkampf nicht bewiesen, dass ich Euer würdig bin? — Nein, bei der Liebe, mit der mein Herz an Carpilion hing, bei der Treue, die ich seinem Vater bewahrt habe, bei der Verehrung, die ich für Hildegund und dich empfand, lass mich nicht schamrot fernbleiben, wo ihr dem furchtbarsten Gegner waffenlos Trotz bieten wollt. Und muss es ein Kampf der Verschlagenheit gegen den Verschlagensten von allen sein, — der Sieg in diesem Kampf soll mir höher gelten, als jede Waffentat, der sich mein Arm bis heute rühmen darf. Heil sei jedem Wort, das um Hildegunds willen über meine Lippen kommt, Heil jedem Stoß, den mein Schwert für sie führen darf!"

So war denn der Vorschlag Traustilas zur Richtschnur der Drei geworden. Im Geleit der Optila beigegebenen Kohorte wurde der Weg durch Vindelicien,

Noricum und das nördliche Pannonien verfolgt; doch schon ehe der Grenzfluss erreicht war, ließ Optila seine Untergebenen zurück mit der Weisung, einen Monat lang auf die Rückkunft der Befehlshaber zu harren.

Das ehemals römische Grenzgebiet war jetzt von hunnischen Horden in Besitz genommen; ein feindlicher Zusammenstoß musste durchaus vermieden, die Aufmerksamkeit der Hunnen dagegen durch ein unbefangenes Nahen der beiden Goten rege gemacht werden. Mit einem trüben Lächeln ließ sich Lucilius die nervigen Arme auf dem Rücken fesseln, beugte das schöne, männliche Haupt und schritt in dumpfer Ergebung vor den beiden Freunden hin.

Seine Rolle wurde ihm nicht schwer, denn sie entsprach der düsteren Stimmung, welche ihm die Seele umfangen hielt. Größere Überwindung kostete die beiden Goten ihr Schergenamt. Aber allmählich fanden auch sie sich in ihre durch die Not gebotene Lage; und als nun ein feindlicher Reitertrupp gegen sie heransprengte, erschienen sie selbst argwöhnischen Augen nicht anders als zwei Sieger, welche einen Unterlegenen gegen dessen Willen des Weges treiben.

Es waren Ostgoten, die ihnen zuerst begegneten, König Walamir selbst, welchem sich sein Bruder Theodimir nebst dem Bagaudenführer Eudoxius zugesellt hatte. Die bewaffneten Begleiter der Fürsten nahmen die neuen Ankömmlinge in ihre Mitte und Walamir richtete die ersten Fragen an sie.

Ausweichend antworteten Optila und Traustila, dass sie Überläufer aus dem römischen Heer sind, die einen kostbaren Fang gemacht hätten, den sie aber nur den Händen Attilas überliefern könnten.

Mit einem bedauernden Blick ließ Walamir sein Auge auf Lucilius ruhen; er glaubte in dem Gefangenen den heldenkühnen Verteidiger Aquileias wieder zu erkennen. So heiß er denselben vor Zeiten bekämpft hatte, so tief ergriff es ihn, den Tapferen jetzt, von Verrätern bezwungen, vor sich zu sehen.

Verächtlich wandte sich der Ostgote deshalb von den beiden Auxiliären ab, sie keines Wortes mehr würdigend, während er mit Theodimir und Eudoxius eifrige Zwiesprache hielt. Der Rat des Letzteren schien endlich den Ausschlag zu geben und die Drei wurden mit dem einbrechenden Abend über den Grenzfluss in das gotische Lager geführt, um erst am nächsten Morgen vor das Antlitz des Steppenfürsten gebracht zu werden.

Bedeutsame Stunden lagen zwischen diesem und dem folgenden Tag! Den Freunden war ein leeres Zelt zur Rast angewiesen worden; sie hatten verabredet, dass immer einer von ihnen wacht, während die anderen schliefen, aber der Schlummer überfiel sie alle drei. Zu tief war die Erregung aller, zu viel hing von dem Gelingen ihrer List dem scharfblickenden Steppenfürsten gegenüber ab.

Mild und klar sank die Sommernacht zu Tal. Optila hatte einen Teil der Zeltwand zurückgeschlagen, um sich und den Gefährten den Genuss der nächtlichen Kühle zu verschaffen. Weit in die Ferne schweifte sein Blick, bis dorthin, wo sich beim Licht der Sterne der Palast Attilas in dunklen Umrissen vom Horizont abhob. Wie anders war Optila demselben vor Jahren im Geleit des Mösiers genaht, — wie beklagenswert war die Frucht aller Mühen zerronnen! Doch was auch damals die Herzen bewegt hatte, es erschien dem Goten ein Kinderspiel im Vergleich zu demjenigen, das es jetzt zu erreichen galt!

Ein Zuruf Traustilas bewog ihn, in das Zeltinnere zu treten. Wo alles ringsum nächtlicher Ruhe pflegte, da glaubten die drei sich des lästigen Zwanges enthoben, und auch Lucilius nahm an der Unterhaltung der Freunde Teil. Eifrig berieten sie und bestimmten für mancherlei Möglichkeiten ihr Handeln; aus dem Gefangenen war jetzt der maßgebende Leiter der anderen geworden, — da verstummten sie plötzlich, denn es war ihnen, als ob ein leiser Tritt in unmittelbarer Nähe laut geworden sei.

Lauschend beugte Optila sich vor, — er hatte sich nicht getäuscht, vor ihm stand die Gestalt des Bagaudenführers.

Der erste Eindruck war der des Schreckens, der zweite der einer außerordentlichen Gefahr, welcher sofort begegnet werden musste. Mit dem gezückten Schwert wollte der Gote sich auf Eudoxius werfen, um den unwillkommenen Horcher auf ewig verstummen zu machen; aber dieser kam dem schnell Entschlossenen zuvor und rief ihm ein halblautes „Halt ein!" zu.

Und ehe die drei sich Rechenschaft über das befremdliche Nahen des Listigen geben konnten, begann dieser überlegen: „Ich habe Euer Gespräch vernommen, ich durchschaute eure Absicht schon bei Eurem Nahen!" Und auf Lucilius deutend, fuhr er fort: „Du bist kein Gefangener!". Zu den anderen gewendet, sprach er: „Ihr seid keine Verräter! Den König der Ostgoten konntet ihr täuschen, nicht mich. Aber fürchtet nichts; denn nur von euch hängt es ab, ob ihr euch in dieser Stunde einen sicheren Verderber oder einen starken Bundesgenossen schaffen wollt!"

Betroffen hörten es die Freunde. Die Worte des Bagaudenführers waren so gehalten, dass es fraglich schien, ob Eudoxius wirklich alles erlauscht hatte. Deshalb entgegnete ihm Optila: „Du hast kein Recht, uns der Lüge zu beschuldigen; aber wissen sollst du, dass wir keinen Bundesgenossen suchen, keinen Verderber fürchten!"

„Dass euch die Furcht fremd ist, weiß ich!" entgegnete Eudoxius, „Ihr wärt sonst diesem Ort fern geblieben. Dich hat mein Auge schnell erkannt, Schwiegersohn des Mösiers, dich Traustila, und dich, Optila! Wir haben uns im Kampf dicht gegenüber gestanden. Wenn ihr heute in neuer Gestalt naht, so muss ein gewichtiges Vorhaben euch treiben. Noch lebt in den Zelten Attilas seine schönste Beute von Aquileia, Hildegund —"

„Hildegund lebt?" — Lucilius stieß nur die zwei Worte aus, aber sie enthüllten dem Bagauden alles und bedeutsam fuhr er fort: „Hildegund lebt, aber sie wird für dich dennoch auf ewig verloren sein. Königin Kerka, ihre zweifache Hüterin vor Unheil und vor dem Gelüst des Steppenfürsten, ist gestorben; vor Wochenfrist hat Attila sie bestatten lassen, morgen wird er seinen unzähligen Frauen in Hildegund eine neue gesellen!"

Da rang sich ein krampfhaftes Stöhnen aus der Brust des jungen Recken. Vergessen war alle Vorsicht, alle Verstellung; ein Zittern überlief seine ganze Gestalt, er trat dicht vor Eudoxius hin und sprach: „Deine Nachricht reißt die Wunde in meinem Herzen neu auf! — deine Bundesgenossenschaft hast du mir angetragen; hilf mir Hildegund retten, — und ich will dir bis an mein Ende dankbar sein!"

„Der Dank, den ich begehre, ist rasch abgetragen." lautete die Antwort. „Erst lasst mich erfahren, was ihr im Lager Attilas beschlossen habt zu tun?!"

Lucilius wollte antworten, doch ihm kam Traustila zuvor, der bedächtiger, als sein junger Freund, einwandte: „Genug ist von uns enthüllt! Bevor wir uns einem Anhänger des Steppenfürsten ganz anvertrauen, haben wir ein Recht zu der Frage, wie es kommt, dass Eudoxius, der hasserfüllte Gegner des Mösiers und seiner Kinder, uns Beistand anbietet?"

Eudoxius maß den graubärtigen Alten mit den Blicken; eine hochfahrende Antwort schwebte ihm auf der Zunge, doch er unterdrückte sie. Ihm war es mit der Bundesgenossenschaft ernst, denn er fühlte, dass Attila ihn seit der überraschenden Enthüllung der Mordanschläge Valentinians mit geheimem Argwohn beobachtete. So wenig der Steppenfürst seine verborgensten Gedanken preisgab, so entschieden hielt er sich doch mit jedem Huldbeweis gegen Eudoxius zurück, während Berich und Orestes sich längst wieder der alten Gunst erfreuten. Für den Bagauden war das Grund genug, auf seiner Hut zu sein. Scharfen Blickes merkte er auf die Zustände im Lager des Hunnenkhans, ihm entging es nicht, dass die gewaltige Völkermasse den Keim des Zerfalls in sich trug. Schon zu wiederholten Malen hatten Ostgoten und

Gepiden so trotzig auf die eigene Kraft gepocht, dass der Neid der Hunnen grollend laut werden musste. Mit eiserner Hand hatte der Sohn des Mundzuch zwar die widerstrebenden Elemente zusammengehalten; aber das Band war nur äußerlich und Eudoxius sah die Stunde, in welcher es zerreißen musste, klar voraus. Diese trat unfehlbar ein, sobald Attila die Augen schloss; sie konnte schon früher nahen, wenn es an einem gemeinsamen Beutefeld gebrach, wenn Ostgoten und Gepiden sich gegen Attila vereinigen sollten.

Trog Eudoxius sein Blick nicht, so harrten alle die Würdenträger im Gefolge Attilas dieser Stunde, Orestes wie Odovacar, die Könige der Ostgoten und Gepiden gleich denen der übrigen Völker, während unter den Söhnen des Gewaltigen nur Ellak bedeutend genug schien, um dereinst an die Stelle des Vaters zu treten. Was aber blieb Eudoxius, wenn diese Stunde eintrat?

Keiner der Mächtigen hatte ihn in seine verwegensten Pläne eingeweiht; der Bagaude wollte sich dafür rächen, indem er auf eigene Hand seine Zukunft sicherzustellen trachtete. Er hatte den kraftvollen und klugen Widerstand des Mösiers im Hunnenlager schätzen lernen, er wusste am besten, wieviel Aetius und seine Legionen dem Steppenfürsten zu schaffen gemacht hatten!

Und seit jenem Augenblick, in welchem Hildegund von Orestes in das Lager gebracht war, hatte der Bagaudenführer seine Blicke auf sie gerichtet. Wenn es ihm gelang, sich der Unglücklichen zu nähern und sich ihr dienstbar zu erweisen, so fand sich vielleicht eine Brücke zur Verständigung mit Aetius. War nur diese erst gefunden, so bangte ihm nicht vor der Rache Sylvesters und Valentinians, so wollte er sein Sehnen nach den Genüssen einer verfeinerten Zivilisation, welche er in Ravenna nur flüchtig hatte kosten dürfen, mit vollen Zügen stillen!

Vergebens hatte Eudoxius bisher über Mittel und Wege zur Ausführung dieses Gedankens nachgedacht. Eifersüchtig bewachte Attila das Weib seines Feindes, die Tochter Witichos; eine Annäherung an dieselbe war dem

Bagaudenführer unmöglich gewesen. Da weckte die unerwartete Ankunft der Drei die schlummernden Gelüste in der Brust des Ränkevollen aufs Neue und er beschloss, den Versuch eines Bündnisses mit ihnen zu wagen. Trefflich hatte sein Scharfblick sich diesmal bewährt, mehr, als er hoffen durfte, hatte er erlauscht; diesen Männern stand eiserne Entschlossenheit auf der Stirn geschrieben, ihnen glaubte er vertrauen zu sollen.

So weihte er sie denn in seine Wünsche ein, entrollte ihnen ein Bild der Zustände am Hof Attilas, und fuhr endlich auf Lucilius dringende Fragen nach Hildegund fort: „Mit einer Schonung, die in seltsamem Widerspruch zu seinem Hass auf dich stand, ließ Attila seine Gefangene hüten und pflegen; Nichts deutete an, dass sie das Weib seines Feindes ist, nichts als die mangelnde Willensfreiheit. Aber was der Mund des Steppenfürsten noch verschwieg, das verrieten seine Blicke, die voll lüsterner Gier an den Reizen Hildegunds hingen. Zum Glück für die Letztere hielt die kluge Kerka ihren Gatten im Zaum; und er, dem sonst kein Wille heilig galt, beugte sich vor einem Wort aus dem Mund seiner Lieblingsgemahlin. Aber Kerka wurde von einer Krankheit hingerafft, deren Keim sie in dem Sumpfgebiet des Padus empfing; mit feierlichem Gepränge wurde sie der Erde übergeben, mit größeren Festlichkeiten wird Hildegund morgen an die Stelle der Toten erhoben werden. Die Zeit zu ihrer Rettung ist kurz bemessen; wollt ihr sie benützen, so entschließt euch schnell!"

„Wie kannst du fragen!" fiel Lucilius ein. „Führe mich in ihre Nähe, in dieser Stunde noch; aus ihrem Zelt, in welchem sie tränenvoll wachen wird, will ich sie tragen, du sollst uns ein paar Rosse bereit halten, — und bevor Attila morgen erwacht, ist seine Erwählte der Gewalt des Würgers entrissen!"

Doch Eudoxius schüttelte das Haupt und erwiderte: „Eine Schar ergebener Hüter bewacht sie; ihr würdet nicht bis in das Innere ihrer Behausung kommen. Überlegt andere Mittel und bedenkt, dass die Befreiung Hildegund nicht leicht sein wird!"

„Wir wissen es." sprach jetzt Traustila. Aufmerksam hatte er das Gespräch verfolgt, oft im Zweifel, ob der Bagaude nicht einzig und allein den Plan hegt, die geheimsten Absichten der Fremden zu erforschen und sie umso sicherer zu vereiteln. Doch auch den Alten überzeugte die Offenheit des Eudoxius und er trug länger kein Bedenken, den Letzteren in den verwegenen Gedankengang der Freunde einzuweihen.

Bedächtig vernahm ihn Eudoxius, zustimmend antwortete er: „Euer Unternehmen ist kühn und dennoch würde es sicher misslingen, wenn der Blick Attilas morgen nicht auf andere Dinge, als Verrat und Blutbefehle, gerichtet wäre. Handelt, wie ihr zu handeln gesonnen seid; wir kennen uns morgen nicht, — aber ich werde gegenwärtig sein und das Leben eines jeden von euch zu schützen suchen. Achtet gut auf jedes Zeichen, das ich euch heimlich gebe; es wird zu Eurem eigenen Heil dienen!"

„Doch was ist der Lohn, den ihr begehrt?" fragte jetzt Optila. „Wir sind nicht willens, eure Schuldner zu bleiben!"

„Ihr sollt es nicht!" lautete die Erwiderung des Bagaudenführers. „Ich begehre nur eines: den Tod Attilas! Soll Euer Werk kein halbes sein, so muss der Barbar unter euren Schwertern enden. Mit Lust wird jeder von euch das Rachewerk an dem furchtbaren Rächer ausüben. Für die Gelegenheit dazu lasst mich sorgen. Und nun gehabt euch wohl und seid in Zukunft behutsamer, als vor einer Stunde!"

Still entfernte sich Eudoxius; er war mit sich zufrieden, Alles schien ihm gut eingeleitet, und selbst für den Fall, dass der Gewaltstreich misslang, erschien es ihm ein Leichtes, die drei Verbündeten von sich abzuschütteln. Aber lange noch ging ein flüsterndes Gespräch unter den dreien hin und her. Der Bagaudenführer hatte so vieles enthüllt, dass sie alle ihm trauten; dennoch bereitete ihnen der neue Verbündete wenig Freude, der Gedanke an seine gefährliche Mitwisserschaft lag wie ein Alp auf Lucilius und den Genossen. Als das Gespräch endlich verstummte, fand doch keiner erquickende Ruhe; schweigend lagerten sie, jeder in tiefes Sinnen versunken und voll fieberhafter Ungeduld das Nahen des Morgens erwartend. —

Der Tag war längst angebrochen, als einige ostgotische Retter an das Zelt sprengten, den dreien zu essen brachten und dann den Aufbruch geboten. Wortlos leisteten sie Folge und schritten dorthin, wo die Ansiedelung Attilas sonnenbeglänzt vor ihren Blicken lag.

Eine Stunde verging über dem Marsch, eine Stunde voll jener inneren Erregung, welche zu ihrer Beherrschung einer eisernen Manneskraft bedarf.

Und als sie endlich die Lagergassen durchschritten, die äußere Umfriedigung hinter sich hatten und dem glänzenden Plankenzaun, welcher den Palast Attilas umschloss, nahten, da bewies ihnen ein einziger Blick, dass Eudoxius wahr gesprochen hatte.

Geschäftig eilten die Sklaven und Wächter hin und her, von den Haushofmeistern mit unzähligen Aufträgen bedacht. Laub und Blumengewinde umschlangen die Pfosten, Türme und Säulen, und zogen sich längs den Wänden hin; auf den Höfen standen die Speisevorräte zum Mahl aufgespeichert, neue wurden zugetragen, Getränke herbeigeschleppt. Neugierig drängten sich die Frauen der Würdenträger heran, während diese selbst um Attila versammelt waren, um ihre Glückwünsche und Gaben darzubringen, seinen Befehlen zu lauschen und seine Gnadenbeweise zu empfangen.

Die Goten waren abgesessen, mit Mühe nur vermochten sie für sich und ihre Gefangenen freie Bahn zu erzwingen, bis sie endlich in den Prunksaal gelangten. Auch er war festlich geschmückt; auf seinem Ruhesitz saß Attila, von Oneges, Orestes, Berich, Odovacar, Eudoxius und anderen umgeben. Unwillig blickte er auf, als die Fremden eintraten, doch er glaubte seinen Augen nicht zu trauen, als er Lucilius und seine Begleiter erkannte.

Stolz und aufrecht, den barbarischen Feind mit den flammenden Blicken messend, stand Lucilius, an seinen Fesseln von den Händen der ostgotischen Begleiter gehalten, während Optila und Traustila sich vor dem Steppenfürsten zu Boden warfen und der Letztere zu dem vor Staunen Wortlosen sprach: „Erhabener Attila, König aller Könige, du kraftatmende Geißel Gottes, verzeih uns, den Toren, welche sich vermaßen, die Waffen gegen dich zu erheben. Wir haben in Aquileia und Gallia Cisalpina deine Macht erfahren; furchterfüllt mied Aetius die Begegnung mit dir, vor Schreck erbebend sandte dir Rom seinen Tribut! Nun ist es Zeit, dass alle Barbaren das Joch abstreifen, welches die stolze Weltbeherrscherin ihnen auflegte. Auch wir sind nicht mehr willens, römisches Gewand und römische Waffen zu tragen, und wir bitten Dich: Nimm uns unter die Schar deiner Getreuen auf, wie du Oneges und Orestes aufgenommen hast. Zum Zeichen unserer Treue und Ergebenheit sieh, welche Beute wir dir als Geschenk bringen! Lucilius ist es, der Verteidiger Aquileias, der Mann, welchen du nach Heraklius und Aetius am bittersten hasst. Auf dem Weg nach Rom haben wir ihn ergriffen, dir bieten wir ihn dar; er sei hinfort dein Sklave, dein Gefangener, über welchen einzig dein Wille gebietet!"

Die Worte, die er vernahm, klangen dem Barbaren wohlgefällig, die unerwartete Gewissheit, Lucilius selbst in seiner Gewalt zu haben, erfüllte ihn mit wilder Freude. Es erschien ihm von guter Vorbedeutung, an seinem Hochzeitstag mit Hildegund ihren ersten Gemahl für immer vernichten zu können; aber er gedachte auch des Grolls, den er gegen die beiden Goten hegte. Traustila hatte ihn betrogen und Optila ihm in Aquileia zuerst Trotz geboten. Fürwahr, keines Fremden bedurfte Attila mehr in seinem Rat, und diese letzten Überläufer sollten sich ihres Treubruchs nicht lange freuen.

Darum lautete seine Antwort anders, als jene sie erwartet hatten: „Euch treibt nur der Eigennutz aus dem Lager des Mösiers in das meine, aber mich gelüstet es nicht, meinen Hof zu einer Freistatt für jeden Verräter zu machen. Einen Dienst habt ihr mir erwiesen, da ihr den unberufenen Verteidiger

Aquileias meiner Rache überliefertet; dafür wird euch der verdiente Lohn werden und eure Köpfe sollen zusammen mit dem dieses Toren die Umfriedigung meines Palastes zieren!"

Bestürzt vernahmen es die Drei. Hatte der Bagaude sie verraten, waren seine Worte nur eine Falle gewesen, um die Vertrauenden gewisser zu verderben?

In seinen Fesseln knirschend, stand Lucilius; alles schien verloren und er legte nur noch das leidenschaftliche Verlangen, sich auf den furchtbaren Hunnen zu stürzen und mit ihm auf Leben und Tod zu ringen. Aber stärkere Bande wehrten ihm, wie den Genossen; denn ehe diese sich zum Widerstand erhoben hatten, waren sie selbst von den Leibwächtern des Steppenfürsten umringt, und vergebens versuchten sie sich der Überwältigung durch diese zu entziehen.

Ein kurzes Getümmel entstand; doch gewandt hatte Eudoxius es benützt, um dem Gebieter einige Worte zuzuraunen. Sie mussten den rechten Ton getroffen haben; denn plötzlich erhob sich Attila und gebot Stille, — dann sprach er spöttischen Mundes zu den Dreien: „Die Furcht hat euch bleich gemacht und eure Zungen gelähmt; so seid ihr ein würdiges Abbild der verräterischen Roma, die nur durch meine Gnade noch für kurze Zeit ihr elendes Dasein fristet. Wohlan, von dem Jahr, das ich dem abendländischen Reich noch gönne, sei auch euch ein Teil beschieden, eines Tages Dauer! Mein Herz ist von Siegen und Freuden gesättigt; doch so hohe und seltene Gäste hatte ich nicht erwartet. Im Weib des Lucilius, in der Adoptivtochter des Mösiers verbinde ich mich mit Rom; ihr aber sollt Zeugen meines neuen Triumphes sein!" Darauf gebot er, die drei in das anstoßende Gemach zu bringen und sie dort sicher bis zum folgenden Morgen zu bewachen.

Dem Befehl wurde von Seiten der Leibwächter Folge geleistet; doch Lucilius wandte sein Mannesantlitz dem Sohn des Mundzuch unerschrocken zu und rief bebenden Mundes, aber mit blitzenden Augen: „Suche die Furcht anderswo, Barbar, dessen Hände vom Blut der Unschuld triefen. Mein Weib hast du wie ein feiger Räuber aufgegriffen; dächtest du edel, so hättest du die Schuldlose nie ihrer Freiheit beraubt, wärst du ein Mann, so würdest du mit mir um Hildegund kämpfen. Aber tierisch, wie deine Gelüste, sind deine Gedanken; so räche dich auch wie ein Tier und lass mich vor Deinen Augen zerreißen, ehe ich das Furchtbarste ansehen muss!"

Flammen des Zorns stiegen dem Steppenfürsten bis in die Schläfen und mit heiserer Stimme rief er dem Verwegenen zu: „Von den Römern habe ich die Lust an der Rache gelernt; an den Römern will ich sie jetzt üben! Und du, von allen der Trotzigste, sollst dich bei lebendem Leib in Deinen Qualen winden, der Jubel meiner Hochzeitsfeier soll dir zum Totensang werden!"

Eine gebieterische Handbewegung bedeutete die Wächter, ihre Pflicht zu tun, und ehe noch einer der Drei die Lippen auftat, waren sie in einen Raum zur Linken des Prunksaals gestoßen. Starke, unzerreißbare Fesseln umschlangen hier auch die Arme der beiden Goten und beraubten sie des Gebrauchs ihrer Waffen.

In schmerzlichem Brüten, in dumpfer Verzweiflung, lagen die Freunde auf dem Fußboden des Gemaches. Die Stunden verliefen, die Tür in den Saal war verschlossen, aber deutlich drang der Lärm des festlichen Treibens bis an das Ohr der Gefangenen. Sie hatten auch diesen Ausgang vorher erwogen, sie hofften nichts mehr. Zu sterben waren die beiden Goten selbst so willig, wie Lucilius; aber mit dem Gedanken, den Freund ohne Rettung untergehen zu sehen, konnten sie sich nicht vertraut machen.

Unbekümmert um die im Gemach anwesenden Wachen, rückten Traustila und Optila näher zusammen; mit abgebrochenen, gedämpften Lauten versuchten sie sich gegenseitig zu ermutigen und den letzten Hoffnungsfunken glimmend zu erhalten. Aber auch das Gemüt des geliebten jungen Recken strebten sie von der Bedrängnis, die es umfing, zu befreien.

Ach, es tat ihm bei aller Unerschrockenheit, die ihn den Feindesspeeren gegenüber erfüllte, sehr Not! Nicht um sich selbst trug er Leid, nicht sich selbst beklagte er; seines Weibes musste er gedenken und des stummen Jammers, mit welchem Hildegund nicht nur den nächsten Stunden, nein, ihrer ganzen Zukunft entgegen sah. Bei jedem Freudenlaut, der zu ihm drang, fuhr er zusammen, bei jeder Weibesstimme, die er vernahm, glaubte er Hildegund zu hören! Und als nun mit dem fortschreitenden Tag das Fest seinen Anfang nahm, als die hunnischen Sänger und ostgotischen Skalden bald einzeln und im Chor ihre Stimmen erschallen ließen, — als die Luft von den Hymnen der Weiber und Mädchen, welche das Lob Attilas, das Glück Hildegunds sangen, widerhallte, da meinte Lucilius in seinem Schmerz vergehen zu sollen.

Lauter wurde das Lärmen und Tosen, lauter der Jubel; andere Wächter lösten die vorigen ab, Wächter mit lallenden Zungen, denn für jeden Knecht gab es heute des Weines und Metes in Überfülle. Der Abend nahte, die Nacht brach an; Dunkel herrschte in dem Raum, der die Gefangenen barg, da flog plötzlich die Tür auf und der volle Blick über den Prunksaal bot sich den Gefangenen.

Die beiden Goten schauten empor und auch Lucilius musste hinsehen, so sehr sich sein Herz dagegen sträubte. Da hätte er aufschreien mögen in wilder Qual; denn auf dem Ruhesitz zur Seite Attilas sah er Hildegund, sein Weib. Totenbleich saß es da, wie aus Marmor gemeißelt, die Wimpern tief gesenkt, die edlen Züge voll unsäglichen Schmerzes; der Blumenkranz in dem dunklen Haar schien eine Entseelte zu schmücken. Und neben Hildegund der Steppenfürst, die volle Trinkschale in der Hand, vom Wein glühend, mit Blicken voll faunischen Verlangens und doch nicht keck genug, seine wehrlose Beute zu berühren.

Im weiten Kreis um ihren Bezwinger feierten mit ihm das Fest die Könige der Goten und Gepiden, die Fürsten und Häuptlinge aller verbündeten Völker. Vergessen schien heute jede Eifersucht, in Strömen Weins die Freude stets neue Nahrung zu finden. Gemeinsam rühmten sich alle ihrer Heldentaten, wilder sangen die Chöre, Hunnen und Goten, Gepiden und Turcilinger schlugen die Waffen zusammen, die trunkene Lust, die im Palast herrschte, pflanzte sich bis in das weite Lager fort, beim Schein lodernder Feuer tanzten die braunen Männer, Frauen und Kinder und berauschten sich zu Ehren ihres Gebieters an gegorener Stutenmilch.

Lucilius aber lag in seinen Banden, unfähig sich frei zu machen, unfähig, sich zu rächen! Er wollte sein Weib mit Namen rufen, doch die Stimme fügte sich nicht seinem Willen. Was brachte es auch, angesichts der offenen Pforte des Todes, die Geister der Liebe und Hoffnung noch einmal heraufzubeschwören, einer Liebe, die keine Frucht tragen, einer Hoffnung, die sich nicht verwirklichen sollte! Stark bezwang er sich und harrte schweigend des Kommenden; aber kein Ende fand das rasende Gelage, kein Ende seine Pein.

Langsam verging die nächste Stunde, langsam die folgende. Sein Auge glühte wie von verzehrendem Feuer, fieberheiß brannte seine Stirn, am Gaumen dorrte ihm die Zunge, Niemand reichte ihm einen Trunk. Im Saal sanken die Gäste hin, vom Rausch übermannt, doch den Hunnenfürsten kümmerte es wenig; stumm, in ihrem Schmerz erstarrt, saß an seiner Seite Hildegund, ihm aber mussten die Mundschenken die Schalen immer aufs Neue füllen. Seinen Gästen, seinen Würdenträgern und Vertrauten trank er unaufhörlich zu, unaufhörlich mussten sie ihm Bescheid tun und selbst das Haupt des greisen Berich wurde schwer.

Da endlich gab der Steppenfürst das Zeichen zum Aufbruch; ein Chor von jungen Frauen und Mädchen geleitete Hildegund und den Gewaltigsten der Barbaren bis an das Brautgemach, dessen Eingang sich im Hintergrund des Saales auftat, — dann wurden die Lampen und Kerzen bis auf wenige gelöscht und alle Gäste schlichen, einem strengen Gebot gehorchend, still von dannen. Nur Berich mit einigen Bewaffneten blieb im Saal zurück, die Hochzeitsnacht des Gebieters zu hüten. — Von Schmerz und Verzweiflung übermannt, barg Lucilius sein Haupt an der Brust Traustilas. Heiße Tränen entquollen ihm, Tränen der Scham und des Grimmes, dass er das Ungeheure wehrlos dulden musste! — Wie lange er so verharrte, er wusste es nicht; ihm war, als ob um ihn her das Weltall zusammenstürzte, als ob der Tag der Unterganges für alles Edle und Gute nun gekommen ist! Und doch lebte er noch samt den Genossen! War der Blutbefehl vergessen, seine Ausführung verschoben? — Was kümmerte es Lucilius; darüber nachzudenken war Torheit, Torheit jede Hoffnung auf Rettung für ihn und sein armes Weib!

Immer stiller wurde es ringsum; nur das schmerzliche Stöhnen, das sich der Brust des Unseligen entrang, nur die tiefen Atemzüge der Wächter, die vom Wein übermannt, den Speer im Arm, schlafend auf dem Estrich lagen, unterbrach das tiefe Schweigen.

Da schlug eine flüsternde Stimme an das Ohr des Verzweifelnden; er erhob das Haupt und erkannte im Dämmerlicht die Züge des Bagaudenführers. Im nächsten Augenblick fühlte er sich durch ein paar rasche Schnitte von seinen Banden befreit, ein gleiches geschah den beiden Genossen; dann legte Eudoxius den Finger an den Mund und raunte den Dreien leise zu: „Die Rachestunde ist gekommen; die Wächter schlafen alle, unverschlossen sind die Pforten, — vier schnelle Rosse stehen bereit, — folgt mir zur Tat!" Gleichzeitig drückte der Sprecher dem Schwiegersohn des Mösiers ein bloßes Schwert in die Rechte, gebot allen nochmals höchste Vorsicht und kroch ihnen voran, in der Stellung eines die Beute beschleichenden Raubtiers, durch den Prunksaal.

Dem verwegenen Führer taten es die anderen gleich, mit hochpochendem Herzen, denn Gewaltiges stand auf dem Spiel. Näher kamen sie der Schwelle vor dem Schlafgemach Attilas; Lucilius hatte sich erhoben und wollte vorwärts stürmen, doch ihn hielt stark der Arm Traustilas zurück. Denn Berich, sei es, dass den immer Argwöhnischen der leise Tritt der Vier aus dem Schlummer geweckt hatte, sei es, dass er nur mit geschlossenen Augen wachend dagesessen hatte, — Berich fuhr plötzlich in die Höhe, mit weit aufgerissenen Lidern auf die Nahenden starrend. Aber bevor er einen Laut ausstoßen konnte, durchstieß ihm das Schwert des Bagauden die Kehle und dumpf röchelnd sank der Alte zu Boden.

Entsetzt sahen die Übrigen sich um, — doch das Glück schien sie zu begünstigen; keinen der anderen Wächter rüttelte das Geschick seines Oberhauptes aus den festen Banden der Trunkenheit und des Schlafes.

Der Eingang war endlich erreicht; mit bebender Hand stieß Lucilius die Tür auf, das Schwert in der Rechten drang er den übrigen voran in das Gemach, zu fürchterlicher Rachetat entschlossen, — da bot sich ihm und den Genossen ein unerwarteter Anblick. Mit verhülltem Haupt saß Hildegund auf einem Sessel, einen Dolch in der Rechten; der Steppenfürst aber lag in seinem Blut auf den Teppichen, welche den Fußboden bedeckten.

Hatte Hildegund selbst ihre Ehre gegen den grausamen Vergewaltiger verteidigt und im verzweifelten Kampf gesiegt, — hatte den Barbaren ein Unfall betroffen? — Mochten darüber die anderen nachdenken, — Lucilius hatte jetzt nur Augen für eine Einzige. „Hildegund, mein Weib!" mehr brachte er nicht über seine Lippen; aber mit starken Armen umfasste er die Zitternde, von ihrem Haupt riss er die Hülle und sie, sie erkannte den Gatten, dessen Nahen man ihr verschwiegen, dessen Gegenwart bei dem Hochzeitsmahl Attilas keine Zunge ihr verraten hatte.

Mit einem Freudenschrei sank sie an seine Brust, wortlos ruhte sie daran, bis sich ihre ungeheure Aufregung in einem Strom lange zurückgedrängter Tränen Luft machte. Der Umschwung war zu groß, sie musste sich erst wieder mit dem Gedanken an ein neues Glück, auf das sie für immer verzichtet hatte, vertraut machen, sich klar werden, dass kein Trugbild sie täuschte, dass sich nicht alles wieder in den trostlosen Zustand verwandeln könnte, dem sie kaum entronnen war. Ach, es gab noch viele der Gefahren zu überwinden, bevor sie sich mit dem Gatten geborgen fühlen durfte!

Und zu dem jungen Recken trat Traustila, gedämpften Tones sprach er: „Die Gottesgeißel ist von der Hand des Allmächtigen gebrochen. Keine Wunde trägt Attila; im Rausch der Völlerei traf ihn ein Schlag, Blut ist aus seinem Mund gedrungen, sein Herz bewegt sich nicht mehr, — der furchtbarste der Hunnen ist tot!"

„Tot!" wiederholte Optila und wie ein fernes Echo klang es von den Lippen Hildegunds: „Tot, — tot für alle Zeit?"

Doch zu langen Gesprächen war keine Minute übrig. Zum schleunigen Aufbruch drängte Eudoxius, zum Aufbruch, so lange die Nacht und die Schlaftrunkenheit der Wächter die Flucht noch erleichtern konnte. Lucilius nahm sein Weib auf seinen Arm, mit entblößten Füßen schritt er aufrecht durch den Saal, neben ihm die treuen Gefährten, bereit jeden niederzustoßen, der sich ihnen feindlich in den Weg stellte. Hinter ihnen schlich Eudoxius, er allein hatte sich in der Eile mit Gold und Kostbarkeiten aus dem Schatz Attilas bereichert.

Ohne Gefahr durcheilten sie den Palast, glücklich gelangten sie bis an dessen äußeres Tor. Hier aber galt es in anderer Weise vorzugehen, denn es war nicht darauf zu rechnen, dass alle Wachen schliefen. Zum Schein ließ Eudoxius die Arme der beiden Goten wieder fesseln, er selbst legte die Schlinge um Lucilius Handgelenk; dann hieß er die Drei vorausschreiten und folgte mit entblößtem Schwert, Hildegund an der Linken führend. Den Wächtern, welche befremdet auf die seltsame Gruppe blickten, rief er zu, für die zum Tod Verurteilten Platz zu machen; gegen seine Machtvollkommenheit gab es keinen Einwand und niemand dachte daran, ihn aufzuhalten.

So gelangten sie glücklich durch beide Umfriedigungen und bis an die Grenze der hunnischen Ansiedelung. Hier standen die Rosse des Bagaudenführers bereit, eines für jeden der Männer; hier entledigten sie sich ihrer Fesseln für immer, Lucilius nahm sein Weib vor sich auf den Sattel und es begann ein wilder Ritt mit dem Nachtwind um die Wette. Im weiten Bogen wurde das ostgotische Lager umkreist; dann ging es dem Grenzfluss an einer seiner südlichen Biegungen entgegen.

Große Vorsicht tat nicht mehr Not; der Befehl des Eudoxius ebnete jeden Weg. Eilig wurde die Flucht auf ehemals römisches Gebiet fortgesetzt, ohne Rast, bis ein dunkler Wald die Flüchtlinge aufnahm. In ihm fühlten sie sich vor feindlichen Nachstellungen geborgen; die Tiere des Waldes gaben ihnen Nahrung im Überfluss, der frische Quell labte und erquickte sie, über ihnen rauschten die Wipfel uralter Bäume, ein natürlicher Tempel, wie er majestätischer und schöner nicht gedacht werden konnte.

Zum ersten Mal gaben sie sich dem beseligenden Gefühl ihrer Rettung voll und ganz hin. Noch in der Erinnerung an das Jüngsterlebte erschauernd, bestätigte Hildegund ihrem Gatten und seinen Begleitern den plötzlichen Tod Attilas in dem Moment, als er seine frevelvolle Hand nach ihr hatte ausstrecken wollen. Scheu war sie vor seiner Berührung zurückgewichen, den im Gewand verborgenen Dolch zückend, um sich mit einem entschlossenen Stoß von der Schmach zu retten, welche Attila ihr antun wollte. Doch dieses schwerste Opfer hatte ihr erspart bleiben sollen. Den Folgen seiner eigenen Unmäßigkeit erliegend, war Attila hingestürzt, um sich nie wieder zu erheben; Hildegund aber hatte, von dem furchtbaren Anblick entsetzt, ihr Haupt verhüllt, in einem Zustand halber Erschöpfung nahezu teilnahmslos die weitere Entwicklung abwartend.

Und die Wiedervereinigten dachten der schmerzlichen Ereignisse seit jener Stunde, als Lucilius mit Gaudentius, Majorian und Boethius nach Byzanz aufbrach, bis zu der gegenwärtigen! Tiefe Wunden hatte das Geschick ihnen und ihren Lieben geschlagen; doch sie waren sich selbst treu geblieben, sie hatten sich nach langer Prüfungszeit in erhöhter Liebe, von Leiden ungebeugt, wiedergefunden. Köstlich war solcher Preis, herrlich genug, um alle Kämpfe, die ihm vorangegangen waren, gering zu achten!

Nur Eudoxius saß verlegen bei manchem Wort, das in seiner Gegenwart gewechselt wurde; aber für seine letzte Tat hatte er vollen Anspruch aus den Dank der Geretteten, und dieser wurde ihm von keiner Seite vorenthalten. Im Namen des Feldherrn und Vaters gelobte Lucilius seinem kühnen Helfer Verzeihung, Schutz gegen Valentinian und eine Stellung, welche derjenigen am Hof des Steppenfürsten mindestens gleichkommt. Auch Hildegund und die beiden Goten bezeugten ihrem Retter Dank und Freundschaft.

Mit vermehrtem Hoffen setzten die Fünf in den folgenden Nächten ihre Flucht fort, bis sie dem Gebiet der Barbaren entronnen waren und endlich wieder mit der Kohorte Optilas zusammentrafen. Jubelrufe empfingen sie, mit Jubelrufen begrüßten sie die alten Kampfgenossen und schlugen inmitten der Letzteren den Heimweg, den Weg zu Aetius und Livia ein!

Neuntes Kapitel

Am Hof Attilas folgte auf die Festnacht ein furchtbares Erwachen. Den Ersten, welchen die zur Besinnung gekommenen Leibwächter fanden, war Berich, tot neben dem Eingang des Gemachs des Königs liegend. Eine schreckliche Ahnung ergriff die Wächter bei seinem Anblick, aber keiner von ihnen wagte, die geschlossene Tür zu öffnen. Sie eilten fort, um Oneges, Orestes und die übrigen Würdenträger herbeizuholen; mit Blitzesschnelle verbreitete sich das Gerücht der rätselvollen Tat, es wurde von Mund zu Mund weitergetragen, und bald hatte die ganze hunnische Ansiedelung erfahren, dass etwas Grauenvolles, Unerhörtes sich im Palast des Steppenfürsten ereignet hat.

Bestürzt waren unterdessen die hunnischen Großen samt den Söhnen Attilas herbeigeeilt. Oneges pochte zuerst an die Tür; und als auf sein wiederholtes Pochen und Rufen keine Antwort erfolgte, da stieß er entschlossen die Pforte auf.

Ein Schreckensruf entfuhr seinen Lippen, ihm antwortete ein tausendfacher Wehschrei. Zu dem Entseelten stürzten seine Söhne und treuesten Anhänger, nach Hildegund und den römischen Gefangenen riefen andere, — vergebens! Keine Hilfe brachte dem Gewaltigsten der Barbaren mehr, und Hildegund samt den Ihren war längst den Rachegelüsten der Feinde entflohen!

Da ergriff ein wütender Schmerz das ganze Volk. Der Palast und seine Umgebung, das weite Lager, hallte von unendlichen Weh- und Racherufen wider. In wildem Rasen rannten Männer und Weiber umher; mit den Spitzen ihrer Messer zerfleischten sich jene das Gesicht zum Zeichen der Trauer, ihr Haupthaar schnitten sich diese ab.

Und immer größer wurde der Andrang zum Palast. Von ihren Lagerplätzen nahten die Könige der Ostgoten und Gepiden, der Scyren und Turctlinger, Reuren und Bellonoten, Quaden und Markomannen, Sarmaten und Sueven, Alanen und Akatziren, Heruler und Rugier. Sie alle einten sich mit den Hunnen in den äußeren Beweisen tiefer Trauer; aber im stolzen Herzen Ardarichs und Orestes, wie in denen der drei Amaler und Odovacars, regte sich jetzt mit Macht der Gedanke an die Abschüttlung des hunnischen Jochs.

Nur Eudoxius blieb fern, der ränkevolle Bagaudenführer, dessen Name bald auf allen Zungen schwebte, dessen Andenken von allen Hunnen verflucht wurde. Nach den Aussagen der Wächter konnte es keinem Zweifel unterliegen, dass Eudoxius den Tod Berichs verschuldet und den Gefangenen mit Hildegund zur Flucht verholfen hatte. Nur das Ende Attilas schrieb man ihm nicht zu, war es den Söhnen und Großen des Gewaltigen, ja dem ganzen Volk der Hunnen doch willkommener, ihren Vater und König durch ein Gebot der Götter, als durch Menschenhand, von der Erde abgerufen zu sehen.

Wild, wie das Leben des Toten, war die Feier seiner Bestattung. Ein mit köstlichen Teppichen behangenes Ruhebett, über welchem sich, gleich einem ungeheuren Baldachin, sein Lagerzelt spannte, nahm vor den Toren seines Palastes die Leiche Attilas im vollen kriegerischen Schmuck auf. Abteilungen der tapfersten hunnischen Reiter sprengten umher und führten zu Ehren des Verstorbenen wilde und lärmende kriegerische Spiele auf. Ohne Unterlass schallten die Klaggesänge der Priester und Zauberer; das ganze Volk fiel heulend ein und wiederholte die Trauerchöre bei Tag und Nacht.

Aber auch der Leichenschmaus durfte nicht fehlen! Wie am Abend der letzten Hochzeit Attilas, wurde wenige Abende nach seinem Tod ein Mahl und Gelage gefeiert, welches jenem vorhergehenden in Nichts nachstand. Und erst als auch dieser Brauch zu seinem vollen Recht gelangt war, folgte die feierliche Bestattung. Den Leichnam schlossen drei Särge ein, aus Gold der erste, aus Silber der zweite, aus Eisen der dritte, um anzuzeigen, dass Attila dies alles besessen hatte: Eisen, womit er die übrigen Nationen bezwang, Gold und Silber, womit er die Seinen belohnte.

In der Dunkelheit der Nacht übergaben ihn die Großen seines Volkes der Erde; ihm zur Seite legten sie die einem getöteten Feind abgenommenen Waffen, Köcher voll Juwelen und kostbaren Kleinodien. Aber um das Grab des Toten vor der Entweihung durch Habsucht und Neugier zu schützen, wurden die Sklaven, welche die Gruft hatten bereiten müssen, erbarmungslos abgeschlachtet und keiner der überlebenden Zeugen verriet die Stelle, wo der Schrecken Roms, die Geißel aller Völker des Abend und Morgenlandes, seine letzte Ruhestätte gefunden hatte. —

Die Kunde von dem Tod des Furchtbaren war wehklagend durch sein ganzes Reich von den Ufern der Donau bis zu den Gebirgen des Ural getragen; sie hatte Byzanz nicht minder wie Rom erreicht, ehe Lucilius mit seinem Weib und den Freunden im Palast des Mösiers angelangt war.

Gewaltig ergriff die Nachricht Aetius. Wenn sie keine falsche war, welch eine Fülle von Folgerungen knüpfte sich ungesucht daran. Noch einmal, im Augenblick ihrer tiefsten Erniedrigung, schien das alte Glück der unsterblichen Roma zu lächeln. Gefallen war der furchtbarste Widersacher; und wenn auch die Menge seiner Horden dadurch nicht gemindert war, so lebte unter ihnen doch kein zweiter Attila, der mit starker Hand zusammenzuhalten vermochte, was der Verstorbene unter sein eisernes Joch gebeugt, was an dem Karren seines Ruhmes mitgezogen hatte.

Das Bündnis, welches Leo dem Mösier angeboten hatte, konnte jetzt vielleicht zu Stande kommen und eine späte Blüte und Frucht treiben. Wie der Gedanke den Patricius erfasste, wie er die Wangen Livias mit höherem Rot färbte! Verworren waren die Gerüchte, aber die edle Frau schöpfte, gleich dem Gemahl, aus ihnen doch die Hoffnung, dass Hildegund und Lucilius sich im Lager Attilas gefunden und in der allgemeinen Bestürzung die Gelegenheit zur Flucht mit Glück benutzt hatten.

Mochte die Huld des Himmels ihre Pfade ferner behüten und sie unversehrt an das trauernde Mutterherz zurückführen! Dann wollte auch Livia wieder mit frischer Zuversicht den Blick in das Weite lenken, und getragen von der Liebe der letzten Teuren, die ihr geblieben waren, ihrem Lebensherbst ohne Zagen entgegensehen.

Die Fülle der Ideen, welche seine Brust schwellten, hatte Aetius in den Palast des Pontifex getrieben. Auch zu Leo war die Kunde der Vorgänge im Barbarenlager gedrungen; eine Zentnerlast hatte sie von ihm genommen, nun erst atmete er freier und sein Gang zu dem Sohn des Mundzuch erschien ihm nun in einem verdienstlicheren Licht, als Aetius hatte zugestehen wollen.

Umso größer war die Freude Leos, sich von dem Patricius aufgesucht zu sehen, umso herzlicher sein Entgegenkommen! Voll Eifer und Begeisterung lauschte er den Vorschlägen des Mösiers, willig ließ er sich belehren, wo die Gründe des Feldherrn überzeugender waren, als seine eigenen. Seine gebieterische und kampfbereite Natur machte sich ohne Mühe mit dem Gedanken vertraut, die weltliche Macht zu fördern, um sich ihrer für das Gedeihen seines Werkes zu bedienen; Leo sah ein, dass das Wort, vom Schwert unterstützt, noch ganz andere Erfolge zu verzeichnen haben werde, als ohne jenes.

Als er sich mit Aetius in allen Hauptfragen geeinigt hatte, glaubte der Pontifex auch den Augustus in das Bündnis ziehen zu sollen. Er gelobte dem Mösier, für die Entfernung des Eunuchen samt Honoria, Petronius und Sylvester, seinen ganzen Einfluss aufbieten zu wollen, er beschwor den Zögernden so lange, bis dieser einwilligte, einen letzten Versuch zur Aufrüttelung Valentinians zu machen.

Aus dem Palast des Kirchenfürsten begab sich Aetius in die Kaiserburg auf dem Palatin, in redlicher Absicht, doch ohne Hoffnung, dass sein Gang etwas bewirken wird. Der Augustus feierte mit seinen Vertrauten und Schmeichlern den Tod Attilas durch eine tolle Orgie. Nun war sein höchster Wunsch erfüllt, erfüllt ohne sein Verdienst; doppelte Frucht reifte ihm, denn auch die Heldenkraft des Mösiers war nun überflüssig geworden und es galt nur noch, diesen selbst den Toten zu gesellen. Offen war im Palast des Kaisers von blutiger Gewalttat die Rede, Heraklius riet und drängte dazu, nur einige wenige widersprachen und fürchteten die Anhänger des Mösiers. Mit goldenen Pokalen hatten sie schon auf das Verderben des Gewaltigen angestoßen, ihre Wangen glühten, ihre Zungen lallten, — da wurde das Nahen des Patricius gemeldet!

Betroffen sahen sich die eben noch so Lauten an; ein Streit erhob sich, ob Valentinian den Verhassten jetzt noch empfangen sollte. Voll Unmut wartete Aetius länger, als sonst; schon wollte er, von einer ihm selbst unerklärlichen Unruhe befangen, den Schritt rückwärts lenken. Ihm war, als höre er die Stimme Livias, die ihn beschwor, den Palast des Kaisers zu meiden, ihm war, als steige der blutige Schatten Carpilions warnend vor dem Vater empor; doch er schalt sich einen Toren, der sich von Stimmungen beeinflussen lässt, und hielt sich durch das Leo gegebene Wort umso fester gebunden.

Der Rat des Oberkammerherrn hatte inzwischen den Streit entschieden. Als der Augustus sich endlich herbeiließ, den Patricius zu empfangen, saß jener, von seinen sämtlichen Würdenträgern umgeben, auf seinen Thron. Mit einem höhnischen Lächeln auf den von wilden Ausschweifungen entstellten Zügen, erwiderte er den Gruß des Mösiers, gelangweilt schaute er darein, als dieser jetzt begann: „Im Namen Leos nahe ich dir noch einmal, Kaiser Valentinian! Ich weiß, dass mein Anblick dir unwillkommen ist, denn auf dir lastet das Schuldgefühl deines Wortbruchs, der Rom vor dem falschesten der Barbaren in den Staub beugte. Die Schärfe meines Schwertes machtest du stumpf mit dem Gold, das von unseren Vätern im Lauf der Jahrhunderte zusammengetragen wurde; mit Verleumdungen hast du dem Mann gedankt, welcher das Blut seiner Kinder für dich und das abendländische Reich opferte! Darum mied ich dein Angesicht und ging meinen Weg, ohne deiner zu achten.

Doch jetzt hat das Geschick noch einmal für Rom entschieden; tot ist Attila, führerlos sind seine Horden! Sie werden unter sich selbst uneinig werden, unsere Grenzen wieder überschwemmen und auf Kosten des Reiches nach neuer Beute jagen. Jetzt ist es die Pflicht Roms, die Pflicht der Selbsterhaltung, der zerfließenden Woge einen unüberwindbaren Damm entgegen zu stellen; dir ruft Leo zu, dich beschwöre ich selbst: Wirf von dir den Kleinmut und das Misstrauen, raffe dich auf und sei deines tapferen Vaters endlich würdig! Von hinnen weise die falschen Ratgeber, denen du den Platz zur Rechten und Linken deines Thrones eingeräumt hast, von hinnen Heraklius, den Verräter, und Petronius, den Abtrünnigen! In deiner Macht steht es, das abendländische Reich gemeinsam mit Leo und mir zu neuem Glanz zu führen. Glückverheißend winkt dir die Stunde, auf dich blickt alles, das für die Zukunft und Größe Roms ein Herz hat! Auf dich sehen die Greise, die sich glücklicher Kindheitstage entsinnen, auf dich die Männer, welche für dich geblutet haben, auf dich die Mütter, deren Schoß die Helden der kommenden Zeiten trägt. Zu dir wenden ihr Angesicht die Jünglinge im ersten Waffenschmuck, die Knaben, deren Hände den Schaft der Lanze, den Griff des Schwertes eben erst umspannen können! Zögere nicht länger, gedenk jener Stunde, in welcher deine sterbende Mutter ihre letzte Bitte an dich und mich richtete, gedenk —"

Da unterbrach Valentinian den eifrigen Beschwörer; Hasserfüllten Angesichtes und bebenden Mundes rief er dem Mösier zu: „Ja, gedenken will ich dieser Stunde, das habe ich mir gelobt, als du mir das Joch der Schmach und des Hohnes aufbürdetest, das will ich halten, aber anders, als du wähnst!" Und im wilden Rasen seines trunkenen Mutes riss er das Schwert aus der goldenen Scheide und stieß es dem keines Angriffs Gewärtigen in die Brust.

Es war die erste und letzte Waffentat des Verworfenen. Der Anblick seines Opfers erschreckte Valentinian so gewaltig, dass er das Bewusstsein verlor und kraftlos auf seinen Sitz zurücksank. Petronius lieh ihm die erste Hilfe, während der Eunuch und die übrigen Höflinge sich mit wilden Racherufen auf den zu Boden sinkenden Helden warfen und mit ihren Schwertern und Dolchen die Untat Valentinians zu vollenden gedachten.

Im gleichen Augenblick trat Leo in den Saal. Er war gekommen, die Bitten des Heermeisters durch seine Persönlichkeit zu unterstützen; nun sah er sich einem Sterbenden und dessen gekröntem Mörder gegenüber. Raschen Schrittes eilte der Pontifex auf die Rasenden zu, sie mit donnerndem Zuruf von Aetius abwehrend; erschüttert beugte er sich zu dem Letzteren nieder, um zu untersuchen, ob keine Rettung möglich sei.

Aber dumpf tönte es von den Lippen des Helden: „Du kommst zu spät, Leo! Der Enkel des großen Theodosius setzte seiner Schmach die Krone auf. Meine Zeit ist um; was ich plante, muss ein anderer vollenden. Wer es auch sei, künde ihn sich zu rüsten gegen Feigheit und Niedertracht, gegen Hunnen und Vandalen, gegen Ost und Westgoten!"

Er schwieg einen Augenblick, um im nächsten fortzufahren: „Spät muss ich büßen, was ich in vergangenen Zeiten gefehlt habe. Du aber sorge für mein Weib, für Livia —"

Die Schatten des Todes senkten sich auf sein Haupt, erschöpft verstummte sein Mund. Da schallte es bewegt von den Lippen Leos: „Nicht so hatte ich es gemeint, Aetius! Zu neuen Ehren und Siegen wollte ich dich schreiten sehen; wehe mir, dass ich dich als einen Sterbenden wiedersehen muss, dass meine Bitte dich dem Schwert des Mörders entgegentrieb!"

Eine Träne aufrichtiger Reue fiel aus der Wimper des Papstes auf das Antlitz des Verscheidenden, und leise flüsterte dieser: „Ich grolle dir nicht! Reich mir deine Hand, Leo; mit dir versöhnt, sterbe ich leichter! O, wenn auch Bonifatius, Carpilion und Gaudentius mir so verziehen hätten!"

In tiefem Schmerz bejahte der Pontifex, tröstend sprach er: „Bonifatius, Carpilion und Gaudentius verzeihen dir durch mich!" Und flehend fuhr er fort: „In wenigen Minuten wirst du vor dem ewigen Richter stehen. Zu ihm erhebe deine Seele in deiner letzten Stunde; mein Gebet soll sich mit den Deinen vereint zum Thron des Allerbarmers emporschwingen!"

Ein flüchtiges Lächeln spielte um die Lippen des Sterbenden; kaum vernehmbar flüsterte er nur noch: „Ich danke Dir!" Dann entfloh mit einem letzten, tiefen Atemzug die Seele des Helden ihrer irdischen Hülle.

Lange kniete Leo, in Gebet versunken, neben der Leiche; als er sich endlich erhob, sah er sich mit Petronius Maximus allein. Die Gewissensangst hatte Valentinian fortgetrieben, während seine Schergen und Trabanten die Gassen Roms durcheilten, in die Paläste drangen und den hervorragendsten Anhängern des Ermordeten ein gleiches Los bereiteten. Reiche Ernte erhielt der meuchlerische Stahl; auch der edle Boethius musste fallen, Sylvester sein Ungeschick mit dem Leben büßen, während Honoria für immer in den Mauern eines Klosters eingekerkert wurde.

Petronius aber stand mit feuchten Augen neben dem Leichnam des ehemaligen Freundes. Bitter war die Klage, die er nun gegen sich erhob, aufrichtig seine Reue; keine Klage noch Reue rief den Toten wieder ins Leben zurück, doch im Stillen gelobte sich Petronius, den schamlos Hingemordeten zu rächen!

Auf seinen Befehl trugen Diener des Augustus jenen auf einer verhüllten Bahre an das Haus, das ihm bei Lebzeiten zur Wohnstatt gedient hatte; Petronius selbst schritt voraus, um Livia auf das Entsetzliche vorzubereiten. Aber schneller, als er, war das tausendzüngige Gerücht schon gewesen; aus dem Atrium hervoreilend, begegnete ihm die Unselige, auf den Stufen ihres Palastes brach sie wehklagend über dem Leichnam ihres Gatten zusammen. Besorgt fing Petronius sie auf; doch sie stieß ihn von sich, riss die Hülle vom

Angesicht des geliebten Toten und bedeckte es mit ihren Küssen. Ach, umsonst, umsonst! Kein Liebeswort, keine Träne öffnete dem Entseelten die Augen! —

In der Gasse sammelte sich ein Schwarm von Gaffern; der Anblick der verzweifelnden Gattin, die Heiligkeit des Schmerzes machte manche Wange feucht. Mit bittenden Worten versuchte Petronius die Menge zu entfernen und die Bahre in den Palast zu schaffen, da nahte Geräusch und Waffenlärm von zwei Seiten. Unter wilden Mordrufen stürmten die Trabanten Valentinians, von Heraklius angeführt, herbei; sie wollten ihr Werk nicht halb getan haben, sondern Livia dem erschlagenen Gatten nachsenden.

Doch ehe sie das Ungeheure vollenden konnten, durchbrachen Traustila und Optila die Menge; hinter ihnen folgte Lucilius mit Hildegund, Eudoxius und der Schar seiner Getreuen. Ein Schreckruf Optilas verkündete den Nachfolgenden, was vorgefallen war; entsetzt eilte Lucilius auf die Bahre des Feldherrn und Vaters zu, Hildegund aber suchte die Brust der Mutter, der sie so vieles zu vertrauen und abzubitten hatte.

Da trafen schon die Waffen zusammen; mit dämonischer Freude gebot Heraklius den Trabanten, Lucilius und Hildegund samt der Mutter und Eudoxius zu fangen oder zu töten. Ein wildes Getümmel, ein blutiger Kampf folgte; schreiend stob der Schwarm der Gaffer auseinander, klirrend kreuzten sich Speere und Schwerter. Traustila und Optila rangen wie zwei todesmutige Bären, auch Eudoxius musste zur Waffe greifen, während Lucilius und Petronius sich darauf beschränkten, die beiden Frauen und die Bahre mit dem Toten zu beschützen.

Aber bald musste Heraklius einsehen, dass seine Macht zu gering war, um der Kohorte Optilas die Stirn zu bieten; er gab deshalb Befehl zum Rückzug. Er gab ihn zu spät! Optila hatte das Antlitz des Verhassten gesehen, kühn drang er mit einigen Begleitern bis zu dem Standort des Eunuchen vor und mit einem gewaltigen Hieb, der diesem das ränkevolle Haupt spaltete, nahm der treue Gote Rache für alles Böse, was der Verworfene begangen hatte.

Der Fall des Oberkammerherrn ließ seine Trabanten schleunig die Flucht ergreifen. Sie zu verfolgen, wäre töricht gewesen, und Optila kehrte mit den Genossen seines Sieges zu Lucilius zurück. Zu seiner Rechten und Linken lagen die Opfer des Kampfes, unter ihnen Eudoxius, der sich seines Verrates an Attila nicht lange freuen sollte. Weinend knieten Hildegund und Livia an der Bahre des mösischen Helden, seine starke Rechte mit ihren Tränen benetzend.

Lucilius aber stand tränenlos, mit Schmerz zerrissenem Herzen neben ihnen; mit der Linken schüttelte er die Hand Optilas, der ihm Kunde vom Ende des Eunuchen brachte, die Rechte hob er himmelan und sprach dumpfen Tones: „Fluch über dich, o Roma, die du deine besten Söhne ins Elend treibst, oder dem Schwert des Meuchelmörders überlieferst! Fluch über das Geschlecht, das in Deinen Palästen wohnt, Fluch dem feigen Träger deines kaiserlichen Purpurs! Zu groß für deine Armseligkeit und Erbärmlichkeit war der eine Mann, unfassbar war dir seine Größe, Weisheit und Vaterlandsliebe! In wildem Rasen opfertest du Deinem Hass den letzten Helden, der Deinem Blut entsprungen war; so sei verdammt und gemieden von allen, die seinem Heerruf folgten! Barbarenhorden werden deine Mauern niederreißen, den Brand in deine Häuser werfen, deine Tempel berauben, deine Männer töten und deine Weiber zu Sklavinnen ihrer Lüste machen. Dann rufst du zu spät nach einem Arm gleich dem dieses Toten, nach einem Herzen, das wie das seine, nur für deine Ehre und Größe schlägt!"

Er schwieg, aber Traustila und Optila tauchten die Finger ihrer Rechten in die Wunde des Feldherrn und beide schwuren entblößten Hauptes, den Mord an seinem Urheber und Täter zu rächen.

Aus dem Inneren des Palastes ließ Lucilius ein Tragbett für Livia und Hildegund holen; er wusste, dass sie nicht mehr lange in Rom bleiben durften. Die Diener des Heermeisters mussten sich mit den nötigsten Dingen für die Pflege dieser versehen; starke Schultern trugen die beiden Frauen, auf anderen ruhte die teure Last des Erschlagenen, zu seiner Rechten und Linken schritten Lucilius und Optila, Traustila dagegen eröffnete den Zug mit einer Abteilung der Kohorte, deren andere Hälfte den Nachtrab bildete. Ehrerbietig machte das Volk von Rom dem Zug Platz; vergebens versuchten neue Abteilungen der kaiserlichen Trabanten ihn zu beunruhigen, — die Majestät des Todes scheuchte die Gegner fort und ungefährdet verließ Lucilius mit den Seinen die Stadt.

An der Porta Flaminia ließ er die Träger ihre Last niedersetzen, ernst trat er zu Livia und sprach liebevoll zu der Trauernden: „Tage freudiger Wiedervereinigung nach langer Prüfungszeit gedachte ich mit euch, o Mutter, mit euch und Aetius zu feiern; aber die Freude wurde zur Trauer, zum unsäglichen Schmerz! Keine gastliche Stätte bietet uns das schnöde Rom in Zukunft mehr; wenn ihr denkt wie ich, Mutter, so bringe ich euch und Hildegund von hier fort zu Avitus. Bei dem edlen Arverner mögt ihr in Sicherheit weilen, bis ich in Tolosa bei König Thorismund alles zu eurer Aufnahme bereitet habe. Mich zieht es zu dem Volk, dem ich entsprossen bin, in dessen Händen die Herrschaft der Zukunft liegt!"

Mit Mühe nach Fassung ringend, antwortete ihm Livia: „Was du beschlossen hast, soll mir Gebot sein; nur trenne uns fortan nicht mehr! Eine kurze Spanne Zeit, ich fühl es, ist mir nur noch verliehen; lass sie mich an der Seite Hildegunds, in deiner Nähe, zubringen! Von allen Gütern des Lebens und der Liebe seid ihr allein mir geblieben; Söhne und Gatte sanken vor mir in das Grab, lasst mich in euren Armen der Stunde der Wiedervereinigung mit jenen entgegensehen!"

Gern willigte Lucilius ein, liebevoll umschlang Hildegund die Pflegerin ihrer Kindheit und sprach bewegt: „Fortan bleiben wir beisammen, wir beide und Lucilius. Wohin er sich auch wendet, — wir gehen mit ihm, mit ihm bis an das Ende unserer Tage!"

Mit einem dankbaren Blick hatte Lucilius es vernommen; die Stimme erhebend, rief er jetzt so laut, dass alle die Seinen es hörten: „Nach Tolosa geht unser Weg! Der Sohn Ataulfs folgt den Spuren seines Vaters, den Brüdern seines Stammes. Einst bekümmerte mich das Geheimnis meiner Geburt, einst glaubte ich, dass nur im Lager Roms für Mut und Tatkraft der rechte Platz sei; aber schmerzlich bin ich eines anderen belehrt worden. Der letzte Held Roms ist gefallen und mit Stolz, welchen nur der Schmerz um Aetius trübt, wende ich meinen Fuß den Siegern auf den catalaunischen Feldern zu. Auf nach Tolosa; der Sohn Ataulfs wird dorthin Euer Führer sein! Und wenn die Stunde gekommen ist, in welcher West- und Ostgoten sich die Hände reichen, dann kehren wir zurück, dann soll auf dem Mausoleum Hadrians das Gotenbanner flattern und aus den Ruinen des alten ein neues Reich voll verjüngter Kraft und Herrlichkeit entstehen!"

Jubelnd fielen die Genossen alle ein, jubelnd schwangen sie die Waffen, dem geliebten Führer Treue bis in den Tod gelobend, mit ihm dem neuen, im Geist gesehenen Ziel, voll Lust entgegen strebend.

Lucilius hatte prophetisch gesprochen und auch jene Vorhersage des Mösiers erfüllte sich bald. Nach dem Willen Attilas sollte Ellak dereinst die Herrschaft über die zahllosen Tribus der Hunnen und verbündeten Völker weiterführen; aber die Eifersucht seiner Brüder duldete es nicht, sondern führte eine Teilung herbei. Mit dem ungeheuren Erbe zersplitterte sich die überlegene Kraft des Hunnenvolkes; zuerst gaben die Gepiden, dann die Ostgoten, Heruler und Sueven das Zeichen zum Abfall. Ein furchtbarer Vernichtungskrieg entbrannte unter den barbarischen Horden und jeder ihrer

Fürsten setzte sich mit seinen Stämmen in dem Gebiet fest, dass er durch die Macht seiner Waffen zu behaupten vermochte.

Pannonien wurde von den Ostgoten erobert und bald musste das römische Reich den Frieden mit ihnen durch Gold erkaufen. Aber schon lebte Valentinian nicht mehr. Traustila und Optila hielten den Schwur, den sie an der Leiche des Mösiers getan hatten; kaum ein Jahr nach seinem Tod kehrten sie nach Rom zurück und rächten seinen Mord, indem sie den Augustus auf dem Marsfeld im Angesicht seiner Prätorianer niederstießen. Kein Schwert wurde zu seiner Verteidigung gezogen, keine Hand erhob sich, die Bluträcher zu strafen.

Nach Valentinian bestieg Petronius Maximus den Thron, aber seine Regierung war nur von kurzer Dauer. Ehe drei Monate vergingen, plünderte und verwüstete der Vandale Geiserich die wehrlose Stadt, ohne sie dauernd in Besitz zu nehmen. Nach Petronius trugen die Krone Avitus, der Arverner, und Majorian, der Freund des Mösiers. Immer Kleinere und Unfähigere folgten, unter ihnen Romulus Augustus, der Sohn des Orestes, jenes Geheimschreibers Attilas.

Dann drangen die Rugier, Scyren und Turcilinger bis nach Oberitalien vor und ließen sich in römischen Sold nehmen, um bald unter Odovacar die Herrschaft zu ergreifen. Doch schon rüstete sich der Gewaltigste, unter dessen Zepter eine neue Ära des Glückes und Glanzes für Rom anbrechen sollte, Theoderich der Große, der Sohn Theodimirs, des Ostgoten.

In seinem Geleit sah der alternde Lucilius mit Hildegund zuerst Ravenna, dann Rom wieder. Lange schon ruhte Livia, die Hochherzige, unter kühlem Rasen neben dem Staub ihres Gemahls; ein stattlicher, zum Mann und Helden gereifter Sohn Hildegunds, an Wuchs und Gesinnung seinem Vater Lucilius gleich, nahm im Heer Theoderichs eine so hervorragende Stellung ein, wie sein Erzeuger im Rat des großen Goten.

Mit einem Gefühl der Freude und Genugtuung, das von linder Wehmut nicht dauernd getrübt werden konnte, besuchte Lucilius an der Seite des Sohnes diejenen Stätten, an denen er gekämpft und gelitten, doch auch ehrenvolles und reines Glück empfunden hatte. In herzlicher Liebe gedachte er des mösischen Helden und seiner edlen Gemahlin; und wie eine vielgestaltige Sage klang dem lauschenden Ohr nachfolgender Generationen die Kunde von den Heldentaten und dem erschütternden Untergang von Roms letzten großen Helden!

Ende

Weiter geht es mit **Band 8** innerhalb der Reihe ROM IM UNTERGANG welcher sich derzeit in Vorbereitung befindet (voraussichtliches Erscheinen **Herbst/Winter 2015**)

Weitere Bücher von Alexander Kronenheim:

ROM IM UNTERGANG
Band 1: Eine neue Macht (ISBN: 9783734787911)
Band 2: Kampf in Germanien (ISBN: 9783734787928)

Band 1 und 2: Historische Romane welche zur Zeit Marc Aurels spielen, geschildert aus römischer Sicht und durch die Augen eines germanischen Tribuns. In spannender Weise werden die aufkeimenden Konflikte mit neuen Mächten beschrieben, welche als Auslöser des Untergangs von Roms zu sehen sind.

(ISBN: 9783734787911)

(ISBN: 9783734787928)

ROM IM UNTERGANG
Band 3: Die Rückkehr der Götter (ISBN: 9783734745560)

Historischer Roman zur Zeit Theodosius, geschildert aus Sicht der Bekenner der alten nationalen römischen Götter und durch die Augen des Alemannischen Herzogs von Italien christlichen Glaubens. In spannender Weise werden die aufflammenden Konflikte zwischen alter und neuer Macht beschrieben, welche als Auslöser des Untergangs von Roms zu sehen sind. Auszug:
„Ich vermute, dass die Narbe, welche deine Stirn schmückt, mit diesem letzten Fall in Verbindung steht."
Winfried lächelte. Eine freudige Erinnerung ließ sein männliches Gesicht erstrahlen.
„Die Franken hatten uns in den Wäldern überrumpelt," erzählte er, „und zwar in so überwiegender Zahl, dass ich sofort begriff, es bleibt mir nur die Abwehr. Ohne Kommando schlossen sich meine Leute zusammen, wie ein umstelltes Rudel von Hirschen, bereit, den Kampf mit dem Schwert, mit dem Schild, mit der Faust, mit den Zähnen zu führen. Wir waren überzeugt, dass aus dieser Falle kein einziger mit dem Leben davonkommen wird. Und wir verlangten es auch nicht, denn das Leben retten hätte bedeutet in Gefangenschaft zu geraten. Die Barbaren stürzten so zahlreich und mit solchem Ungestüm über uns her, dass unser geschlossenes Häuflein binnen kurzem in blutige Fransen zerrissen war."

(ISBN: 9783734745560)

ROM IM UNTERGANG
Band 4: Entscheidungsschlacht am Frigidus (ISBN: 9783734791222)

Historischer Roman zur Zeit Theodosius, geschildert aus Sicht der Bekenner der alten nationalen Götter und durch die Augen des Alemannischen Herzogs von Italien christlichen Glaubens. In spannender Weise werden die aufflammenden Konflikte zwischen alter und neuer Macht beschrieben, welche als Auslöser des Untergangs von Roms zu sehen sind. Auszug:

Flavianus rief aus voller Brust: „Galerius! "
Ja, es war Galerius, welcher mit den Trümmern seiner Legion hier standhaft den Platz behauptete und jetzt zu seinem Feldherrn aufschaute.
„Galerius, du hältst dein Versprechen. Ich sterbe mit dir!" Damit wollte er sich in das Kampfgewühl stürzen. Doch plötzlich schob sich zwischen den Knäuel und Flavians Ross ein herbeisprengender Reiter. „Fabricius! . . . Verräter!" schrie Flavianus auf.
„Sei gegrüßt, Präfekt!" meldete sich Fabricius ruhig. „Deinetwegen bin ich herbeigeeilt. Ich will dich und dieses Häuflein tapferer Römer schonen. Ergib dich und befiehl es auch Galerius!". „Noch bedarf Rom nicht der Großmut der Barbaren." antwortete Flavianus, äußerlich nun ganz kühl erscheinend. „Warum zückst du dein Schwert nicht?" In Fabricius' Gesicht zuckte es. Doch verwand er die Beschimpfung, wendete sein Pferd und ritt schnell zurück an den Ort, von welchem aus er vorher den kämpfenden Knäuel beachtet hatte.
Flavianus aber gab seinem Ross die Sporen und setzte mitten unter die Kämpfenden mit dem Schwert in der Hand. „Sei gegrüßt, Feldherr!" rief ihm Galerius zu. „Morituri te salutant! Sterbende begrüßen dich!"

(ISBN: 9783734791222)

Die Schlacht bei Fehrbellin (ISBN: 9783734784859)

Historienroman: Die Geschichte um den Werdegang eines jungen Mannes aus der Zeit Friedrich Wilhelms (der Große Kurfürst) von seiner Einberufung bis zur Teilnahme an der Entscheidungsschlacht bei Fehrbellin.

Nephoris – Tochter des Cheops (ISBN: 9783734787553)

Historienroman zur Zeit Cheops über die verbotene Liebe seiner Tochter Nephoris zu einem armen Fischer

Rom im Untergang
Band 5: Aetius – Roms letzter Held (Teil 1 der Aetius Trilogie)
Historischer Roman zur Zeit Placidias und Valentinians III. Aetius, geschlagen durch die Legionen des Bonifatius, flüchtet, nachdem er Bonifatius in einem Zweikampf besiegen konnte, in das Hunnenreich, um einen Pakt mit Attila zu schließen. Durch diesen Pakt soll ihm Attila eine gewaltige Horde berittener Barbaren zur Verfügung stellen, mit dessen Unterstützung er sich den Weg zurück auf seine alte Machtposition als oberster römischer Heerführer erkämpfen möchte. Nun gilt es, gegen eigene, römische Legionen anzugehen, welche mittlerweile unter dem Befehl des Nachfolgers seines ehemaligen Konkurrenten Bonifatius stehen. Und der Pakt hat auch seine gefährlichen Schattenseiten...

(ISBN: 9783738635034)

(ISBN: 9783738635874)

Rom im Untergang
Band 6: Aetius – Attilas Zorn (Teil 2 der Aetius Trilogie)
Historischer Roman zur Zeit Placidias und Valentinians III. Aetius, mittlerweile wieder oberster Feldheer Roms, zieht mit seinen Legionen und Verbündeten der gewaltigen Hunnenmacht Attilas entgegen, welche mit schier unendlichen Horden von Kämpfern bereits halb Gallien verwüstet hat. Auf den catalaunischen Feldern kommt es zum entscheidenden Showdown der beiden antiken Supermächte. ...